캥거루들의 행진

최순희 소설집

캥거루들의 행진

발행일   2017년 7월 26일

지은이   최 순 희
펴낸이   손 형 국
펴낸곳   (주)북랩
편집인   선일영   편집   이종무, 권혁신, 이소현, 송재병, 최예은
디자인   이현수, 이정아, 김민하, 한수희   제작   박기성, 황동현, 구성우
마케팅   김회란, 박진관, 김한결
출판등록   2004. 12. 1(제2012-000051호)
주소   서울시 금천구 가산디지털 1로 168, 우림라이온스밸리 B동 B113, 114호
홈페이지   www.book.co.kr
전화번호   (02)2026-5777   팩스   (02)2026-5747

ISBN   979-11-5987-710-0 03810(종이책)   979-11-5987-711-7 05810(전자책)

이 도서의 국립중앙도서관 출판예정도서목록(CIP)은 서지정보유통지원시스템 홈페이지(http://seoji.
nl.go.kr)와 국가자료공동목록시스템(http://www.nl.go.kr/kolisnet)에서 이용하실 수 있습니다.
(CIP제어번호 : CIP2017017704)

캥거루들의 행진

행진

최순희 소설집

사람 사는 세상

어디든 존재하는

인간문제를 풀어 낸

12편의 이야기들

북랩 book Lab

꿈은 이루어진다.

한때 이 말이 많이 유행하던 시절이 있었다. 아름다운 꿈이다.

그러나 이런 말은 나에게는 어울리지 않는 먼 꿈같은 일이라고 생각했다. 그리고 어쩌면 누군가는 많은 작품을 남기고 펜을 접을 나이에 나는 이제 시작이라는 생각에 자꾸만 자신이 없어졌다. 아무리 생각해도 너무 늦은 것 같다. 참 오랜 세월을 긁적거려 왔다. 아무도 봐 주지 않는 글, 어디에 선뜻 내밀 수도 없어 막막하였다. 글을 쓰면서 적재적소에 쓰일 단어의 빈곤을 체험하며, 내 뜻대로 되지 않고 생각한 대로 나가지 못하는 진도에 컴퓨터를 껐다.

나는 왜 이렇게 미련을 떨고 있을까?

나는 왜 어려운 창작의 길에서 벗어나지 못할까?

누가 쓰라고 뒤에서 닦달하는 것도 아니고 어려운 기말시험도 과제

물도 아닌데. 그냥 여유롭게 시인들의 영혼인 시를 읽고 훌륭한 작가들의 뛰어난 작품들을 느긋하게 감상하면 참 좋을 터인데, 왜 쥐뿔같은 실력도 하나 없으면서 문학의 갓길에서 서성이며 벗어나지 못하고 머무르고 있을까? 왜 이 길 위에서 홀홀 떠나지 못하고 머뭇대고 있을까?

학업도 창작도 늦깎이였다. 예순도 넘은 만학의 광장에서 배움의 시간들은 다시없는 오롯한 기쁨이었다. 영혼의 부유함을 느끼던 시간이었다. 그러나 창작의 길에서는 기본기의 부족함에 절망하였다. 독서의 부족함을, 사유의 빈곤을, 체험의 빈 깡통을 뼈저리게 느꼈다. 그런데도 한평생 그림자처럼 따라다닌 문학이라는 참 질긴 혹 하나를 결국 이 나이가 되도록 매몰차게 떼어내지 못하고 반려처럼 함께 걸어왔다. 그래, 햇볕 한 줌을 못 받아도, 길을 잘못 들어 내내 서성거려도, 같이 가자꾸나. 너도 나를 못 떠나가고 나도 너를 차마 못 떨쳐내니 너는 내 그림자요 길 위의 동반자로구나.

누군가에게 이런 말을 들었다. 글 쓰는 사람은 업이 많은 사람이라고.

가족들에게 밤이며 언제나 글 쓰는 뒷모습만 보이며 살아왔다. 집안일을 미루고 볼일도 미루며 그러고도 바쁘다는 말을 달고 살았다. 심심하다고 푸념할 여가가 없었다. 술술 쓰이지 않는 글에 발목이 잡혀 언제나 편안하지 못한 마음이었다. 시간을 아끼며 낭비하지 않고 살아도 세월은 번개처럼 지나갔다. 새댁이 결혼하여 김장 서른 번을 담그면 중년이 넘는다더니 예순도 반 넘어 국문과를 졸업하고 나서야 『문학광장』에 소설과 수필로 등단하는 기쁨을 가졌다. 연륜에 따른 세월의 빠름을 절실히 느낀다. 나중에 후회하지 않게 글을 쓸 수 있을 때까지 최선을 다하고 싶다. 부족한 자질이지만 좋은 작품 짓는 염원을 가져 본다.

나의 동반자 문학이 작은 결실인 단편소설집으로 세상의 빛을 보게 되어 기쁘다.

　내가 뿌린 씨앗들에 책임을 다한다는 마음으로 소설집 출판을 결심하였다. 이들이 세상에 나가면 어쩌면 혹독한 비판을 받으리라. 자질이 부족한 자식을 내보내는 부끄러운 마음이다. 그러나 이 소설집을 읽으시고 나이로 인해 자신이 좋아하는 일을 망설이고 주저하는 실버세대 중 단 한분에게라도 긍정의 힘과 용기를 드리는 계기가 되었으면 하는 바람이다.

　오랜 세월 창작의 뒷모습을 묵묵히 보아 준 사랑하는 가족들에게 미안함과 고마운 마음을 처음으로 전한다. 등단으로 용기와 문학의 빛이 되어 주신 《문학광장》에 감사한다. 기대하며 응원을 보내는 양가 형제자매들에게 소설집을 선물하고 싶다. 언제나 정겨운 부경 9기 동창들, 수정동 강의실에서 만학의 배움을 공유한 방송대 국문과 11학번 동기들, 그리고 《늘창문집》을 발간하며 늘 창작하는 자세로 문학을 토론하는 늘창문학회 문우들께 두루 고마운 마음을 전하고 싶다.

　북랩 출판사, 수고하신 김회란 본부장님을 비롯하여 편집부 분들께 감사한다.

　행복한 아침이다!

2017년 정유년 여름에

최순희

감꽃이 필 무렵

감꽃들이 여기저기 소리 없이 떨어진다. 연두 새잎들이 어느새 짙은 초록색이다.

반짝이는 감나무 잎들 사이로 수줍은 듯 수굿하게 달려 있던 감꽃들이 약속이라도 한 듯 풀밭으로 나풀나풀 뛰어내린다. 땅에는 하얀 감꽃들이 지천이다. 감꽃들을 물끄러미 바라보던 감실댁이 히죽 웃으며 늙은 남편을 바라본다. 젊어서는 훤칠한 키에 인물 좋다는 소리도 더러 들었건만 이제는 얼굴과 손등에 검버섯이 꽃처럼 피어 있다.

"보소, 감꽃은 와 향기가 없을꼬? 찔레꽃 같이 향기가 나믄 좋을 낀데."

"찔레꽃하고 감꽃하고는 다르제. 감은 과실수고 찔레는 줄기 꽃이제."

"옛날에는 이것 줏을라꼬 새벽부터 소쿠리 들고 감나무 아래를 돌아댕겼는데."

"다 옛말이제. 먹을 게 넘쳐나는 세상인데 떨떠름한 맛도 없는 감꽃을 누가 먹겠노."

"감꽃이 억수로 달려서 추려낼라 하믄 식겁하것소."

"풋감이 빠지면 어디 감당하겠던가. 시나브로 약을 때리는 수밖에."

하영태는 아내를 돌아본다. 갓 스물 시집올 때 달덩이 같던 얼굴이 이젠 흔적도 없다. 봄볕을 많이 쬐어선지 벌써 검게 탄 얼굴에 주름이 자글자글하다. 밤색 몸뻬에 막내딸이 입다가 벗어 놓고 간 헐렁한 스웨터를 입고 염색 손을 놓친 흰머리에 차양 넓은 작업 모자를 썼다. 그네는 아직도 목도리를 목에 둘둘 두르고 있는데 사시사철 목이 시리다고 했다. 늙은 남자는 허리에 복대를 두르고 감나무 아래를 절뚝절뚝 걸어가는 아내를 딱한 눈빛으로 바라본다. 등짝은 더 굽어졌고 무릎관절 수술도 해 줘야 하는데, 이놈의 감 농사는 어찌할꼬.

조상 무덤이 있는 선산 아래쪽 덜 가파른 곳부터 개간하기 시작한 게 그의 나이 마흔이 넘어서다. 남의 논을 빌려 소작농을 지어도 허리가 펴지지 않아 두 부부가 산자락을 쫓기 시작하여 계단밭을 일구어 단감나무를 심었다. 주위의 풀을 베어 거름도 많이 넣고 지게로 져다 소똥도 무진장 넣었다. 감나무를 심고 삼 년이 지나 작은 단감나무에 달린 단감들이 크고 달았다. 당도도 상품이었다. 산비탈 구석구석을 쫓아 감나무를 더 심었다. 매실나무도 심었다. 그렇게 가꾼 과실주들은 오륙 년이 지나자 가지를 뻗어 그들 부부에게 등골이 휘는 일복과 함께 봄과 가을이면 목돈을 안겨 주었다. 가용으로 쓰고 자식들 공부를 시켰으니까. 그러나 이젠 농촌에 매실이나 단감들이 지천이라 농비와 인건비를 제하고 나면 수익이 예전만 못하다. 새 묘목으로 바꿔 심은 감나무들도 이젠 늙었다. 이웃 젊은 산주들은 감나무를 잘라내고 복숭아나 무화과를 심기도 하지만 영태 내외는 힘에 부쳐 엄두를 못 내고 있다. 일구더기 감 농사를 지으려 하는 자식도 없지 않은가. 감나무 아래에는 벌써 온갖 잡풀들이 무성하다. 해충들이 기승을 부려 매실이고 감이고 약을 치지 않고는 되는 농사가 없다. 이른 봄 감나무에 황약을 시작으로 병충해약과 왕성하게 뻗어나는 제초제 등 약통을 안고 산다. 앞으로 얼마나 약을 더 쳐야 할지 모른다. 평지가 아닌 산길에 호스를 당겨 이 나무 저 나무로 옮겨 가며 약 치기는 좀 어려운가. 정이월 추운 날씨에도 올라와서 내내 가지치기를 하였다. 높게 뻗어가는 가지는 무조건 자른다. 과실 따기가 힘들기 때문이다. 노인은 금년 단감 농사 일이 태산같이 가마득하다. 얼마 전 씨알이 자잘해서 돈도 안 되는 매실 따느라 얼마나 고생했던가. 그러나 단감농사는 그들이 일 년에

단 한 번 만져 보는 목돈이 아닌가. 논농사 댓 마지기는 양식하고 설, 팔월 명절과 제사 밥쌀 떡쌀하고 자식들 집에 쌀 한 포대씩 보내주면 없다. 젊은 시절에는 일이 안 무섭고 힘도 좋아 인건비 한 푼도 나가지 않았다. 부부가 이른 새벽부터 어두워질 때까지 억척스레 일했다. 끝이 없는 농사일을 천직으로 알고 소 같이 일만 하던 그들 몸에 이상이 온 지도 오래이다. 아내는 척추에 무릎관절에 팔이 아파 머리빗질도 어렵다. 큰돈 들여서 불도저로 경운기 오르는 길을 만들기 전까지 산비탈 가파른 길을 덜덜 다리를 떨며 지게로 비료나 거름을 져다 올리고 감들을 어깨에 메다 날랐기에 그의 등뼈는 활처럼 굽어졌고 야윈 두 어깨가 내려앉았다. 밭에서 종일을 일하고 경운기를 끌며 내려오는데 이웃인 동욱이 불렀다.

"영태아재요, 저기 소식 들어십니꺼?"

"뭔 소식?"

"이 근방 밭하고 산들이 다 들어간다는 소문이 무성합니더."

"여기 산은 뭐할라꼬 그라제?"

"농공단지가 뭔가 들어선다는 말이 있심더."

"농공단지가 우째 이런 산 위에 들어서노? 도통 알 수가 없네."

"요새 건설장비가 얼매나 좋은데요. 불도저로 확확 밀어서 평지로 맹걸고도 남지예."

"그럼 우리 조상 산소는 우짜노?"

"산소야 마땅히 이장비 나올낍니더. 문제는 수용보상비인데 우리 산주들이 똘똘 뭉쳐 보상을 잘 받아야 하제요. 아재, 우짜든지 우리가 단합해서 잘 처신해야 됩니더."

"하모, 두말하면 잔소리지."

노인은 산소가 우선 걱정이긴 했지만 앞으로 단감농사 못 짓는 섭섭함보다 힘에 부치는 농사일 덜어지는 게 잘됐다는 생각이 퍼뜩 들었다. 보상비만 많이 주면 두 다리 천만 원 든다는 마누라 무릎관절 수술도 시키고 큰 병원서 허리뼈 사진도 찍어 보고 해야제. 꾸부러진 등짝 탓인지 숨골이 턱턱 막히는 내 병도 알아보고, 찬바람 숭숭 드는 낡은 집도 고치든지 새로 지으면 늙어서 좀 따시게 살낀데, 네댓 마지기 논농사 그거사 눈감고 지어도 짓제.

　　선산은 선친의 평생염원이었다. 부자가 몇 년이나 머슴을 살아 산 한 자락을 샀다. 그 산에 근본 없이 여기 저기 흩어져 있던 조상 뼈와 공동묘지에 초라하게 묻힌 조부모 뼈를 이장하여 놓고 아버지는 돌아가셨다. 어머니와 그 산에 잠드셨다. 영태 자신도 아내도 자식들도 죽으면 당연히 그 산에 묻힐 줄 알고 있는데 산소를 이장해야 한다니 걱정이 앞선다. 그러나 나라에서 하는 일을 어찌하랴. 2남 2녀 아들딸들이 하나같이 고만고만 힘들게 사는 것이 마음에 항상 걸려 있다. 내가 고등학교까지 공부시키고 결혼까지는 해 줬지만 자식들 집 한 칸도 못 거들어 줬지. 그러다 언뜻 고개를 저었다. 쯧쯧 내 손에 흙 안 묻히고 입에 밥이 들어갈까. 그런 복이 있을라고. 농공단진가 뭔가도 떠들다 쑥 들어가 버리고 말겠지. 허파에 바람만 들제. 타타타타 경운기를 몰면서 오만가지 생각에 잠겨 열두 채 기와집을 지었다 허물었다.

　　붉게 물드는 감잎 사이로 갈바람이 들고나고 따사로운 가을햇살이 어린 감들을 부드럽게 어루만져 주니 감들은 살이 오르면서 발그레 보기 좋게 익어 갔다. 평상의 고추가 진홍빛으로 말라 가며 감실댁은 애가 타서 자식들 집에 일일이 전화를 한다.

　　"엄마, 벌써 단감 익었어? 우리 단감 맛있잖아. 일도 못 거들고."

"가게 때문에 몸 빠질 새가 없네. 차후 갈 테니 우선 맛보게 한 박스 부쳐 주세요."

"알았어. 엄마 담주 올라갈게요."

전에는 토요일에 애들 데리고 와서 하루 이틀 산에 올라가서 감도 따 주고 하던 자식들이 이젠 새끼들 학교와 학원에 잡히어 당일치기로 와서 차 트렁크에 감 박스들을 싣고는 후딱 가 버린다. 단감이 한물로 익을 때에는 감 따는 일손을 빌리기도 하지만 웬만하면 두 내외가 하루도 쉬는 날 없이 묵묵히 감을 땄다. 품삯이야 농약비, 거름 등 나가는 돈이 만만찮기에 그런다. 그러나 이젠 목덜미가 빠지도록 올려다보며 감을 따는 것도, 어깨에 멘 감주머니 무게도 힘에 부친다. 서른 개 남짓 따 넣어도 등이 더 굽어지고 더 절뚝거린다. 감실댁은 스무 개도 못 따서 감주머니 감들을 큰 플라스틱 박스에 갖다 붓는다. 그러니 열 개도 넘는 감 박스를 택배로 보낼 때면 웬만하며 와서 가져가지 하는 잔소리가 저절로 나온다. 그래도 칠 남매 형제들과 자식들에게 연례행사처럼 감을 보낸다. 더러는 차를 몰고 와서 한나절 거들어 주고 가기도 하였다. 그러면 때깔 좋은 감 한 박스와 선별하고 처진 감들을 수북이 자루에 부어 주었다. 산자락에 쑥쑥 크는 대파와 끝물호박과 무거워 들기도 어려운 누런 호박들을 얹어 주었다. 그들 부부는 그게 인정이요 우애라고 생각하였다. 이웃동네인 중산리에 사는 큰 동생 정태는 옛날에는 며칠씩이라도 부부가 와서 감을 따 주고 일을 거들어 주었는데 자신들이 하우스 딸기농사를 짓고부터는 바빠서 감밭 근처에도 못 왔다. 지난여름부터 영태씨 집은 들고나는 이들로 분주했다. 아들 며느리, 딸 사위들이 애들을 데리고 왔다. 동생들도 찾아왔다. 정태를 비롯하여 부모님 제사 때도 곧잘 빠지던 호태와 성태, 그리고 생전 생선 한 마리 들고 오지 않던 광태까지 수박을 들고 찾아왔다.

"보소, 형제들이 와 갑자기 저리 뻔질나게 찾아 오능교? 새길 나것소."

"내사 오라 가라 말 한자리 안 했제. 형제간 집에 형제 오는 걸 우짤기고?"

마을에는 보상금이 나온다니 나왔다니 하는 소문들이 한 집 건너 두 집 삼 이웃에 퍼져 나갔다. 농공단지에 산이나 밭이 수용되어 보상비를 받게 된 집에서는 웅성웅성 시끌시끌 크고 작은 고성들이 샛바람처럼 새어 나오는 어느 날 밤에 광태가 혼자 찾아왔다.

"큰형님 지하고 좋게 해결 좀 하십시다."

"뭔 해결을 하노?"

"딱 깨놓고 큰형님 선산 보상금 저한테 5억만 빌려 주십쇼. 그럼 지가 책임지고 형제 입을 싹 막겠심더. 내가 다시 재기하여 큰형님 돈 꼭 갚겠심더. 차용증하든 공증을 하든 형님 좋을 대로 하십소, 형님 단도리 안 하믄 보상금 다 뺏기게 생겨서 귀띔하는 깁니더."

"니 무슨 자다가 남의 다리 긁는 소리 하노? 그런 말 하려면 오지도 말거라."

광태는 지지난해 부산에서 근근이 버티던 두부 공장이 넘어가는 사달이 났다. 집도 넘어가고 애들 학업도 중단시켰다. 형제들이 도와주지 않는다고 지난해 추석날 술에 취해 찾아와 집을 난장판을 만들었다. 영태씨가 한마디로 거절하자 광태는 두고 보라며 얼굴이 시뻘겋게 되어 나갔다. 며칠 후 정태, 광태, 부산 사는 호태, 마산 성태까지 동생들이 한꺼번에 들이닥쳤다. 감실댁이 불에 덴 듯 화들짝 놀라 다리를 더 절뚝거렸다.

"뭔 일로 사흘도리로 우세 두세 다 몰아서 오시능교?"

그들은 큰방으로 우르르 들어갔다. 몸살로 누워 있던 영태씨 부스스 일어나 앉는다.

"큰형님한테 확인할 게 있어 왔심더."

호태가 입을 열었다. 노인은 순간 짚이는 게 있었으나 태연한 척 했다. 정태를 쳐다봤다. 그간 정태에게는 보상금에 대해 대강 알려주었다. 그리고 아직 선수로 말은 안 했지만 정태에게는 보상금에서 얼마간 주려고 생각하고 있다. 서로가 힘들게 농사짓는 처지이기 때문인지 모른다. 그리고 가까이 사는 정태가 힘이 되어 줄 것 같았다.

"큰형님, 저기 단감나무 선산 말입니다. 듣자니 수용보상비가 제법 나온다면서요?"

"그래. 농공단지 맨든다고 금년 감만 따란다. 그런데 그것을 네들이 와 신경 쓰노?"

"큰형님!"

넷째 광태가 꽥 소리를 질렀다. 이놈들 봐라.

"말씀이 이상하네요. 그 산은 아버지가 물려준 선산인데 신경 쓰는 게 당연하지요."

"두말하면 잔소리지. 보상이 나오면 당연히 우리가 갈라야지요."

"명의는 큰형님 앞으로 돼 있어도 그거는 마 형님 것이 아닐시더."

"산 한 자락이라도 평수가 많아서 큰돈이 나올낀데, 물론 나무 값이야 형님 꺼고."

광태에 이어 호태, 성태가 말하고 평수가 많아서 큰돈 나온다는 말은 정태가 끄집어내었다. 영태씨는 심장이 부들부들 떨렸다. 그러나 얼굴에 노기를 나타내지 않으려고 악을 썼다. 초록은 동색이라고, 저 놈들이 정태 집에서 소상히 듣고 입 맞추었구나.

"뭐라카노? 말이가 똥이가. 그 산은 내 산이다. 나이 칠십 넘도록 새 빠지게 일군 산인데 무슨 개떡 같은 소리하고 자빠지노!"

"참, 그 산은 선산 아닙니까. 선산을 혼자 자시면 체하지요. 억지가 대판일세."

"읍내 사거리 길 막고 좀 물어보소. 세상에 선산을 장남이라고 홀랑 다 먹는 법이 어디 있답디까? 옛날도 아니고 요즘 같은 훤한 세상에, 몰라도 한참을 몰라서 하는 말이지."

"큰형님, 우리 험한 소리 내지 말고 좋게 의논하십시다."

"형님이 먼저 운을 떼야 우리가 무슨 말을 할 게 아닙니꺼?"

"뭣이라! 니들 결혼하여 살림날 때마다, 아버지가 아들들에게 똑같이 논 서 마지기, 육백 평씩 공평하게 나누어 주었다. 날 보고 제사와 선영 봉사 장남책무라며 선산 맡으라고 하실 제 니들 다 들어 놓고 은자 와서 딴소리고? 윗대 산소 벌초도 잔소리 자꾸 몬하고 내가 다했다. 내 논 서 마지기로 양식이 모자라 삼 년 머슴살이하여 두 마지기 보태서 닷 마지기 논농사 일 년에 열 번 드는 제사 멧밥하고 떡쌀하며 겨우 양식하고 사는데. 정태 말고는 논농사 몇 해 짓다 다들 홀딱 팔아 갔제. 그래놓고 이제 와서 뭣이 어쩌고 어째?"

노인은 심장이 덜덜 떨리고 얼굴이 벌겋게 되었지만 그의 동생들은 콧방귀만 뀌었다.

"형님도 똑같이 논 서 마지기 받았지요. 그러니까 선산은 선산이지 형님 것이 아니지요. 보상금이 한 십억은 될 끼라 소문이던데 그 돈은 당연히 형제가 나눠야지요."

"우리가 뭐 택도 없는 소리합니꺼? 세상 이치를 큰형님이 너무 몰라서 탈이제."

"이놈들아! 너거들 살림 내준 서 마지기 땅도 아버지와 내가 십 년 머슴살이하여 뼈가 빠지게 일해서 조금씩 장만한 땅인데, 그걸 맏이와 똑같이 갈라줄 때 내가 입이 없어 가만 있은 줄 아나? 논 육백 평이 니들 비빌 언덕 되라고 가만있었다. 니들이 땅 한 평이라도 살 때 거들어 준 거 있으면 말해 봐라. 니들이 벌어 산 산이라면 벌써 팔아 묵었지 여즉 있었냐? 허름한 이 집도 갈라 묵자고 덤비겠네. 이런 천지분간도 못하는 인간들아!"

"무슨 고래적 이바구 합니꺼? 형님이 잘 처신해야지 안 그러면 우리다 섭섭하지요."

"말로 안 되면 법으로 가리는 수밖에. 유념하시소. 돈에 환장해도 그렇지."

"형님은 두루두루 많이 받으셨네. 토지에다 집에다 산까지, 이 집터도 텃밭까지 백오십 평도 넘을 낀데."

동생들은 방바닥을 내리치며 방을 나갔다. 영태씨는 헐떡헐떡 거친 숨을 모으며 가슴을 끌어안았다. 아무도 8기 산소 이장문제에 입도 뻥끗 않는 게 더 괘씸하다. 감실댁이 음료수를 차려 들고 오다 앞서거니 뒤서거니 마당을 질러가는 그들을 우두커니 바라본다.

"기세등등 몰려 와서 뭐라고 대들었소? 앗따 사람 죽겠네. 뭐라꼬 말이나 해 보시우."

"시방 숨이 턱턱 막히는데, 저 놈들이 감밭 보상금 내놓으라고 협박하제."

"뭐라카노? 아무리 부처가 까꾸로 앉아도 그러제. 참말로 얼토당토않는 소리제."

자다가 홍두깨라고 가당치도 않는 소리하러 몰려 왔나베. 우리가 아등바등 살아온 세월이 구만리제. 우리 고생한 거사 하늘이 알고 땅은 알 낀데 아이고 무서버라. 칼 든 강도 행세하네. 감실댁이 방바닥을 치며 한탄지탄이다. 집도 새로 짓든지 수리를 하면 쪼깐 해선 될 일도 아니고 내사 우리 노후가 젤로 걱정인데 까딱하면 큰 싸움 나게 생겼으니 그만 골머리가 우지끈했다. 그로부터 한 달 후 제사가 있었다. 칠 남매 그들 선친제사였다. 사정에 한두 집 빠지고는 거의 참례하는 제사여서 불어난 후손들로 옹색한 방이며 마루가 비좁아 마당에 돗자리까지 펴는데 그러나 정태를 비롯한 동생들이 약속이라도 한 듯 아무도 오지 않았다. 감실댁은 마을버스로 제수장을 몇 번이나 봐다 나르고 식혜를 하고 녹두고물 찰떡도 세 되를 맞추었다. 그네는 아픈 허리에 복대를 하고 다리를 질질 끌면서 나무새며 전이며 그 많은 제수를 밤새며 혼자 장만하느라 녹초가 되었다. 큰아들 내외가 식당을 거두고 저녁에 왔다. 부모님이 뿌린 후손이 쉰 명도 넘건만 그들 부자만 제상 앞에 부복하였다. 북적북적 우대받던 제사가 조상뼈다귀 파낼 산 때문에 그만 적막강산이 되었다.

요즘은 산 이웃들도 만나기만 하면 보상비 말이다. 평당 가격이며 감나무, 매실, 복숭아, 무화과, 뽕나무 등 과실주 나무 값을 이웃보다 적게 받을까 혈안이 되어 갔다. 보상가격을 놓고 무수한 말들이 돌았고 산주들과 밭 임자들이 두 패로 갈라지기까지 하였다. 전에는 이웃들이 만나면 가지치기를 했느니 감나무에 약을 몇 번 쳤느니, 제초제는 무얼 썼느니 하며 굽은 등을 펴며 두유 한 개라도 나눠 마시며 얘기를 나눴는데 이젠 단감 말은 아예 사라졌다. 감농사가 올 한 해뿐이라고 하여도 아쉽거나 서운할 게 하나 없었다. 다들 농공단지수용가에 눈이 돌아가 있었다. 특히 늙은 농부들은 힘겨운 농사지만 감밭을 묵힐 수도 버릴 수도 없는 처지였기에 속으로는 잘됐다고 하면서도 보상가가 적게 나오면 팔지 않겠다고 떠들었다. 마을 사람들은 드러내고 말은 하지 않았지만 집집마다 자식 간 형제간 보상금으로 인한 시비들로 피가 배어나게 마음들을 다치고 있었다.

큰아들 용수 내외가 왔다. 아들 나이도 오십이 되어 어느새 머리가 반백이 되었다. 며느리는 벌인 식당일 때문에 여간해선 집에 못 오는데 같이 왔다. 읍내에서 삼겹살 식당이 크게 잘되는 것은 아니어도 저들 다섯 식구 밥술은 먹는 모양이었다. 그러나 아이들이 대학 가고 고등학교라 학비가 많이 들어가 빠듯한지 전날에 아들이 즐겨 다니던 바다낚시도 발을 끊었다. 24평 복도식 아파트도 아버지가 몇 년간 단감 판돈을 모아 보태어 줘서 산 것이다.

"식당건물 계약만기가 다 되어서 걱정이라예. 주인이 몇 번이나 연기해 주었지만 이번에는 세를 올리든 아님 비키라는 말이 나올 것 같은데 걱정임더. 이번에 보상금 나오면 가게 하나 장만하게 해 주이소 예."

"아버님, 어머님. 콩알만 해도 내 가게 하나 있는 게 소원입니다. 다달이 내는 세비가 돌아서면 달세 날이니 만날 그 돈 아귀 맞춘다고 쩔쩔맵니다. 물린 전세 빼고 하여 이참에 내 식당 하나 장만하면 정말 소원이 없겠심더."

감실댁은 백 번을 봐도 반가운 자식인데 그것도 큰자식이라 한숨을 짓는다.

"온냐 온냐. 니들 힘든 거사 다 알제. 보소 큰자석 덜 고단하게 당신이 좀 생각하소. 아직 돈은 안 나왔제. 야들아, 그러니 쪼끔 기다려 보거라 마."

아들 며느리 얼굴에 금방 화색이 돌았다. 침묵을 지키던 영태씨가 시부렁거렸다.

"사람이 우째 말을 앞세우노. 세상일이 어디 맘대로 되는가. 특히 금 전 가지고."

"아버님 말씀이 맞습니더. 식당에 온 마실 사람들도 곧 나올 끼라 캅 디더. 저희는 가게만 하나 장만하믄 이때껏 주인에게 따박따박 내던 아 까운 월세 아버님 드리겠습니더. 정말이라예. 어쨌거나 아버님 어머님 이젠 힘든 농사일 마시고 노후 편안하게 사시도록 저희가 만반조처를 하겠습니더. 걱정 마이소, 예."

아들 내외가 가고 난 뒤 감실댁이 구시렁구시렁 잔소리를 시작했다.

"쯧쯧, 보소 자석 맘 편하게 뚝 떼 준다 하면 될 것을 앞 말은 뭐고 뒷말은 와카요? 나중에 주고도 인사 못 들을라꼬 용써요? 내사 마 큰 자석 주고 연수 줄 끼라."

"이 할망구가 어째 그새를 못 참고 팔랑대고 촐랑거리노. 큰애만 자 식이고 연수만 아픈 손가락인가. 윤수, 혜수는 가만있을 줄 알고 씨부 리네. 다리 수술은 안 할 끼가?"

"세상 없어도 금년 단감 따고는 다리수술 해야제. 질질 끌고 댕기도 아파서 죽겠소. 우짜든지 우리 후사 책임질 큰자식 더 줘야 하고 아픈 자식 병원비는 대 주야제."

큰 사위한테서 전화가 왔다.

"아버님, 수현이 엄마가 몸이 자꾸 나빠져 걱정입니다. 어지간히 조심 을 하고 신경을 쓰는데 어제 검사에서 의사가 혈액투석 말을 하니 걱정 이 되어 밥맛도 없습니다."

영태씨 방바닥이 꺼지게 한숨이다. 감실댁은 놀라서 털썩 주저앉는다. 아이구 연수야! 아가! 하며 눈물을 쏟아낸다. 연수는 자랄 때부터 몸이 약했다. 거제에서 살림을 차려 애 둘을 낳고 걱정 없이 잘살던 큰딸이었는데, 어느 날 조선회사에 잘 다니던 사위가 정리해고를 당했다. 그로부터 사위는 동료들과 몇 년에 걸쳐 복직투쟁을 벌였고, 연수는 포장마차를 차려 추운 날 더운 날 없이 좌판을 놓고 만두며 호떡, 떡볶이 장사를 악바리 같이 하더니 언젠가부터 야위어 갔다. 당뇨였다. 사위는 할 수 없이 어디 임시직으로 들어갔다. 신장염에 걸린 딸은 그간 잘 버텨 왔는데 몸이 더 나빠진 모양이다. 연수는 부부에게 아픈 생인손이다. 감실댁은 눈물 콧물 바람이 되어 떨리는 손으로 딸에게 전화한다.

"그놈의 병도 돈 들이며 낫것지. 돈 걱정일랑 말고 큰 병원 가서 나아야제, 알았제."

"엄마 잘 버티고 있으니 걱정 마세요. 그리고 자꾸 병원비 대 준다 하지 마시고 보상 나오면 그 집 너무 헐었으니 새집 지어 겨울에 덜덜 떨지 마시고 따뜻하게 사세요. 젊은 사람들은 어째 살아도 사니까 자식들 걱정 마시고 두 분 노후 생각하셔야 합니다. 엄마 내 말 흘러듣지 마세요."

"아이고, 지 몸이 아프면서도 부모 생각하느라고 저러니 저 착해 빠진 우리 연수!"

둘째 윤수 부부가 왔다. 맞벌이 부부였는데 최근 윤수가 다니던 건설회사 경기가 좋지 않은 모양이다. 초등학교 쌍둥이 아들 둘인데 며느리가 마트에 근무한다.

"아버님, 저희 좀 돌봐주서요. 저이가 몇 달째 저러고 있으니 생활이 안 되어요. 제가 마트에서 일하여 근근이 먹고 살잖아요."

노인은 벌레 씹은 얼굴이 되었다. 옛날 외양간 얼룩이가 새끼 겨우

면하자 코뚜레 고삐 채워 들판에 끌고 가서 쟁기 끌듯 일흔이 넘은 자신에게 점점 고삐가 조여드는 느낌이다. 부산 사는 막내딸 혜수가 아이들을 데리고 왔다. 직장을 다니다 아기를 낳고 휴직을 하였다. 친정 시가 아무도 아기 봐 줄 할머니가 없다고 혜수는 내내 투덜거렸다. 반년을 쉬고 다시 복직하였으나 직장에 눈치도 보이고 연년생 애들을 맡길 데가 없어 결국 퇴직하여 있으니 살림이 팍팍한 모양이었다. 혜수는 오자마자 감실댁을 붙잡고 늘어졌다.

"엄마, 감밭 보상비 받으면 우리도 줄 거지, 응? 얼마 줄 건데? 아버지한테 물어볼까. 작은 아파트 하나 사게 되겠지. 2년마다 이사 6번 했나. 정말 지긋지긋해. 친구들 친정 시댁 덕 보는 게 너무 부러웠는데 나도 큰소리치겠네. 시댁에도 박서방한테도 큰소리쳐야지. 엄마, 요즘 나 꿈꾸는 것 같아. 너무 행복해!"

"너거 아부지가 요량이 있겠제. 고마 암소리 말고 기다려 보거라 마."

눈에 넣어도 안 아픈 막내딸인데 무엇이 아까우랴. 감실댁은 입으로 모이 물어다 주는 어미새가 되어 당신 입 안의 먹이를 자식들에게 다 꺼내 주지 못해 안달복달이 났다.

내년이 칠순인 손아래 누이 태순이 북어처럼 바짝 마른 팔을 흔들며 영태씨 코앞으로 바짝 다가앉는다. 눈은 가자미 같이 돌아가고 주름진 얼굴에 얄팍한 입술이 삐뚤 꼬여 있다.

"오빠요, 와 여형제한테는 말이 없소? 삼동네 소문이 파다한데 태선이하고 나는 아버지 자석도 아닌 모양이제. 요새사 아들딸 층거리가 없는 세상 아닌가베. 여기 있는 동생들도 다 모를리 없을 꺼로. 내사 시집갈 때 시어른 혼숫감을 해 갔나, 다문 일 년 입을 옷을 해 갔나, 몇 달 신을 버선이라도 가져갔나. 새색시 시집왔다고 대소가 사람들이 새색시 옷 구경 하자고 왔는데 보일 게 있어야지. 부끄럽고 남우세스러워서 내가 얼마나 울었는지 귀신이나 알지 누가 알꼬. 청석돌보다 야문 아베 어매가 딸 여위고 빚지면 안 된다믄서 무명옷 겨우 입고 벗고만 해서 보냈제. 비단치마저고리 한 번 입고 싶어 안달복달을 해도 우리 어매 손톱도 안 들어갔제. 내사 동생들 줄줄이 업어 키우고 정지일 다하고 초등학교도 겨우 댕겼다. 그런데 아베 남긴 산에서 돈이 나온다면서 니들끼리 작당을 해서 처먹을라꼬? 아이구 숭악해라. 내사 오늘부터 오래비 집에 그냥 붙어 살기라."

"언니 말이 하나도 안 틀리제. 나두 오빠 집에 아주 궁둥이 눌어 붙을 끼요."

태선이는 방구석에 후딱 드러눕는다. 정태가 소리쳤다. 고성이다.

"이젠 형님이 결단을 내야 하지 않겠소. 우리가 밥 얻어먹으러 온 거렁뱅이도 아니고 부모가 남긴 유산 나누자는데, 세월아 네월아 하고 있으니."

"큰형님, 이만해서 좋게 해결합시다. 사람이 우째 자기 욕심대로 다 하고 삽니꺼?"

영태씨는 아무리 생각해도 억장이 무너졌다. 울화가 치밀어 토악질이 넘어온다.

"이 날도둑놈들아! 니들이 뭐 형제라꼬? 서천 쇠가 웃겠다. 내 할 말은 벌써 다 했다. 이젠 입 섞기도 내사 싫다. 방구석에 붙어 살든지 말든지 니들 맘이제. 으흠 칵칵!"

말을 마친 그가 밖으로 나가려 하자 광태가 문 앞을 장승 같이 막아섰다.

"형님! 이대로는 못 나가요. 죽든 살든 해결을 짓고 나가소."

"뭐라고 이놈아! 니가 뭔데 내 집에서 내 발길까지 막냐?"

형이 동생의 멱살을 잡자 동생이 먼저 형을 잡아 방바닥에 패대기를 친다. 우당탕하는 서슬에 마루에서 어쩔 줄 모르고 있던 감실댁이 방문을 밀치며 들어서다 바닥에 내동댕이쳐진 영감을 보고 놀라 영감 위에 엎어졌다. 영태씨가 새파래진 얼굴로 소리쳤다.

"이보래 임자, 경찰에 신고해라. 우리 집에 도둑놈들이 몰려와 있다고!"

"이보소, 뼉다구 안 분질러졌소. 이젠 돈독이 올라 엄살도 기가 막히네!"

"말 한 번 잘했소. 퍼뜩 신고하소. 동생들 돈 다 띠묵을라꼬 도둑으로 몰아세우는 돼지 같은 집구석 동네사람들아 좋은 구경났으니 어서들 좀 오시구려."

"칠십 넘은 늙은이가 추접스레 용을 쓰네. 배째라 하니 불쌍허요."

"형님, 오늘 이날까지 형제들이 얼마나 애걸하고 빌었소. 같이 좀 살자고. 아베가 물려준 선산인데 나누는 게 열 번 순리지요. 처음에는 한 푼도 못 준다고 펄쩍 하다가 다음에는 이천만 원 묵고 떨어져라 했소. 애들 과자 값 주는 것도 아니고."

"이놈들아, 내가 백 번 양보해서 오천만 원 준다고 했제. 그랬으면 됐지 뭣이 어째? 내가 죽었으면 죽었지 더는 못 준다. 이 집도 너무 낡아 새로 짓든지 해야 살 형편인데."

"일흔 넘은 노인네가 몇 백 년 더 살 끼라고 추잡스레 집 걱정까지? 아방궁이라도 지으시겠다. 기가 차서 우째 형제들 돈을 가로채어 쓸 궁리만 하는 거요?"

"자꾸 박 터지게 싸우지 말고 누님하고 동생은 출가외인이니 오천만 원 주고 남자 형제들은 일억 오천 주시오. 그래도 형님은 죽을 때까지 그 돈 쓰고도 남것소!"

"뭐라고 이 정태 날도둑놈아, 니들은 일억 오천하고 와 우리는 오천인데, 와 오천인데? 하이고오 택도 없는 소리하고 자빠졌네. 하늘이 쪼개져도 그리는 안 될 끼구마."

"작은 오빠 미쳤소? 오빠나 오천 받고 땡감 떨어지듯 떨어지구려. 내가 법무사한테 물어보니 요즘 유산상속은 마누라만 쪼매 더 받고 장자나 차자나 아들이나 딸이나 똑같이 받는다카더라. 뭐를 좀 알고나 나서든지."

태순이와 태선이가 벌떡 일어나서 정태를 향해 시퍼렇게 삿대질하며 달려들었다. 정태는 삿대질에 밀려 주춤주춤 뒤로 물러났다. 영태씨는 결심을 했다.

"솔직히 말하마. 내가 처음에는 니들 한 푼도 안 주려고 했다. 내 재산이니 주라마라 니들이 상관할 돈이 아니제. 다 사정이야 딱하지. 세상에 딱하지 않은 사람이 한 명이라도 있더냐? 니들이 논 홀딱 팔아가듯 내가 옛날 어려울 때 그 산 팔아먹었으면 어쩔 건데? 그러다 맘 바꿔서 이천만 원 주려 하자 난리를 치고 철천지원수 보듯 대들었지. 니들 형수가 형제간 원수 되지 말자고 사정하기에 내가 큰맘 먹고 오천만 원을 주마 했다. 그러나 너거들은 오천만 원에도 콧방귀 뀌고 픽 웃었지. 니들이 나한테 돈 맡겨 났냐? 선산 누가 지켰냐? 선영봉사 누가 하고 제사 때도 못 오는 구실이 더 많았제. 제사음식 쌔가 빠지게 누가 차렸냐? 오천만 원, 싫으면 하지 마라. 그것도 내사 피같이 아깝다. 뭐 일억 오천? 나가 지금 죽어도 그렇게는 못해! 니들 소송 낸다꼬? 줘도 원수 안 줘도 원수 되는데 미쳤다고 오천이나 줄까. 니들이 나한테 뭐 해

준 게 있다고 입맛대로 떠들어 샀노. 다 내 집에서 나가거라. 꼴도 보기 싫다. 나가! 나가!"

"흥, 오천. 이젠 피차 막 보기네. 누가 이기나 소송이네. 인제 형제고 사촌이고 없다."

"기고만장해서. 장남이 뭐 장땡인가. 길을 막고 물어보지. 혼자 다 처묵는 긴가."

"일억도 아니고 오천? 나이든 양반이 너무 욕심 채우면 한 방에 가지가!"

"보상금이 십억이나 된다면서 누굴 당달봉사로 알고. 한판 붙어 보자, 씨발!"

"그깐 돈 오천, 없이도 여태 살았다. 까짓 누가 이기나 갈 데까지 가보자, 씨발!"

모두 얼굴이 붉으락푸르락 도깨비가 되어 갔다. 시퍼렇게 질린 감실댁이 질질 끄는 다리를 뚜드리며 울부짖었다. 그네는 사시나무 떨듯 온몸을 벌벌 떨었다.

"아이구 몸서리야! 차라리 그 단감밭 보상금 안 나오는 게 골백번 편했제. 무덤 해작질하는 멧돼지도 아니고 무슨 떼강도 패거린가. 오메! 범보다 야차보다 더 무서바라."

그곳에는 일곱 마리의 이리 떼가 거친 숨길을 씩씩대며 으르렁대고 있었다. 서로를 노려보는 눈빛에는 벌겋게 핏발이 서고 살기마저 비쳤다. 한 자궁에서 태어나 육십여 년 한솥밥 먹으며 지내온 형제간 우애도, 다복다복 쌓아 왔던 인정의 낟가리도 장마물살 지나가듯 말끔히 쓸려가 버렸다. 돈은 사람 사이를 한순간에 은인으로 만들기도 하고 철천지원수를 낳기도 한다. 돈은 사람을 짐승 닮은 모습으로 바꾸는 데

더 재미있어 기고만장한다.

늦은 밤, 어둑어둑한 화산 마을을 향해 빠르게 걸어가는 사내가 있었다. 사내는 아름드리 느티나무 쉼터가 있는 마을 복판 길을 가지 않고 대나무들이 둘러선 마을 뒷길로 걸어간다. 사내는 불빛이 새어나오는 동욱이네 집 시멘담장에 서서 달도 없고 별도 없는 밤하늘을 잠시 쳐다본다. 휘익- 매운바람이 얼굴을 할퀴고 지나갔다. 그림자가 없는 사내는 하영태의 집으로 가는 고샅길로 들어선다. 사내의 품에는 날이 시퍼런 식칼이 들려 있었다. 밤은 음흉스런 미소를 지으며 사내의 모습을 어둠으로 가려 주고 그 마음까지도 덮어 주었다.

"이걸 목에 겨누어도 설마 말 안 들을까! 결판을 내야지. 어리석은 영감탱이!"

어둠속에서 두 눈만이 짐승의 눈처럼 인광이 번쩍인다. 끼럭끼럭끼럭 기러기 떼가 밤하늘을 날아간다. 적막한 밤이 홀로 깊어가고 있었다.

가을

나이도 이쯤 되고 보면

세상에 무서울 것이 없다고 하는데

나도 그렇게 생각했는데

이르게 단풍 든 벚나무 잎이

소리도 없이 떨어지는 계절

손금 사이로 거친 바람이 분다

울컥

마른 가슴에도 물이 고인다

고모의 이름으로

슬금슬금 안개비가 내리고 있다. 뿌연 안개비는 때론 바람에 쫓겨 달아났다 다시 제자리인양 돌아온다. 안개비에 시야가 가려진다. 차의 속력을 늦춘다. 목적지가 가까워져 오자 안개가 걷히고 가랑비로 바뀌었다. 어제부터 내리던 비가 사나흘은 오려나 보다. 검정 바지에 흙탕물 묻힐까 바짓가랑이 거머쥐고 주차한 차를 돌아보니 빗물이 슬픈 눈물처럼 가랑가랑 흘러내리어 바퀴에 따라온 황토를 씻어 주고 있다. 고모는 이 비 오는 날에 절간으로 무슨 호출이람. 영화사. 영화사 가는 길은 몸치 굵은 노송과 수목들이 울울한 숲길도 아니고, 옷깃 여미며 경건한 마음으로 들어서는 산문 일주문이 있는 것도 아니다. 반쯤 열린 절간 대문 좌우에 사천왕상 두 분이 우람하게 버티고 계신다. 좌위 사천왕상은 성난 듯 두 눈 부릅뜨고 우락부락한 모습으로 목에는 푸란 목수건 느슨하게 매고 무릎 덮이는 초록 갑옷에 커다란 맨발에 바른손 눈 가까이 불끈 쥐고 왼손에는 삼지창 쥐고서 우뚝 지키고, 우위 사천왕상은 꽉 다문 입이며 부라린 눈에 노란 목수건 두르고 맨발에 길쭉길쭉한 손톱이 유난히 드러나는 큰 손으로 검은 돌덩이 하나를 가슴 위로 힘껏 들어 올린다. 하늘하늘 나부끼는 금색 진홍 녹색의 구름 띠를 전신을 두르셨다. 영화사 도량에는 대웅보전도 관세음보살전도 미륵불전도 구름 위에 앉았는가, 대웅전을 향해 합장하고 절한다. 두 개의 석등이 불전으로 인도한다. 흰색 자주색의 조롱조롱 달린 초롱꽃이 작은 손 벌려 가랑비를 만지고, 잔디는 목욕하고 파릇파릇 생기가 돌고 조팝나무는 하얀 쌀 튀밥을 잔뜩 뒤집어썼다.

소박한 법당에는 석가여래 광배가 소리 없이 빛을 발하는데, 후불탱화 부처님 좌우에 문수보살, 보현보살, 지장보살 서 계시고 뒤쪽에는 부처님 십 대 제자들이 옹위하고 계신다. 흰 사기인등불이 작은 불을 밝히고, 소담스레 담은 떡과 과일이 불전에 보기 좋게 진설되어 있으리라. 진홍색 분홍색의 초파일 연등이 머리 위에 줄지어 달려 있고 불자님들 일심으로 기도 드린다. 춤추는 촛불은 제 몸을 태우고 피어나는 향불은 업장을 사르리. 부처님 발치의 양란들은 나비 같은 꽃을 피워 부처님만 뵙지 말고 저 봐 달라 눈짓한다. 불자님들 정성인가 향로며 다기들이 반짝반짝 번쩍번쩍 어른거린다.

회색 절복에 반듯하게 빗은 머리 묶어서 올리고 오른손목에 염주팔찌하고 108염주 돌리며 고모가 절을 한다. 두 손 모아 합장하고 무릎 끓고 엎드리며 정성 모아 관세음보살! 관세음보살! 연호하며 늙지도 젊지도 않은 우리 고모가 부처님께 절 올린다. 먼 데서 온 손님 보곤 『지혜의 등불』 법문과 회색 방석 내민다. 100배를 했는지 200배를 했는지 고모 이마에 땀방울이 송골송골 맺혀 있다. 지극한 기도는 소원성취 기도인가. 사바세계 일체중생의 행복을 염원하는 기도인가. 불의의 사고로, 병고로 안타깝게 이 세상 떠나신 영가님 극락왕생 기도인가. 가사장삼 두르신 큰 스님 작은 스님 들어오시어 초하루법회 시작되었다. 목소리 쩌렁쩌렁한 큰 스님도 찔레꽃 닮은 젊은 스님도 비구니 스님이시다. 스님 신도 다 함께 천수경을 송한다.

정구업진언
수리수리 마하수리 수수리 사바하
수리수리 마하수리 수수리 사바하
수리수리 마하수리 수수리 사바하

천수천안관자재보살광대원만

무애대비심대다라니

고모가 눈 감고 천수경을 외운다. 문득 옛날 학창시절 들은 '천수대비가'가 떠오른다. 신라 경덕왕 대에 다섯 살 여자 아이가 갑자기 눈이 멀어 그 어머니와 아이가 천수대비 앞에 무릎 꿇고 노래를 부르며 자비를 구하는 간절한 기도를 올려 마침내 아이가 눈을 뜨게 되었다는 아름다운 「천수대비가」. 천수관음 천 개의 손과 천 개의 눈 하나를 놓고 하나를 덜어 주시기를 원한 간절한 기도여. 참회게를 송할 때부터 고모가 운다. 소리 없이 눈물을 흘리고 있다. 손수건을 꺼내어 고모 손에 쥐어 주었다.

> 아석소조제악업 개유무시탐진치
> 종신구의 지소생 일체아금개참회
> 살생한 죄업을 오늘 참회합니다
> 도적질한 죄업을 오늘 참회합니다
> 사음한 죄업 거짓말한 죄업 발림 말한 죄업
> 이간질한 죄업 나쁜 말한 죄업 탐애하는 죄업
> 성내어 지은 죄업 어리석어 지은 죄업
> 참회합니다 참회합니다
> 관세음보살 관세음보살 나무관세음보살

"강산이 몇 번을 변해도 참회게를 천 번 만 번을 외워도 내 죄업은 티끌만치도 줄어들지 않는구나. 관세음보살!"

"고모, 고모가 자꾸 우시니 나도 눈물 나요!"

"윤희야 넌 울면 안 돼. 네가 무슨 잘못 있다고."

깜짝 놀라 눈물 뚝 그치는 우리 고모, 여래십대발원을 큰소리로 읊는다.

여래십대발원문
원아영리삼악도 원아속단탐진치 원아상문불법승
원아근수계정혜 원아항수제불학 원아불퇴보리심

찔레꽃 닮은 작은 스님이 쇠북을 치신다. 덩~~~ 덩~~~ 덩~~~
종소리의 여운이 메아리처럼 길게 울려 나가는데 고모는 가슴에 두 손 합장하고 미동도 하지 않고 눈 감고 있다. 저 울림은 먼 지하 지옥간에까지 닿아 죄 많은 중생들 구제하여 주실 것 같구나. 공양예불이 시작되었다.

발원이귀명례삼보
나무상주시방불 나무상주시방법 나무상주시방승

"저기 좀 보거라! 저기 좀 보거라!"
명부전 층층이 놓인 영가위패 한곳에 고모 눈이 꽂히는데 〈밀양박씨덕자영가〉이다.
"너들 친 고모이니라."
"고모는, 그럼 고모는?"
"나는 가짜 고모였니라. 나는 가짜 고모였니라."
세상에 가짜 고모도 있단 말인가? 할머니가 버선발로 뛰어나가 반기던 고모는, 고모 오면 제일 큰 닭 모가지부터 비틀던 아버지는, 시누이 비위 맞추느라 쩔쩔매던 엄마는……. 아, 그럼 고모는 우리 친고모 죽고 고모부에게 시집 온 부인으로 새고모인가. 새고모란 이름이 너무도 생경하다. 아니야, 고모는 그냥 우리 고모일 뿐이야.

법회 끝나고 큰스님 작은 스님 내려가시고 보살님들 공양하러 요사채로 가시고 석가모니부처님, 문수보살, 보현보살, 지장보살 좌우에 대동하시어 내려보고 계시는 법당에서 겁도 없이 자신이 가짜 고모였노라고 떠벌릴까. 장마에 강물이 넘치듯 저수지 제방이 넘쳐나듯 고모 눈에 눈물이 폭포수를 이룬다.

"고모, 고모 이상해. 오늘 맘 잡고 우는 날로 잡았어요?"

"그래 윤희야. 우는 것도 오늘, 그만 우는 것도 오늘이다!"

고모는 명부전에 향을 사르고 정성스레 차를 올린다. 나는 고모 따라서 본 적도 없는 친고모께 덤덤히 인사드렸다. 고모는 〈밀양박씨덕자영가〉 위패를 하염없이 올려다본다.

형님! 형님! 나 이제 허깨비 탈 벗을라요. 죽이든 살리든 형님 맘대로 하시오. 아니지요. 이젠 내 맘대로 할 거요. 빈말 아니고 참말로 맘대로 살겠소. 내 몸뚱이 내 맘대로 하자는데 어느 누가 시비할거며 어느 누가 막을 거요. 형님도 어림없소. 윤희야 보아라, 단디 들어라. 내 이름은 본디 박영자, 박덕자는 형님 이름. 나이도 두어 살 차이밖에 안 되고 형님 밀양 박씨, 나도 밀양 박씨 박가이고, 형님 이름 박덕자, 나는 박영자. 그때는 박덕자도 박영자도 상관없이 귀찮았어. 그러나 인제는 허깨비 이름 던져버리고 나를 찾을 것이오. 왜 이리 바보로 살았든가 복장 치고 넘어가겠네. 이제는 남은 인생 덤으로 사는 여생인데 웃는 것도 우는 것도 저녁 햇살처럼 얼마나 남았으리요.

"아버지가 이름까지 죽은 고모 이름 쓰라 하셨소?"

"애야, 큰일 날 소리 하지 마라, 오라비가 시킨대도 들을 내가 아니제. 자식 묻고 나니 혼도 빠지고 부처님도 씨앗이라면 돌아앉는다는데 형님 이름 그대로 살려주면 내 새끼들 잘 살펴줄까 싶어 그냥 있었제. 삼십 년을 형님 이름으로 살았으면 나도 할 만치 했느니. 그러나 이제는 하루를 살아도 내 이름으로 살란다. 저승명부에 내 이름 없어 백년이 지나도 나 안 데려갈까 겁이 난다."

"고모, 죽은 고모가 자기 이름 쓰라고 밤마다 머리 풀고 나타나 윽박질렀소? 바보천치도 아니고 세상천지 그런 법이 어디 있대요. 하나둘을 못 세어도, 낫 놓고 기역을 몰라도 천지만물 중에 천금같이 중한 게 바로 이내 몸인데, 내 이름 버리고 어찌 죽은 사람 이름으로 살았단 말씀이오? 말 같지도 않은 말에 어이가 없어 뒤로 넘어가겠소. 그래도 그 이름자 안 잊고 심중에 간직하고 있었으니 참으로 장하시구려. 새고모. 새고모한테 정나미 뚝 떨어져 이젠 고모 암만 불러도 나는 아니 오겠소."

털고 일어나는 나를 눈물로 끌어안는 우리 고모.

"윤희야 제발 내 말 좀 들어 보거라. 내 흉중에 박힌 가시 뽑아 주고 가거라! 부친 병구완 십여 년에 남은 재산 다 들어가고 살림살이 곤궁하여 여물가마니 치우듯 치워 버린 시집, 소가 지나가도 까르르 웃고 흩날리는 살구 꽃잎에 가슴이 두근두근, 붉게 물드는 가을 단풍에 괜스레 눈물짓던 꽃 같은 열여덟에 시집이라고 와 보니 네 살 가시나가 암팡지게 쪼그리고 있더라. 사람들이 내가 엄마란다. 열여덟 내가 듣기도 끔찍한 계모란다. 그 꼴에 걸음도 근근이 걷고 말도 할 줄 모르면서 옆에만 가면 "실어 실어! 가, 엄마아!" 하고 소리치더라. 업어 주면 나을까 싶어 포대기 찾아들고 등짝을 갖다 대니 내 등을 떠밀며 포대기를 빼앗아 깔고 앉아 대가리를 흔들며 손도 안 댔는데 맞은 듯이 울어대니

한 줌 정이라도 붙일 데가 없더라. 네 살 가시나가 주둥이가 짧아서 밥을 줘도 도리질 죽을 줘도 도리질, 이러면 먹을까 저러면 먹을까, 상전 위하듯 받들어도 옆에만 가도 고개 돌리며 밀어내니 애쓴 본치 하나 없이 사람 성질만 돋우더라. 예쁨도 지가 하고 미움도 지가 만드는데 어린것이 계모라고 깔보는 것 같아 머리 위로 빈 주먹질 골백번도 더하고 긴 한숨 신세한탄 허공으로 날리며 눈 흘기며 살다 보니 내 눈은 사팔 뜨기 되고 입은 튀어나와 돼지 입 닮아가니 이 노릇을 어이할꼬. 지가 뭐 애기씨라고 발자국 따라다니며 떠먹이려 애를 쓰도 찾느니 지 어미니. 엄마! 엄마! 엄마 보고 싶어! 엄마 보고 싶어! 눈만 뜨면 방으로 정지로 헛간으로 어미 냄새 찾아 눈 뒤집고 헤매더라. 어린것이 불쌍하기도 하고 설마 저 배때기 고프면 처먹겠지 내버려 두어도 서푼도 안 되는 가시나가 지독스레 말 안 듣고 사람 성가시게 하니 한 번 봐도 밉상인데 그 꼴 온종일 보려니 내 눈에 가시가 서고 볼수록 밉상이더라. 미움이 미움되어 눈덩이처럼 커지더라. 먹기 싫은 밥은 윗목에 밀쳐놨다 배고프면 먹지마는 사람 싫은 거는 어찌할거나. 꽃도 미우면 곱게 안 보이는데 사람 빤히 넘겨보는 네 살짜리 가시나가 왜 그리 영악하고 싸가지로 보이는지. 밤 지나고 아침이면 계모라도 엄마인데 내 마음자리 뉘우치고 고슬고슬한 쌀밥 담아 억지로라도 떠먹이려 옆에 가면, 밥그릇 밀어내고 청승맞고 기승스런 그 울음 엔간이 해야 정이라도 들지. 마음 한쪽으로 팥쥐 엄마될까 겁나고 장화홍련 계모될까 덜컥 무섭기도 하고 이러다 독사 같은 인간될까 두렵기도 하더라.

미움이 미움되어 쌓여 천리만리 달아나는 마음인데 옛이야기 무간지옥 겁도 나고 짐승도 병들며 거두는데 하물며 서너 살 아이인데 맘자리 고쳐먹고 옆에 가면, 죽은 어미만 찾아 나만 보면 밀쳐내고 도리질을 하니 나도 그만 심사가 뒤틀려 심통만 늘더라. 내 몸은 하나인데 내 마음은 신작로 두 길로 갈라지듯 두 마음이 되어 하루에도 열두 번 천당과 지옥이 한자리에서 싸우고 있더라. 저만 울었나. 전실 자식 떠맡은 내 팔자 고달프고 서러워 남몰래 눈물바람이니 낳은 정 못지않은 기른 정도 있다는 걸 소견 없는 새댁이 어찌 알랴. 칠 년 가뭄같이 메마른 내 가슴 어디에 정이 들고 어느 구석에 사랑샘이 고일까. 잠자리 내 옆에 자는 것도 내사 싫고 미운데 자다가 무망중에 내 젖가슴 찾을 때는 기겁할 노릇에 탁 때려서 그 작은 손 모질게 떨쳐 내어지더라. 우리 집 남정네 인정머리 없기로 시냇가 차돌에 비길까. 생전 가야 어미 떨어진 어린 자식 밥 한술 떠먹일 줄도 모르고, 안아서 토닥토닥 어미 보고픈 설움 달래줄 줄도 모르더라. 남의 집 아이 보듯 배고프면 밥 먹을 테지 예사로 말하더라. 첫아이 해산하고 산후병 얻어 먼저 간 망처 못 잊어서 가시나에게 돌리는 원망이 음울한 그 얼굴에 덮여 있었으니 나면서부터 우는 게 여태 운다고 재수 없는 새끼 취급하였지. 바쁜 농사일에 억장 무너지게 아이와 씨름하는 줄 번연히 알면서도 마음도 힘들고 몸도 고달픈 여편네 보고도 모른 척하는 남정네 꼴도 보기도 싫은데, 내 홀어머니 무거운 빚 시나브로 갚아 주며 양식 이어 주고 땔나무 대 준다는 기별에 어영부영 그냥 넘긴 세월이더라. 그러나 마음 한구석에 이 세월을 어이 보낼까, 눈엣가시 같은 전처 새끼 데리고 어찌 살거나? 무거운 절 못 떠나고 가벼운 중이 떠난다는데 정나미도 안 붙는 이 집구석 언제 벗어나려나? 남정네도 첫정 준 전처 흔적 여직 끊어 내지 못한 듯 보여 찬물에 기름 돌듯 내 마음 붙이고 설 자리가 보이지도 않더라.

에라 모르겠다. 도회지에 가서 공장을 다닐까 식모를 살아도 이보단 맘고생 덜하고 살겠지. 이 집구석 떠나려고 남몰래 보따리 챙겨 놓고

기회를 엿봐도 도무지 달아날 새가 없어 어리바리 있었니라. 구만리로 마음이 들떠 앉지도 서지도 못하고 엉거주춤 허파에 바람만 들어 겨우 숨만 내쉬고도 살아지더라. 붉게 타는 진달래꽃에 내 아픔을 묻고 담 장에 붙어 피는 능소화 꽃에 서러움을 새기며 뒷산 두견이 울음이 간장에 스며들어 잠 못 이루는 밤은 길기만 하였지. 달걀찜 해 주면 두어 술 목구멍에 넘기더라만 암탉이 낳은 달걀 한 개도 안 남기고 장에 들고 가 버렸지. 십 리 장날에 허적허적 간고등어 두 손 사서 들고 목도 마르고 허기도 지고 아픈 다리 끌고서 집구석에 들어서니 난데없이 구 친정 오라버니 계셨네. 마당에서 숨 할딱이는 가시나를 안고서

"동생아 이 노릇을 어찌할꼬, 동생아 이 생명을 어이할꼬! 죽은 동생 두고 간 아이 생각나서 한 걸음에 찾아 왔더니 피골이 상접하여 배가 등가죽에 붙었고 갈비뼈로 셈을 해도 되겠네. 민들레 홀씨보다 가벼운 몸 바람에 날려 가지 않고 저승차사에 손목 잡혀 저문 강을 건너려 하네. 검은 천으로 돛단 뱃머리에 참새 같은 가녀린 날갯죽지 불쌍하게 접고서 이 세상 하직하고 다시는 돌아올 수 없는 삼도천을 건너가려 하네!"

네 살짜리 가시나가 밤낮없이 보채더니 어미 따라 가 버렸나. 밥풀떼기 입에 안 넣고 병든 병아리 모양 오뉴월 풀 같이 누웠기에 숟가락 두 개로 입 벌려 미음 한 종지기를 겨우겨우 떠 넣은 게 어제가 아니던가. 조막만 한 얼굴은 백지장처럼 하얗고 감은 눈두덩은 푸른빛을 띄우고 입술은 거무죽죽 식은 팥죽색이 되어 가고 참새같이 새근대던 숨결은 이미 멎었는지 들리지 않더라. 울면서도 꼭 쥐고 있던 조가비 같은 두 손은 이 세상 아무것도 쥐지 않으려 열 손가락 쫙 펴져 있더라. 가시나야 가시나야! 이리 가면 어찌하누. 미워하던 계모지만 죽기까진 안 바

랐다. 밥도 주고 죽도 주고 나는 너를 학대하지도 않았고 때리지도 않았고 죽어라고 하지도 않았느라. 그런데 희한하게 눈물 한 방울 나오지 않고 무섬증이 나서 그 가시나 옆에도 가기 싫은 심사이니 얼굴 들고 오라비 보기 미안하고 딱한 이 노릇을 어이할꼬. 밤이고 낮이고 그리도 찾아 헤매던 지 어미 찾아가겠지. 지 엄마가 밥 떠먹이면 옴쏙옴쏙 잘 받아먹겠지. 어린 것이 누굴 닮아 영악하고 독한지고. 오라비 남아서 당신 손으로 죽은 아이 묻어 주고 떠나면서 간곡히 당부하신 말씀은 귀를 막아도 들리더라.

"제왕도 못 늘리는 게 인간의 수명인데 어쩌리오. 이 세상 태어날 때 삼신할미께 받은 수명이 지 손톱 반달보다 짧아서 이렇게 간 것을 어이하리. 동생아, 아이는 저 엄마 찾아갔으니 잊어버리고 산 사람은 살아야제. 내 새끼 낳고 살다 보면 다 잊고 살게 되느니라."

나도 검은 머리 인간인데 오라비 속마음을 어찌 못 헤아리랴. 그러나 밥의 미같이 메주콩에 하나 섞인 검은콩 같던 그 꼬맹이, 객식구 밀어내듯 한사코 나를 밀어내던 야멸치던 그 가시나 퍼뜩 잊어 가더라. 거치적거리는 게 없는 것이 이렇듯 편할 줄이야, 밥그릇 들고 따라다니며 먹어라, 입 벌려라 애원하지 않아도 되고, 끔찍스런 계모 소리 듣지 않고, 사람들한테 애 말랐네, 굶겼네 하는 음해도 듣지 않고, 남의 눈치 봐가며 애써 떠먹이는 척 안 해도 되고. 듣지도 않는 남정네한테 미주알고주알 일러바치지 않아도 되고, 눈 흘기지 않아도 입 튀어나오지 않아도 살아지는 세월이더라. 끝 간 데 없을 것 같던 전처 자식 치다꺼리 그만하면 끝나는 것을 왜 진작 몰랐을까. 이만하면 살게 되는 것을 왜 안달복달했을까. 내사 한 달도 안지나 죽은 그 가시나 홀랑 잊히더라. 그러나 그것이 머지않아 나에게 비수로 되돌아올 줄이야 어리석은 여자가 어이 알았으리. 눈앞의 뵈기 싫은 거적때기 치워진 것만 보였지 눈 멀고 귀먹어 한 발 두 발 다가오는 불행의 발자국 소리는 꿈에서도 못 들었어라. 그것은 너무도 무서운 인과응보였지. 이제 겨우 맘 붙이고 그만하면 살아지는 그즈음에.

입덧이 오더니 오매불망 기다림에 날 가고 달 가니 조금씩 내 배가 불러오고 아들일까 딸일까? 내 태중에 자리 잡고 노는 새끼 어찌 그리 어여쁠까. 무망중 배내발길질에 깜짝 놀라면서도 두 손으로 다독이며 그래 잘 먹고 잘 놀아야지. 무럭무럭 커서 달차면 너 얼굴 보자구나. 전날에 떠나려고 그리던 도회지 공장도 식모도 다 잊어지더라. 먹는 음식 가려 먹고, 앉는 자리 가려 앉고 날 세고 달 헤며 뱃속의 새 생명만 월구일심 기다려지더라. 열 달을 다 채우고 내 배 아파서 내 살갗 찢으며 삼신할머니 점지해준 내 새끼 낳으니 눈에 넣어도 안 아프고 온종일 끼고 봐도 보고지고 어여쁘고, 밤새도록 울며 보채 장등을 한 아침에도 내 새끼는 세상에 하나뿐인 달덩이고 복사꽃이고 나비이더라. 불행의 징조이런가 자랄수록 죽은 배다른 저 언니를 닮아갔지. 그 가시나 벌써 잊고 사는데 하필이면 그 가시나 닮는단 말인가. 모색이고 키 꼴이고 야윈 것까지 닮았네. 입도 짧고 짧아서 어미 애간장 다 녹이더라. 저 한입 먹이려고 온갖 짓 다하여 꼬막 같은 입 벌려 겨우 두어 술 받아먹으면 그렇게 고맙고 예쁠 수가 세상천지 어디 있을까. 달걀은 전부 내 딸 차지. 찌고 삶고 후라이하고, 전복죽, 소고기죽, 찹쌀떡, 수수경단 저 한입 먹이려 안 해 본 음식이 없어라. 이 노릇을 어찌하랴. 나이도 네 살, 우유랑 과자랑 초콜릿 사서 장에 갔다 나는 듯이 허둥지둥 돌아와 싸릿문을 들어서니 내 새끼 병든 병아리 모양 할딱이며 숨 모두고 있더라. 이 목숨 너에게 주리, 내 숨길 네게 다 부어주리, 내 수명 떼어 내어 너에게 붙여 주리. 하느님, 부처님, 천지신명님, 일월성신님 생각나는 세상의 모든 신들 다 부르며 눈물로 애원하며 울며불며 매달렸건만 가뭇없이 사그라지는 바람 앞의 등불이더라. 간다는 말도 없이 다시 오겠다는 기약도 없이 작은 숨길 거두어지고 말더라. 아비 어미가 벌겋게 눈뜨고 지키고 있는데, 손이야 발이야 애걸하고 있는데, 내 새끼를 허락도 없이 어미 품에서 날름 빼앗아 저문 강 검은 배에 태워 삼도천을 건너가려 하다니 세상에 어느 어미가 가만있으랴. 내 손으로 원수 갚으리.

"저승차사 나오시오! 내 새끼 앗아가며 나는 당신 새끼 못 뺏을까! 이 어린 것 어디가 그리도 탐이 나서 이리 일찍 데려간단 말이오. 비루박에 똥칠하는 늙은이도 많은데 삼신할망구 미쳤소? 망구가 망령 났소? 아이들 입안에 든 사탕 뺏어가듯 장난으로 내 새끼 홀랑 앗아가요. 그렇게 금방 데려갈 걸 뭣 하러 점지해 주었소?. 늙은이가 주책없이 노망났소, 아니지. 재미난 구경 없어 내 새끼 가지고 장난치오?"

부모는 죽으면 산에 묻고 자식은 죽으면 가슴에 묻는단 말 내 어찌 알리요. 당해 봐야 알지 어찌 알리요. 남의 사정 이해하는 것과 눈앞에 캄캄절벽 당하여 보는 것은 천양지 차이, 이제야 알았노라. 강물이 모인들 내 눈물만 하랴. 두견새 울음이 내 피울음만 하랴. 구곡간장 애간장이 나보다 더 녹을까, 보이는 게 없고 겁나는 게 있으랴. 분함이 하늘을 찌르고도 남아 부글부글 치미는 이 분노와 억울함의 원인이 누구더냐 세세히 따져보았지. 그래 옳다 바로 당신이었소! 당신이 아니면 누가 이러겠소? 아무리 후처가 눈엣가시로 어찌 내 새끼를 앗아가요? 내가 괘씸하면 나를 벌주지 어린것이 뭔 죄가 있다고 생목숨을 앗아가요? 내 눈에 흙 들어가기 전까지 당신 저주하겠소. 귀신이 되었으면 극락이

든 지옥이든 당신 지은 업장만치 받으면 그만이고, 제삿날 걸음하여 메밥이나 받아먹고 흔적 없이 떠날 것이지 어디 감히 앙큼하게 천금 같은 내 새끼에게 음흉한 손모가지 댄다 말인가. 아나 떡이요 턱도 없지. 이젠 메밥도 찬물 한 그릇도 구경 못할 줄 아시구려. 조상도 조상 나름이지 이녁이 대접받을 조상이던가. 형님은 무슨 빌어먹을, 나 죽인대도 하기 싫소. 제상 때려 엎었으니 당신 새끼 끌어안고 구천을 떠도는 억겁의 원귀나 되시구려!

아, 고모 얼굴이 한 번도 본 적 없는 무서운 얼굴로 변해 갔다. 거친 숨결하며 앙다문 입이며 번뜩이는 매 같은 눈이 바로 나를 덮칠 것만 같다. 엉겁결에 무섬증이 느껴졌다.

"고모, 죽은 고모가 그 아이 데려가는 걸 보기나 하셨수?"

"보나마나 척하면 알지 죽은 전처 아니면 누가 그런 못된 짓 하겠냐? 저고리 동정 맞춰 봐야 알고 버선목 뒤집어 봐야 알건가."

"고모, 제발 진정요. 관세음보살! 관세음보살! 대자대비 관세음보살!"

발끈하는 고모 모습에 관세음보살을 송하자 고모가 조금씩 안정을 찾아갔다.

두 번째 아이가 내 뱃속에서 꿈틀했을 때 어찌나 놀라고 겁이 나든지 동지섣달 칼바람보다, 부엌칼 든 시커먼 도둑놈보다 더 무섭더구나. 이 아이도 앞서 간 두 아이처럼 가뭇없이 네 살에 죽으면 어쩌나. 촛불 밝히고 정화수 떠다 놓고 빌고 빌었지. 삼신할머니 비나이다! 비나이다! 방정맞게 함부로 놀린 입 천만 번 잘못했소. 삼신할머니 점지하신 이 생명 귀하게 받겠으니 미련한 이 어미 한 번만 용서하소서. 제상 뒤집은 일이며 죽은 사람 음해하고 악담한 일들이 불현듯 생각나서 무섬증이 들더라. 형님 내가 잘못했소. 정말 잘못했소. 형님 새끼 살갑게 안 돌본 내 죄 맞아요. 병아리 같은 새끼 억지로라도 떠먹여 곡기를 이어 가야 했는데 때때마다 밥투정 뵈기 싫어 먹으라고 디밀고 밥 주는 시늉만 내었지요. 미워도 사랑 한줌 넣은 죽이라도 붙들고 먹였다면 말라 죽진 않았을 터인데, 계란 다 팔지 말고 계란찜 하였다면 먹었을 터인데, 정말이지 꼬라지 뵈기 싫어 먹든지 말든지 내 몰라 했었소. 형님, 어떡하면 형님 노여움 풀릴까요. 어찌하면 내 잘못 용서해 주시리까. 들쑥날쑥 본데없는 인간이 기른 정 낳은 정을 알기나 했으리요. 형님, 내 새끼 살려 주소. 내 새끼 지켜주소! 제발하고 미친년 어미는 갈지 말고 형님 못 잊는 남정네 옛정 생각하여 한 번만 용서하소. 형님 시키는 일 뭐라도 하겠소. 제발하고 내 새끼 이번만은 살려 주소!

병고 십여 년에 살림 거덜 내고 세상천지에 두 모녀 달랑 남기고 우리 부친 돌아가실 때보다 더 울고 매달렸다. 형님 친정인 구 친정집을 찾기로 했지. 내 새끼 목숨 붙잡으려면 뭔 짓인들 못할까. 불속에라도 뛰어들지. 처음으로 형님 친정 문전에 들어서니 네 할머니가 마치 당신 죽은 딸 살아온 듯 놀라서 꼼짝을 못하시고, 오라버니는 동생 왔냐 하고는 닭 잡으러 가셨지. 네 할머넌 먼저 간 당신 딸 애통한지 날 붙잡고 한참을 우시고선 음전한 오라버니댁 불러 인사시키고, 네들 삼촌 집에 기별해라 애들 다 건너오라 하시어 식구들 다 모이고 크고 작은 조카들 차례로 절 시키며 고모님이다 니들 고모 오셨다 하셨지. 새고모라고도 않으셨지. 조카들 인사 받다 하마터면 기겁하여 뒤로 넘어갈 번 하였으니, 4살배기 오라버니 막내딸이 세상에나 쪼그만 계집애가 우리 큰딸 환생한 듯, 작은 딸 살아난 듯 어찌 그리 판박일까. 동생 시장하다고 더운 밥 빨리하라고 오라비 성화를 부리셨지만 나는 따신 쌀밥도 국물 진한 백숙도 어물어물 억지로 목구멍에 넘겼더니라.

"그런데 고모는 집에 올 때마다 옷이며 과자 내 것만 많이 사왔는데?
미운 가시나인데."

미운 가시나? 이 심사를 어이할꼬. 변덕스러운 이 마음을 어이할꼬.
오라버니 막내딸이 오나가나 어른어른 눈에 밟혀 가슴에 묻은 우리 큰
딸로 보이고 작은딸로 보이니, 엄마도 올케도 눈치 못 챘겠지만 내가 그
길로 병이 났었지. 눈을 감아도 눈을 떠도 내 두 딸이 배고프다고 울며
불며 보채는 통에 내 입에 밥이 들어가랴 죽이 들어가랴 물 한 모금도
목구멍에 넘기기 어렵더라. 음식을 전폐하고 산에도 오르고 죽으리 깅
에도 가고 미쳐서 날뛰었지. 동네 사람들은 죽은 가시나 둘이 신내림
왔다고 수군거리고, 인정머리 없던 남정네가 또 마누라 잃을까 겁이 났
던지 이 병원 저 병원 끌고 다니며 신약 들이부어도 효험 하나 없으니
이 노릇을 어이하랴. 답답하며 우물 판다고 점집 찾고 무당 불러 못 먹
고 못 입어서 구천을 떠도는 두 어린 영가 위한 해원굿, 씻김굿, 처방굿
을 조왕에 안방에 마당에 벌리고 벌렸지. 미치니 겁도 없이 사방팔방
돈 꾸어 원대로 큰 굿판 작은 굿판 벌렸더니라. 불쌍하게 죽은 내 두
딸 위해서 뭣이든 해 주지 않고는 배길 수가 없더라. 빚쟁이로 몰려 옴
짝 못하고 날 죽여주소, 하고 송장 같이 누워있을 때 내 구 친정 오라
버니가 바람결 소문 들었는지 황소 한 마리 팔아 빚 청산 해주시고, 보
신 약 한재에 염소 한 마리 잡아서 깨끗이 손질하여 가마솥에 불 넣어
주고 탈탈 털고 가셨지. 점잖은 오라비가 식구들 원망이야 구박이야 그
얼마나 들었을꼬. 세상에 소 한 마리가 어디라고 농가밑천 아니던가. 뒷
일이 하도 걱정되어 눈치 보러 친정 가니 엄마는 오라비가 귀신에 씌어
서 읍내 노름판에 그 큰 황소 날렸다며 차돌에 바람 들며 석돌만도 못
하다고 한탄지탄하시며 노름에 미치며 손모가지가 끊겨도 그냥 한다더

라 하시며 앞날을 더 걱정하셨고 오라비 부부는 철전지 원수 되어 아예 말문 닫고 살더라.

"오라비요, 및 딴시 이런 큰일을 벌리셨소? 인간노릇 사람구실도 못하는 가닥 다른 동생인데 못 본 체하시지 그러셨소."

"동생아, 다시는 그런 말 말거라. 사실이지 내가 먼저 간 그 동생에게 아무것도 못해 줘서 두고두고 가슴에 한이 남아있는데 다시 또 험한 꼴 어찌 보겠냐. 한 번이라도 동생한테 힘이 되고 싶었다. 누가 뭐래캐도 니는 내 동생 아이가. 나는 이제껏 삼시세끼 밥 묵는 일에 코 꾀이어 옆눈 한 번 못 팔고 살았는데 동생 병 나으면 만사가 잘 된기라. 고맙다!"

억하심정으로 다닌 구 친정에서 천당도 지옥도 내 안에 있고 인과응보 없다고 그 누가 말하랴. 업장도 내가 짓고 공덕도 내가 짓는 것을 그제야 알았더라. 항아리에 장아찌 우듬지 돌 눌리듯 가슴속 켜켜이 쌓였던 원망이며 서러움이 봄날에 잔설 녹듯 슬슬 녹으면서 내 가슴앓이 병 거두어지고. 그래, 그렇구나. 부처님이 참회하라고 그 아일 보내셨구나. 먼저 간 두 딸 대신 가까이 온 귀한 내 손님인 줄 그제야 알겠더라. 너 보러 가고 엄마 보러 가고 부처 닮은 오라비 보러 구 친정 가는 발걸음 잦아지더라. 부처님 틈틈이 찾아뵈옵고 지장보살전에 죄 많은 에미가 우리 큰딸, 작은딸, 불쌍한 어린 영혼 극락왕생 빌고 또 빌었단다.

참회게
아득히 먼 그 옛부터 제가 지은 모든 악업
탐애하고 화를 내고 어리석은 때문이오며
몸과 입과 생각으로 지어왔기 때문이오니

모든 것을 남김없이 저희 이제 참회합니다.

윤희야, 옛날에는 참회기도가 참 고통스러웠는데 이제는 법당에 앉아 법문을 들으면 마음이 맑아지는구나."

고모가 웃는다. 아침이슬 머금은 유월에 피는 하얀 치자꽃처럼 은은한 향기가 묻어난다. 설과 추석 그리고 할머니 생신에 고모부 고모 고종사촌들과 함께 화사한 한복 입으시고 친정 오시던 모습이 떠오른다. 솜씨 좋은 우리 고모, 특히 뜨개질을 잘하여 스웨터야 조끼야 가방이야 철 따라 예쁘게 떠서 나 입혀 놓고 빙그레 웃으셨지.

"봐라 봐라, 윤희야 내 새 주민등록증이다. 고모 참 잘했지?"

감격에 목이 메여 '박영자'라고 인쇄된 새 주민등록증을 보여 주며 고모는 큰 상 받은 아이보다 더 기쁜 얼굴에 발갛게 홍조까지 띠고 있다.

"우와! 사진이 정말 잘 나왔다. 이것 보고 염라대왕이 이제 고모 이름 똑똑히 알겠네."

"참말로 백 살이 넘도록 나 안 데려갈까 걱정했다. 윤희야, 고모 많이 늙어 주머니마다 휴지 넣어 다니고 밥 먹다 밥 질질 흘려도, 물마시다 사레 걸려 기침하여도, 했던 말 열두 번 하고 네 이름 잘못 불러도 타박하지 말고 얼굴 안 잊어먹게 간간이 고모 찾아와야 한다. 네 동생 녀석들 고모한테 잘못하면 본때 있게 꾸짖고. 알겠지."

"그럼, 내가 큰누나니까 고모 나한테 다 일러. 쟤들 나한테 걸리면 죽었어!"

"내가 딸 하나는 엄청 잘 두었다니까!"

눈가에 잔주름을 지으며 활짝 웃는 고모 모습이 참 아름답다. 찔끔 묻어나는 내 눈물 보이지 않으려고 고모를 껴안았다. 어느새 고모 키가 줄어들었고 몸집도 작아짐이 느껴졌다. 고모! 고모, 정말 잘 하셨어요. 진작 그렇게 해야 했을 일이었어요. 한평생 농사일에 거칠어진 고모 두 손 부여잡은 내 손이 사금파리에 베인 듯 아파졌다.

"누님, 어머님 많이 편찮으십니다!"

"뭐라고?"

"독감 끝인데 갑자기 나빠지셨어요."

"독감에……."

"누님 아무래도, 누님을 자꾸 찾으십니다!"

고종사촌 휘의 전화이다. 잠결에 받은 전화에 정신이 번쩍 들었다. 반사적으로 시계를 보니 새벽 4시. 휘청거리는 걸음으로 거실로 나왔다. 바깥은 아직 캄캄하니 어둡다.

윙- 바람이 창문을 썰렁하니 건드리고 지나갔다.

"윤희야!"

나를 부르는 고모의 다정한 음성이 들렸다. 황급히 창문을 드르륵 열었다.

"고모! 고모!"

얼마 전 전화했을 때 감기가 질질 끈다기에 몸살 나기 전에 영양제 맞으시라고 신신당부하고 내달에 고창 선운사 동백꽃구경 같이 가기로 약속도 하였는데. 우리 고모 이제 겨우 예순하고 다섯인데. 울컥 침도 못 넘기게 목젖이 아프다. 가랑비 같은 눈물이 줄줄 흐른다.

"고모, 나도 고모 무지 사랑했어요!"

---

* 대한불교 조계종 숭림사, 『지혜의 등불』 인용

새 생명

서설이라고 모두가 반기는 아침

나는 더 황홀한 손님을 맞는다

숨소리조차 크게 낼 수 없어

가만가만 너에게 눈길만 주고 있다

꽃 한 송이 열매 하나 지금 오는 흰 눈까지

살면서 감사할 일이 두고두고 많지만

오늘 아침 내게 온 이 큰 기쁨은

오래오래 갚아야 할 소중한 선물이다

그 남자의 김치냉장고

"무슨 말이야? 그 김치 얼마나 맛있는데 그래."

대뜸 짜증스런 소리다. 참 내가 뭐랬다고 저럴까.

"김치가 맛있다고?"

"김치찌개 하면 얼마나 맛있는데, 그러니 그대로 가만 놔둬."

"그런데 네 지금 어디야? 대체 어디 있는데?"

"왜 자꾸 물어. 기다리지 마."

전화가 뚝 끊어졌다. 그 남자는 내가 잔소리를 더 할까 봐선지 전화를 끊어 버렸다. 그간 전화도 안 되었는데 오랜만에 통화라도 되니 다행이라고 생각은 하지만 지가 오히려 큰소리를 치다니 안부 말 하나 없이 싸가지다. 나는 얼른 그 방으로 가서 그 남자의 김치냉장고에 귀를 대었다. 전기 돌아가는 소리가 없다. 김치냉장고를 발로 툭 찼다. 그러자 위잉- 하고 김치냉장고에 전기가 돌기 시작했다. 애꿎은 김치냉장고에 눈을 흘겼다. 그 방에는 그 남자의 가족이 오롯이 들어앉아 있다. 내가 하는 행동을 눈동자 여섯 개가 쳐다 보고 있는 느낌이라 괜스레 눈치가 보여 얼른 나왔다. 나는 우리 집에서 남편과 나, 우리만 사는 게 아니고 그 남자의 식구들과 같이 동거하는 느낌이 들곤 했다. 그래서 되도록이면 그 방문은 닫아 놓는다. 여름철에는 어쩔 수 없이 열어 환기를 시키지만.

제일 안쪽 벽에는 벽을 등지고 흰색의 키가 큰 에어컨이 서 있고 그 옆에 장식장이 나란히 있다. 좌로는 길게 가로로 눕혀놓은 침대 프레임과 매트리스가 있고 그 옆에는 검자주색의 사각 큰 상 2개가 다리를 접고서 종이박스 안에 비스듬히 세워져 있다. 창문 아래 드럼세탁기와 김치냉장고가 나란히 놓여 있다. 세탁기 위에도 라면박스들이 포개져 있다. 커다란 직사각형 TV도 종이박스에 싸여 있다. 그리고 장식장 앞

방바닥에는 아주 튼실한 책상이 있고 그 위에도 박스들이 포개져 쌓여 있다. 앙증스런 다탁 위에도 네모 박스들이 얹혀 있다. 현규 책, 현규 옷, 현규 앨범이라고 유독 현규 것만 유성매직으로 커다랗게 적어 놓았다. 테이프를 바르거나 노끈으로 묶은 박스들인데 그릇들이 포개졌는지 법랑 냄비 손잡이가 튀어나온 것도 있고, 노란 알루미늄 큰솥 뚜껑 모서리가 보이기도 한다. 서류 넣는 서랍장도 보이는데 사진액자들은 보이지가 않았다. 저들 결혼사진과 가족사진이 대형액자에 걸려 있는 것을 전에 보았는데 액자 사진들은 다 버렸는지 가져오지 않았다. 문갑 위에 놓아두던 장식품도, 베란다에 반들반들하던 된장 고추장 항아리들도 보이지 않는다. 그리고 골프 가방이며 테니스 라켓, 배드민턴 가방들은 책상 아래 있고 불룩한 등산 가방도 몇 개나 포개져 있다. 어쨌든 사람을 대신하여 세간들이 방 하나를 차지하였는데 마치 그네들 식구들이 오종종하니 들어앉아 있는 느낌이 드는 것이다.

박스들을 훑어 봐도 기타가 보이지 않는다. 이젠 그 기타도 부숴 버렸나? 애지중지하던 기타이니 그거 하나는 들고 갔을까? 아니야, 지헌이가 지금 기타 땡땡 거릴 상황이 아니지. 지헌이 기타에는 추억이 많다. 지헌이 중3 때 아버지께 호된 꾸중을 들으며 방앗간에 쌀가마니를 내어 장만한 세고비아기타이다. 지헌이는 고등학교 시절부터 기타를 치고 노래도 불렀다. 우리는 지헌이 기타에 맞추어 봄 처녀, 메기의 추억, 즐거운 나의 집 등 학교에서 배운 가곡은 다 불렀다. 봄날 아지랑이가 피는 언덕에서 여름날 밤 생쑥 모깃불이 피어오르는 마당의 평상에서 보석처럼 쏟아지는 별들을 바라보며 노래하였다. 밤에 부르는 노래는 담장을 넘어가 이웃집 처녀 언니들이 다 모여들어 어느새 합창이 되었다. 돌아와요 부산항, 단발머리, 고래사냥, 님과 함께 등 라디오에 유행하던 노래는 다 불렀으니까. 지헌이는 그 기타를 들고 노래자랑대회에 나가 인기상을 타기도 하였다. 그러나 나는 학교의 음악 선생님이 건반을 타던 하얀 손길이 너무도 황홀하여 기타보다는 그림의 떡인 피아노가 배우고 싶어 안달이 나던 시절이었다.

우리 집에 지헌이네 살림을 들여 놓자고 하던 그날 언니는 예사로 말했다. 뭐 오래가겠냐. 저들 소중한 살림인데 거처 정하면 냉큼 가져가겠지 하고. 그게 몇 달이 될지 몇 년이 될지 알게 뭐냐며 내가 투덜거리자 언니는, 동생한테 악담을 해라 비어 있는 방에 잠깐 두자는 건데, 하였다. 내가 악담을 안 해도 그 잠깐이 벌써 몇 년째인가. 생각해 보니 저놈의 김치냉장고랑 살림살이들이 들어온 지도 어언 이태가 지나고 삼 년 차로 접어들었다. 말이 나왔으니 말이지 내 살림이 아닌 남의 짐이라는 것은 이상하게 거치적거려진다. 더구나 33평 아파트에서 방 하나를 아예 없는 듯이 문 닫아 놓고 산다는 게 여간 불편한 일이 아니었다. 시간이 지날수록 그 남자에 대한 불평이 새어 나오려 꿈틀거렸다. 못난이 등신 바보 자식! 그러게 김치 잘 담그는 와이프랑 알콩달콩 잘 살지 왜 헤어져서 집도 절도 없이 지가 개고생 하는데? 불쑥 성질이 나서 그래 얼마나 맛있는 김치인가 어디 봐, 하고 김치냉장고에 야무지게 붙여진 테이프를 떼고 냉장고 뚜껑을 열었다. 훅- 신김치 냄새가 올라온다. 김치를 많이 넣으려고 김치박스에 넣지 않고 비닐 김장 봉투를 사용하였다. 좌쪽의 냉장칸에 든 단단히 묶인 두 겹 김장비닐봉투를 풀었다. 신김치 냄새만 아니라 쿰쿰한 냄새까지 풍긴다. 아직 김치가 많이 있다. 맛있다고 우기는 김치는 얼마 꺼내 먹지도 않았잖아. 비닐장갑 낀 손으로 김치를 만지니 우듬지는 곳까지가 끼여 물렁거렸다. 그걸 제치고 아래쪽 김치 반쪽을 꺼내어 그릇에 담았다. 다시 비닐봉투를 본

디처럼 잘 묶어서 뚜껑을 덮고 테이프를 붙였다. 꺼낸 김치를 주방으로 들고 와서 보니 김장김치의 붉은 고추빛깔이 사라진 김치다. 가위로 속살을 조금 잘라 입에 넣어 보니 김치가 질기고 신맛에 눈이 감기고 고개가 흔들렸다. 김치가 맛있다고, 개뿔이다 야. 김치찌개를 해 봐? 나는 김치를 적당히 썰어 냄비에 넣고 텀벙텀벙 썬 돼지고기도 집어 넣어 들기름에 달달 볶다 쌀뜨물을 넉넉하게 부었다. 센 불에 끓이다 보글보글 끓을 적에 불길을 조금 약하게 하여 김치찌개를 은근히 끓이기 시작했다. 다진 마늘을 듬뿍 넣고 대파와 양파를 어섯 썰어 넣었다. 김치찌개가 보글보글 한참을 끓고 난 뒤 숟가락으로 맛을 보았다. 아, 이걸 어째! 오래 익혔건만 김치가 아삭아삭 익지 않고 시래기 사촌쯤 질겼다. 돼지고기가 아까워 참기름 한 숟가락 투하하고 생콩가루를 살살 뿌려 다시 한소끔 끓였다. 그래도 김치찌개가 맛나지 않고 돼지고기는 먹을 만했다. 지헌아, 네 아냐? 요즘 세상에 안 변하는 게 뭐가 있다고. 그간이면 사람도 변하겠다. 그런데 언니는 한 번도 지헌이네 김치를 먹어 보려 하지 않았다. 김치냉장고가 들어온 날, 내가 김치 한 포기 꺼내어 맛이나 볼까 하여도 지헌이네 가져가게 그대로 두란다. 그럼 그냥 두지 설마 내가 다 꺼내 먹을까.

저녁 식탁에 김치찌개를 아무 말 하지 않고 올려 보았다. 남편은 무심코 한입 먹더니 어, 김치가 좀 질기네 하면서 찌개에서 돼지고기만 골라 먹었다. 이튿날 나는 김장 봉투를 풀어 맨 위의 우거지를 걷어내고 꼭꼭 눌러 다시 그대로 꽁꽁 묶었다. 오른쪽 칸의 작은 김치통들을 다 꺼내었다. 그곳에는 두 개의 통이 있었는데 한 통에는 절반가량 꺼내 먹고 남은 파김치가 아예 물러 빠져 버리기도 늦었다. 다른 통에는 갓김치가 담겨져 있었는데 우거지가 하얗게 피어 있었다. 그 아래에는 동그란 젓갈 통에 깻잎 장아찌와 콩잎 양념김치가 두 통 있었는데 밀봉한 그대로가 아닌가. 지헌이는 몰랐는지 한 번도 꺼내 먹지 않았다. 그릇에 꺼내 보니 콩잎이나 깻잎 한 장 한 장에 양념을 발라가며 일일이 손이 가게 정성스레 담근 것인데 콩잎 중앙에 붉은색이 물 한 방울처럼 남아 있고는 전부 거무죽죽 변색되어 있었다. 내 가슴이 스르르 무너져 내렸다. 이 김치를 담근 손끝 야무졌던 여자가 떠올랐다. 대학진학을 포기하고 이르게 군대로 가 버린 조카 녀석도 나타났다. 맛있는 김치라고 우기던 볼멘 목소리도 들려왔다. 그들 가족 세 사람이 차례로 나타나는 바람에 심란해져 울컥 보고 싶기도 하고 또 밉기도 하였다. 이보게, 이렇게 살뜰히 밑반찬 해 놓고 김장 저렇게 담가 놓고 자네는 어디 갔어? 어디 갔느냐 말이네. 동생은 자네가 담근 김치 아직도 맛있다고 하면서 나보고 빈말이라도 김치 꺼내어 먹어 보란 말을 안 했어. 그 김치 아끼느라 말일세.

언니의 전화를 받고 택시로 허둥지둥 병원으로 달려갔다. 접수대에서 입원 환자 이름을 확인하고 2층 병실을 찾아가니 언니도 좀 전에 도착하였는지 얼굴이 벌겋게 상기되어 있었다.

"지헌아! 지헌아!"

내가 이름을 부르며 몸을 흔들어도 지헌이는 벙어리가 된 듯 말 한마디를 않았다. 벽을 향해 돌아누워 있었다. 숨소리도 없었다. 링거액만이 천천히 조금씩 떨어지고 있었다. 올케를 찾았다. 올케는 지극히 무표정한 얼굴로 하염없이 창밖으로 눈길을 주고 있었다.

"현규야, 많이 놀랐지? 어쩌다가?"

올케는 언제나 단정했던 머리가 헝클어져 있었고 얼굴도 핼쑥했다.

그리고 아무 말도 하지 않았다. 언니가 찡긋 눈치를 주었다. 나는 입을
다물었다. 병실에는 착잡하게 가라앉은 적막감만 흘렀다. 우리는 복도
휴게실로 나왔다.

"사람이 어리석어도 어느 정도여야지. 저런 사람을 믿고 어떻게 살아
요! 단식한다고 뭐가 해결되는지."

지헌이가 사기를 당했단다. 그것도 고향 고교동창에게서. 일은 자신
이 다 저질러 놓고서 잠도 안 자고 화를 못 삭여 쓰러졌다고 하면서 올
케는 경멸과 조소의 빛을 나타내었다. 서울에서 사업을 하여 크게 성공
하였다고 동창들 간에 소문이 쫙 난 친구가 실로 오랜만에 동창회에 나
타나서 동창회비에 큰돈 기부도 하고 친구들에게 비싼 밥도 사고 술도
냈단다. 그렇게 얼마간을 부지런히 동창회에 얼굴을 내민 부자 친구가
결국은 세 치 혓바닥으로 친구들에게 따로따로 점조직 사기를 쳐서 재
산 좀 있다고 소문 난 친구는 물론 통닭집 친구, 횟집 친구, 구두 수선
하는 친구 돈까지 빼내어 해외로 날라 버린 사건이 터졌다고 하였다.
처음에 높은 이자를 제 날짜에 칼같이 계좌에 넣어 주며 신용을 지킨
게 화근이었다. 달아난 사기꾼 친구에 대한 원망의 화살은 차츰 동창회
장인 지헌에게로 쏟아졌다. 하지만 지헌이도 덫에 걸렸다. 교묘하게 주
민증을 이용한 신원보증 사기와 언젠가 회식비 대금을 지불할 때 포인
트 올려 준다며 잠시 빌려간 카드를 복사한 사기에 걸렸다고 한다. 지헌
과 몇 명이 서울로 가 사기꾼을 찾았으나 해외로 날랐다는 허망한 소식
만 들고 왔단다. 올케는 목석 같은 남편과 안달복달 싸우는 것도 이젠
지겹다고 하였다.

"눈앞이 캄캄하네요. 내 속은 뭐 태평양 바다인 줄 아는지 이젠 가장
으로 보이지도 않아요."

절망과 체념의 서글픔이 그녀를 짓누르고 있었다. 입에 발린 위로 따위는 차라리 안 하는 게 낫다. 그런데 왜 자꾸 올케에게 미안하고 곤혹스런 마음이 들까. 그네는 우리가 잠시 밖에 나가 식사라도 하자고 하여도 요지부동 꼼짝을 않았다. 속이 비면 더 신경질이 날 터인데, 병실에 돌아와 보니 올케는 가고 없었고 식판의 밥은 뚜껑도 안 열린 채 그대로 있었다. 지헌이는 그날 밤에 링거를 떼 버리고 혼자 집으로 돌아가 버렸다.

올케가 집을 나가 버렸다. 우리는 그 사실을 나중에 알았다. 가을날인데 옷가지도 안 챙기고 잠깐 바람 쐬러 나가듯 산책하러 가듯이 나간 올케는 그길로 집에 돌아오지 않았다고 했다. 지헌이는 점점 피폐해져 갔다. 그는 끝내 회사에 사표까지 내고 말았다. 집안에 술병이 나뒹굴었다. 컵라면 용기가 쌓여 가고 집안 꼴은 어지러웠다. 조카 현규는 집에 있을 때면 저 방에서 꼼짝을 않는 모양이었다. 동생 부부는 올케가 죽자 살자 좋아하여 한 연애결혼으로 결혼하고 잘 지내왔었다. 물론 판이한 개성과 성격 차이로 딸각딸각 싸우는 정도는 예사로 보았지만. 부부사이가 확실하게 얼음장 갈라지듯 금이 쩍 간 것은 그 사기꾼 동창 사건이 터지고서다. 결국 기둥뿌리가 뽑혀 나갔다. 지헌이는 결국 33평대 아파트를 처분하였다. 작은 빌라로 옮겨갔다. 지헌이는 여전히 말이 없고 무기력해져 갔으며 빌라에서 꿈쩍도 않고 죽은 듯이 지냈다. 우리가 한 번 찾아갔을 때 그의 행색은 말이 아니었다. 머리는 길었고 수염도 깎지 않아 텁수룩했다. 초췌한 꼴은 가관이었다. 가죽 소파며 장롱이며 버리고 버려 줄인 초라해진 살림들이 속을 뒤집었다. 이제껏 근실하게 살았던 젊은이가 이렇게 망가질 수도 있나 싶어 말이 나오지 않았다. 주부가 없는 집구석이 얼마나 찬바람이 나는지 얼마나 설렁한지,

얼마나 보기 싫은지 궁둥이 붙이고 앉기조차 싫었다. 등신! 바보 멍청이 자식. 도사되려고 머리와 수염 기르느냐는 언니의 억지 농담에 아무도 웃지 않았다. 내가 보기에 지헌이는 현규 때문에 그나마도 버티고 있는 게 아닌가 싶었다. 기대하지도 않았지만 올케의 소식은 없는 모양이다. 우리를 보고 벌컥 화를 내었다.

"찾아들 오지 마!"

"야, 버슬했냐? 오라고 빌어도 꼴 보기 싫어 못 오겠다."

본디 올케는 손끝이 야물어 반찬도 깔끔하게 잘했고 집안도 깨끗하지 않으면 못 배기는 꼼꼼한 성격이었다. 그녀는 무슨 일이든 맘먹고 하면 잘했다. 요리도 잘하고 정리도 잘했다. 지헌이나 조카 입성도 눈에 띄게 깔끔하였다. 엄마 생신이나 제사 때라도 절대로 음식을 많이 하지 않고 적정수준으로 딱 맞게 준비하였다. 그리고 포식하는 우리와는 달리 과식하는 법이 없었다. 그러니 결혼 20년이 되어도 군살 하나 없는 날씬한 몸매를 그대로 유지하였다. 그러나 자기 맘에 안 든다거나 하기 싫거나, 할 맘이 없으면 누가 뭐라고 해도 손도 까딱 않았다. 깐깐한 성격에 배짱이라 그래서 언니와 나는 올케에게 '뻗장나무'라고 별명까지 붙여 주었다. 얼굴도 동안이었다. 명절이나 행사에 시골집에 와도 동생댁은 저녁이면 일찌감치 얼굴을 말끔히 씻고 기초화장을 하고는 이불 중에서 제일 깨끗한 이부자리를 챙겨 가서 남 먼저 잠자리에 들었다. 지헌이랑 우리 형제들, 또는 사촌들이 모여 고스톱을 치면서 고돌이야, 피박이네 쓰리고네 속였네 말았네 해도, 큰 소리로 떠들면서 치킨과 맥주를 시켜먹고 야단법석을 떨어도 그녀는 꿈쩍도 하지 않았다. 그러다 우리는 엄마 일 덜 시키려 덮던 이부자리를 덮고 늦잠에 떨어졌다. 지헌이는 특히 노래를 잘 불렀다. 내 동생이라서가 아니고 정말 잘 불렀다. 나는 알고 있다. 지헌이의 꿈은 가수였다는 것을. 그 길은 아버지에게는 손톱에도 들어갈 일이 아니었고 경제적으로 뒤 봐줄 처지도 아니었다. 그 방면으로 누군가에게 손내밀 수도 없는 형편이다 보니 지헌이는 어쩔 수 없이 가수의 꿈을 아프게 접었을 것이다.

"내동댁 아들은 집안의 큰일 치르며 손 쪽박이다. 여기서도 부르고 저기서도 찾고, 노래도 잘하고 운전도 얼마나 잘해 주냐!"

곧잘 듣는 친척들 얘기다. 지헌이는 180이 넘는 훤칠한 키에 아버지를 닮아 준수한 용모였다. 짙은 눈썹이며 우뚝한 코에 피부가 희었고 숱이 많은 머리 손질도 지헌이는 멋있게 잘 하였다. 내가 남편에게 지헌이 머리스타일로 해 보라고 조를 정도였으니까. 지헌이는 집안의 경조사도 자신의 일처럼 거들었다. 결혼식에서는 축의금 접수대를 책임졌고 상가에서도 바깥일을 도맡아 하였다. 필체가 좋아서 문서작성에는 다들 동생을 불렀다. 지헌이가 선글라스를 끼고 멋진 포즈로 기타를 치면서 부르는 노래에 다들 넘어갔다. 지헌이는 초등교와 고교 동창회장을 맡아 친구들 챙겨 주는 마당발이 되었다. 그러나 올케는 지헌이 그런 일 하는 것을 좋아하지 않았다. 아니 싫어하였다. 오지랖 넓은 짓 한다고, 마당쇠 노릇 제발 그만두라고 잦은 싸움이 났다. 저러다 코가 깨져 발등 찍을 것이라고도 하였다. 집안 행사에 오기는 같이 왔으나 올케는 항상 삐친 듯 일찍 가려고 설쳤고 지헌이는 마지못해 따라갔다. 그래선지 대개는 혼자 왔다. 그러저러한 게 또한 그들 부부 갈등의 원인이 되었을 것이라고 우리는 짐작하였다.

나는 그 후 언니가 가끔 전하는 지헌이 소식은 듣기도 싫었고 관심 두기도 싫었다. 엄마가 돌아가시고 안 계셔 이런 꼴을 안 보시니 천만 다행이지 살아 계시면 얼마나 애를 태우실까. 다시는 지헌이 빌라를 찾

지 않으려 했는데 살고나 있는지 꼴만 보고 오자는 언니 등쌀에 국이
며 반찬, 과일 등을 차에 싣고 빌라를 찾아갔다. 일부러 저녁에 갔었다.
불이 켜져 있는데도 벨을 몇 번이나 누른지 한참만에야 현규가 문을 열
어 주었는데 애 얼굴이 엉망이었다. 눈가도 시퍼렇게 멍이 들었고 오른
뺨도 터졌으며 입술도 왕창 터져 팅팅 부어 있는 게 아닌가. 왼팔도 다
쳤는지 껴안고 있다. 지헌이는 보이지도 않았다.

"학교에서 이랬지? 친구 놈들 짓이지?"

"어떤 놈들이야? 말해 봐, 학교 가자. 담임 찾아 가자! 전화번호 불러
봐."

아이는 끝내 입을 다물었다. 그새 키가 껑충하게 더 컸고 삐쩍 말라
있었다. 억장이 무너지며 찡하게 아픔이 몰려왔다. 알뜰살뜰 챙기며 아
들이라면 껌뻑 넘어가던 저 엄마가 떠올랐다. 아들도 남편도 버리고 손
때 묻은 살림도 다 버리고 떠난 그 여자의 마음을 다시금 헤아려 본다.
이젠 그녀를 향한 조금은 섭섭했던 마음도 없어졌다. 오죽하면 버리고
갔을까. 어디서 얼마나 힘든 삶을 버티고 있을까. 제발이지 몸이나 성
해야 할 텐데. 현규 모르게 눈물을 훔치며 가져온 반찬들로 조카 밥상
을 차렸다.

"현규야 많이 아팠지. 어쩌면 좋으냐? 네 아빠는 모르고 있지?"

"고모, 제가 그냥 성질이 나서 실컷 패 주었거든요. 그 애는 저보다
많이 다쳤을 거예요."

"네가, 착하기만 하던 네가……."

"아빠는 어디 갔니? 집에 있기나 하니?"

"애가 이 지경이 된 줄도 모르고 어디를 싸돌아다녀?"

"아빠는 이제 삶을 포기한 사람 같아요. 그나마도 저 때문에 가까스

로 버티시는 거예요."

"현규야. 엄마는 네 보고 싶어 꼭 돌아오실 거야."

"저는 엄마 아빠 다 너무 원망스러워요."

현규의 눈에 분노와 절망의 눈물이 그렁그렁 비쳤다. 우리는 애 앞에서 부끄러움에 얼굴을 들 수 없었다. 엄마가 집 나가기 전까지 고생을 모르고 자란 조카가 아닌가. 엄마가 집을 나가고 아빠가 비틀거리는 집, 생각하면 조카의 처지가 제일 억울할 것이다. 예민한 고3인데. 집에서 떠받들고 있을 입시생인데. 자식은 삐뚤어지든 말든 그저 자신들만 생각하지. 정말이지 물 한 잔 얻어 마시지 않아도 오순도순 저들끼리 잘 살아 걱정이나 안 끼치면 얼마나 좋으랴. 이렇게 가슴 찢어지게 걱정만 안 시켜도 고마운 일이 아닌가. 친구들 형제자랑에 귀 막은 지 오래다. 도대체 이 여자는 어디로 간 걸까? 이 남자는 뭘 잘했다고 아이도 안 돌보느냐 말이다. 이 꼴을 안 봐야지, 정말 못살아!

지헌이도 결국 집을 나가 버렸다. 현규가 대입을 포기하고 군대에 입대하고 난 뒤 바로 집을 나갔다. 반찬들을 싣고 지헌이를 찾아갔던 우리는 불 꺼진 빈집을 보고 가슴이 덜컥 내려앉았다. 쯧쯧, 곰 재주부리듯 참 가지가지로 애먹인다 싶어 밉기도 하였지만 불안한 걱정이 앞을 가렸다. 누구에게 내색도 못 하고 속으로만 끙끙대다 언니와 전화통화만 해도 눈물을 찔끔거렸다. 지헌이랑 올케랑 하는 짓이 어찌 그리 닮았어. 누가 부부 아니랄까 봐, 하면 언니는 꿈자리만 나빠도 동생 몸이라도 안 좋은가 싶어 걱정이 된다고 하였다. 걱정스런 세월이 빠르게 지나갔다. 언니로부터 지헌이가 부산이나 서울에 있다는 말을 풍문처럼 들었다. 강원도며 제주에도 머문 모양이었다. 우리는 현규 엄마를 찾아 전국을 돌아다니는 거라고 예단하였다. 전화도 연결되지 않는 세월이 흘렀다. 괘씸하여 피붙이고 뭐고 다시는 상종을 안 하려던 마음이었는데 세월이 흐르니 동생이 어디서 죽지나 않았는지, 그보다 혹여 자살이라도 하지 않았는지 그게 제일 걱정이 되어 때로는 하얗게 밤을 지새웠다. 뉴스에서 무연고 젊은 남자 자살자가 나오면 가슴이 덜컥 내려앉고 남극의 만년설처럼 가슴이 시퍼렇게 얼어붙었다. 웬수, 웬수 못살아! 어느 날 언니가 찾아왔다. 언니는 그간 지헌이가 빌라에 돌아왔나 싶어 몇 번이나 찾아갔었는데 얼마 전 집주인 노인을 용케 만났단다. 근데 그 주인이 아주 심하게 화를 내더란다.

"젊은 사람 그렇게 안 봤는데 영 신용이 없구먼. 우리 두 늙은이가 그거 세 받아 생활비 하는데 사람도 없고 세도 안 주고 전화도 안 되고 함흥차사이니 어쩌면 좋겠소? 전기세니 관리비도 밀려 있고 이래 가지고는 누가 세놓겠소. 다른 말 필요 없고 세입자에게 말 전해 주시오. 집 비워 달라고. 안 그러면 내가 컨테이너에 살림 다 들어내겠소."

빌라에 살림만 처넣어 두고 살지도 않으면서 달세만 꼬박꼬박 나가는 셈이다. 조금 더 있으면 그나마 전세도 다 까먹을 판이다. 사실 빌라 전세금도 언니와 내가 남편들 모르게 대준 돈이다. 혼자 똑똑한 척하던 자식이 사기꾼도 몰라보고 홀라당 당하고, 건사도 못할 그까짓 살림 탕탕 부수어 내버리지 왜 남겨 두었는지 모르겠다고 언니는 툴툴거렸다.

"참 언니도, 어제 오늘 일도 아닌데 뭘 그리 역정을 내누. 저 돈 아니니 전세를 월세로 다 까먹어도 답답할 게 없으니 그러겠지, 뭐."

"살림살이에는 돈 주고도 못 사는 게 있으니 그러지. 사람이 죽으면 다 버리지. 그러나 그네들은 도장 꽝 찍고 이혼한 것도 아니고, 지헌이는 자는 잠결에 날아가 버린 새처럼 마누라를 잃었으니 미치겠지. 찾으러 다닐 수밖에."

"철딱서니 참 일찍도 들었다. 엄마 찾아 삼만리가 아니고 마누라 찾아 삼만리네. 그렇게 있을 때 잘하지. 마누라 말 잘 들으면 자다가도 떡이 생긴다잖아."

언니도 얼마나 속이 상하는지 내내 구시렁거렸다. 그러더니 어렵게 입을 떼었다.

"지영아, 우리 집은 딸애들이 방 차지하고 있으니 안 되겠고 너희 빈방 말이다. 그기에 지헌이네 좀 살게 하자."

"무슨 소리야? 지헌이가 우리 집에 와서 살라고, 말도 안 돼! 못해."

"애, 누가 같이 살으래? 지헌이네 짐 좀 넣어 두자는 거지. 빈방에."

"빈방이 어디 있어. 하나는 상호 방이고 하나는 책하고 컴퓨터 방인데."

언니는 그 방을 당분간 좀 쓰자는 거였다. 지헌이네 살림을 빌라에서 빼서 옮겨 놓자고 했다. 우리 집 방 3개 중 방 하나에. 저번 아파트에서 빌라로 옮길 때 장롱이니 소파니 웬만한 것은 다 버렸기에 우리 방에 충분히 넣을 수 있다고 우겼다. 마땅찮았지만 거절할 수도 없었다. 하지만 우리가 이사까지 해야 한다니 버럭 짜증이 났다. 언니는 우리가 자식이 상호뿐인 데다 마침 상호가 유학 중이라 방이 비는 것을 노렸다. 사실이지 집안에 방이 비는 게 어디 비어 있는 것이던가. 누구 방이란 이름만 안 붙었을 뿐이지 다 쓰이는 게 아닌가. 내일이면 이사하는 날인데 언니가 흥분한 목소리로 전화다. 지헌이와 어떻게 통화가되어 사실을 말했더니 지가 와서 이사하겠다고 했단다. 그제야 내 어깨가 좀 가벼워졌다. 그리하여 지헌이네 살림이 우리 방 하나에 들어왔다. 그 방에 있던 많은 책이며 책장들은 결국 아들 방으로 우선 옮기고 컴퓨터는 거실에 두었다. 나는 이삿짐차가 출발한다는 전화를 받고 두

근거리는 가슴으로 동생이 즐기던 반찬으로 정성스레 밥상을 차렸다. 오랜만에 본 지헌이는 탄탄하던 몸의 살이 쑥 빠져 야위었고 얼굴이 아주 검게 그을려 있었다. 멋지게 잘 손질하던 숱 많던 머리는 야구모를 푹 덮어 써서 보이지도 않았고 모자 아래 귀밑으로 새치가 보였다. 초라한 중년 사내의 모습이 내 가슴을 할퀴었다. 눈빛만이 예전처럼 깊었다. 언니는 듣기 좋게 활동적인 모습이라고 했지만 내 눈에는 삶에 지친 사내의 모습에 문득 반 고흐의 구두, 그 낡은 구두가 시야에 떠올랐다. 지헌이는 여전히 말이 없었다. 방 하나 가득한 짐들에 대해서 미안해하거나 매형의 안부도 궁금해하지 않았다. 지헌이는 김치냉장고에 전기코드를 꽂으면서 한마디 했다.

"작은누나 이 김치냉장고 전기 끄면 안 돼. 맛있는 김치가 들어있거든."

"애, 네가 무슨 김치를 담갔다고 김치가 있다니?"

"내가 담은 게 아니고 그 사람이 담가 놓은 김치야."

"그게 언제인데, 김치냉장고래도 너무 오래된 묵은지가 무슨 맛이 나려고?"

"아니라니까. 그냥 밥반찬 해도 맛있고 라면하고 먹으면 짝꿍이야. 김치찌개도. 내가 다른 것은 남들 줘도 우리 김치냉장고 김치만은 아무도 안 줬어."

"글쎄 천연동굴속의 항아리 묵은지는 맛있다고 하더라만."

"우리 김치가 더 맛있다니까!"

지헌이가 눈을 치뜨며 버럭 화를 내었다. 아이고 누가 사기꾼한테 넘어가시래? 언니가 미안한지 주방에 와서 시부렁거렸다. 저거 지헌이 자리 잡으면 가져갈거니 오래 안 걸릴 거라고. 흥, 오래일지 오래 아닐지는 누가 알아. 언니가 점쟁이야, 하고 나는 받아쳤다. 결국 오래 안 걸릴 거라고 하던 지헌이 살림이 우리 작은 방에 들어 온 지도 이 년이 넘어 삼 년으로 접어들었다. 그러면 저놈의 김치는 몇 년 묵은 둥인가? 저거 집에서 이 년, 우리 집에서 삼 년차네. 오 년이나 묵은 김치 모시고 사는 이 있으면 나와 보라고 해!

나는 동생의 김치냉장고에서 딱 두 번, 이번까지 세 번 김치를 꺼내 먹었다. 처음은 김치냉장고를 가지고 온 그해 여름날, 더위를 먹었는지 입맛이 떨어져 지헌이가 맛있다고 하던 김치 생각이 났다. 집에 김장김치가 다 먹고 없었다. 지헌이가 김치찌개 하면 기차게 맛있다는 말이 떠올라 꼼꼼히 붙여진 테이프를 떼고 비닐장갑을 끼고서 김치 한쪽을 꺼내었다. 그리고는 김치 꺼낸 표시가 안 나게 허둥대며 김장김치 봉투를 본래처럼 묶었다. 마치 금방이라도 동생이 알고 누나 우리 김치 왜 꺼내 먹었어? 할까 싶었다. 나는 동생네 살림방을 잘 보지 않는다. 문도 잘 열지 않는다. 꼭 저들 프라이버시를 침범하는 것 같아서다. 그저 저 것들을 어서 가져가야 지헌이가 조금이라도 안정되는 일이 아닌가 싶은 마음뿐이었다. 꺼낸 김치를 머리만 자르고 쭉쭉 찢어서 밥에 얹어 먹어 보니 먹을 만했다. 그리고 두 번째는 반쪽을 꺼내어 김치찌개를 만들어 먹었다. 이번에 꺼낸 김치가 세 번째이다. 나는 김치를 한포기 반을 꺼낸 셈이지만 이제 더는 그 남자의 김치를 꺼내 먹지 않을 것이다.

우리는 지헌이네 걱정하려고 자주 만났다. 아무 소용도 없는 걱정을 내뱉으면서 울적한 기분에 빠져들었다. 뿔뿔이 흩어져 있는 지헌이와 올케 그리고 현규의 건강만을 절실한 마음으로 빌었다. 우리의 대화는 언제나 그들 걱정으로 시작하여 물같이 흘러간 세월을 뒤적여 함께한 소소한 추억들을 떠올리며 그리워하고 있었다. 우리 삼남매가 함께한 유년의 기억은 끝도 없이 새록새록 이어졌다. 울고불고 욕하며 투덕거린 싸움도 잊지 못할 추억이었다. 요리 잘하던 올케의 솜씨도 씹어댔다. 핏줄이 무언지 지헌이는 아무리 떨쳐 버리려 해도 떨쳐지지 않고 미워하려 해도 미워지지 않는 내 동생이란 걸 가슴 저리게 깨달았다.

"현규 엄마는 절대 현규 못 버려. 신랑은 버릴지라도 현규는 못 버리지. 어떤 엄마였는데."

"지헌이가 조선팔도 다 뒤져서라도 지 각시 찾는다더라. 지헌이가 지 댁한테 잘못한 게 많다네. 별거 아닌 사소한 일로 많이 다투었다고. 후회 많이 하더라. 옛날 엄마한테도 저 마음같이 고분고분 않다고 싸우고 집안일도 그러하고 아무튼 시골만 갔다 오면 싸웠다네. 지헌이는 고슴도치 같이 가시 바짝 세운 마누라가 마땅찮았고 올케는 누구한테라도 잘해 주고 싶어 마당쇠 노릇하는 신랑이 꼴값이고, 또 그런 게 불만이었는데 동창회장 하다 친구한테 왕창 사기까지 당했으니 어느 여자가 좋아하겠어."

"나도 지헌이 부부는 언젠가는 다시 합쳐지리라 생각해. 그들에게는 현규가 있잖아. 어쨌든 현규 제대하면 저들이 책임져야지."

어느 날, 언니에게서 문자가 왔다. 빨리 나오라고. 사거리 커피숍으로 달려갔다.

"애, 지헌이가 현규 엄마 찾았나 봐. 서울이래."

"정말? 이산가족상봉이네. 올케는 뭐하고 있었대?"

"그간 일 다녔나 보더라. 그 꼿꼿한 성격에 한눈팔 사람은 아니지. 집집이 보면 거의 남자들이 문제를 일으킨다니까."

"나도 지헌이 부부가 언젠가는 합쳐지리라 믿었어. 둘 다 바람이 났다든가 하는 치정문제로 헤어진 게 아니잖아. 그리고 현규가 그들 질긴 끈이잖아."

"지헌이가 잘못 살았대. 서로 비아냥대며 상대에게 상처 주고, 그냥 두루뭉술 넘어가도 될 일을 그랬다는 거지. 이제야 철든 건지, 곧 저들 살림도 가져갈 거야."

우리는 전 같으면 팔이 안으로 굽었을 터인데 올케가 자리를 지키고 있었다니 고마운 마음이 들어 지헌이를 비난했다. 언니와 헤어져 집에 와서 그 방문을 열어 본 나는 화들짝 놀라고 말았다. 김치냉장고가 돌지 않았다. 손을 대어 보니 아직 찬기가 느껴지는데 전기 소리가 없다. 발로 툭툭 찼다. 그래도 무응답이다. 전기 코드를 뺐다가 다시 꽂았다. 그래도 반응이 없다.

어머나, 이를 어째. 여기 김치를 어떡하나? 지헌이는 철석같이 믿고 있는데 김치를 다른 데로 옮겨야 하나? 어디로 옮기지? 이 많은 김치를. 큰일 났네! 언니야 이 일을 어떡해? 난 몰라. 김치, 김치, 지헌이네 김치! 어쩔 줄 몰라 쩔쩔매고 있는데 누군가 몸을 세게 흔들었다.

"사람이 뭔 새우잠을 자면서 김치 김치 부르는 거야?"

남편이다. 뭐, 잠이라고, 꿈이라고. 정말 소스라치게 놀라고 말았다. 아, 김치냉장고! 나는 벌떡 몸을 일으켰다. 김치냉장고, 괜찮겠지. 꿈이니까. 꿈에서니까. 후다닥 나가서 거실을 지나 그 방문을 막 열려고 하는데 핸드폰이 울렸다.

"여보 전화 받아."

누구 전화일까? 혹시 지헌이? 지헌이 전화면 지금 받을 수 없지. 김치냉장고부터 봐야지.

나는 다급하게 방문을 열었다. 전화벨은 그냥 계속 울리고 있다.

부추전 부치는 날

부추에 해물 넣고 사이좋게 한입 두입
굽이굽이 넘은 사연 네는 한입 나는 두입
지난 일 들춰내어 네 그러다 내 다 옳다
시시비비 가리다 부침개 솥 홀랑 뒤집어졌네

노을나루길에
바람 부는 날

"어머나!"

뒤에서 뭔가에 엉덩이를 부딪치면서 연희는 넘어지고 말았다. 아니 엎어졌다. 그러나 그 순간 누가 볼까 창피스러운 마음이 앞서 얼른 땅바닥에 미끄러진 손을 털고 일어났다. 저만치 한 남자가 자전거를 내던지고 손을 비비며 서 있다. 남자는 손을 내밀어 잡아 주지도 못하고 난감한 듯 어찌할 줄 모른다. 찌르릉 소리를 들었나? 못 들은 것 같다. 연희는 일어서다 왼 발목을 껴안으며 붉은 포장도로에 주저 앉아버렸다.

"아이고 많이 다치시진 않았나요?"

"신호를 하든지 아님 사람을 비켜가든지 해야될 거 아닙니꺼?"

"미안합니다. 신호는 했는데 갑자기 인도로 걸음을 바꾸시는 바람에."

"무슨 걸음을 바꿨다고 그캅니꺼? 사람을 이렇게 치어 놓고 잘했다고 우기는 겁니꺼?"

"아, 아닙니다. 아무튼 미안합니다. 많이 안 다쳤으면 좋겠는데."

연희는 울컥 신경질이 올랐으나 아까 다른 생각에 골똘해 있었던 게 생각났다. 그리고 조금 전 앞쪽에서 오던 자전거가 자신을 비켜 인도로 가는 것을 보고 자신이 자전거전용도로를 걷고 있다는 것을 알고 인도로 걸음을 옮기려던 게 기억났다. 사고가 난 건 사실 연희 탓도 있던 것이다. 그녀는 바지를 털며 일어났다. 자전거가 천천히 달렸기에 다행이지 엉덩이가 얼얼하고 발목이 약간 시큰하다. 남자는 아직도 그 자세다. 사람들이 지나가며 눈길을 준다.

"많이 아프시지요. 병원에 가십시다."

낯선 남자하고 병원을 가? 두 손바닥도 이치어 불그죽죽하다. 다행히 무릎은 괜찮은 것 같다. 남자는 머리에 쓴 헬멧과 선글라스를 벗으며 푸욱 한숨을 내쉬었다. 검은 머리칼에 흰 머리가 드문드문 보이는 남자다. 우락부락한 인상은 아니고 콧날이 서고 이마에 잔주름이 보이며 눈썹이 짙은 남자는 저만치 날아간 보라색 선캡을 주워 와 내밀었다.

"강변길 건너면 바로 병원이 있는데요."

"마, 내가 알아서 할 테니 고만 가이소. 그리고 좀 단디 댕기소."

"저, 아무래도 병원 잠시 다녀오면 좋겠는데."

연희는 앞에 서 있는 남자가 거북하였다. 걸어 보니 이 정도는 집에서 파스나 연고라도 바르면 쉬이 나을 것 같다. 별일이다. 8차선 강변대로에는 오고가는 차들이 많아 소음과 매연 때문에 자전거를 타고 가지 않으면 잘 걷지 않는 길이다. 그러나 지금은 강변대로에 벚꽃이 피기 시작했다. 매화 피는 걸 시샘하듯 빨간 꽃망울들을 달고 있던 몸피 굵은 벚나무에서 벚꽃이 흐드러지게 피었다. 낙동강 하굿둑에서 강변대로 양쪽에 길게 이어진 구름꽃길을 산책하는 사람들이 부쩍 늘었고 낮에는 상춘객들도 찾았다. 그녀는 아침저녁 꽃길을 걸었다. 바람이 불며 꽃비가 되어 도로가 주차된 차 위에 연분홍 꽃잎들이 수줍게 아롱진다. 남자가 호주머니를 뒤적이더니 메모지를 꺼내 급히 적어 건넸다.

"여기 제 연락처를, 웬만하면 오늘 병원 가 보시길 바랍니다."

남자는 그녀를 비켜 서서 한참을 멀거니 서 있다 연희가 말없이 자리를 뜨자 자전거를 일으켜 천천히 다대포 방향으로 끌고 갔다. 미안한 듯 다시 목례를 하였지만 그녀는 무시해 버렸다. 재수가 옴 붙었네. 만날 다니는 길에서 자전거에 부딪치다니. 저 남자는 눈을 어디다 두고서, 쯧쯧. 한나절 강기에는 여전히 꽃 분분하다. 며칠 후였다. 하단오거리 한의원에서 치료를 받고 나오는데 누군가 그녀 앞을 우뚝 막아섰다. 남자다. 놀라서 보니 자전거 남자다.

"저기 저번 그 일로 치료받으신 거죠? 미, 미안합니다."

"아니 그냥 발목이 조금 시큰거려서."

그랬다. 그 일 이후 왼쪽 발목이 좀 편치를 않아 한의원에서 오늘로 사흘째 침을 맞고 나오는 길이었다. 남자가 저만치 보이는 커피숍을 가리켰다. 연희는 더는 거절하지 못하고 커피숍으로 갔다. 그들은 아메리카노를 앞에 놓고 말이 없었다. 남자는 어디 다녀오는지 감색 양복에 회색 셔츠, 노타이 차림이다.

"좀 걱정을 했습니다만 연락이 없기에 괜찮은 줄 알았어요. 운동도 못하시고."

"내일부터 운동할라 카니 남 걱정하지 마이소."

남자는 허허 웃고는 서류가방을 뒤적이더니 봉투 하나를 연희 앞으로 내밀었다.

"미안해서, 성의이니 받아주시면 좋겠습니다."

"아니 그쪽은 내가 꽃뱀으로 보입니꺼? 사람 잘못 봤습니다."

무안해진 연희가 벌떡 일어나자 남자가 만류하였다.

"성미가 급하시군요. 커피나 마시고 나갑시다. 그리고 꽃뱀 할 만치 젊은 나이로 보이지도 않는데요."

"뭐, 뭐라캅니꺼 지금?"

며칠 뒤 연희가 자전거로 강변로를 달리는데 뒤에서 자꾸만 신호를 보냈다. 제 페이스로 달리고 있는 연희는 못 들은 척 페달을 밟으며 가는데 누군가 그녀 옆으로 자전거를 바짝 붙였다. 자전거를 세웠다. 선글라스를 벗고 자신을 따라 자전거를 멈추는 사람을 잡아먹을 듯 쏘아보는데 뜻밖에도 그 남자가 아닌가. 청년처럼 씩 웃고 있다.

"내가 또 놀라게 한 모양이군요."

"그쪽은 남 놀라게 하는 일에 아주 재미가 붙은 모양이지예?"

"재미까지야. 이젠 꽃잎들이 강변로를 쓸고 다니는데, 어디까지 가시는지?"

"남이사 어디를 가든 뭔 상관입니꺼."

"그러게 말입니다."

어제도 오늘도 그들은 길 위에서 만났다. 만나자는 약속이 없는데도 자꾸만 길 위에서 만나지게 되었다. 그는 시간이 나면 강변로를 달린다고 하였다. 다대포에서 하굿둑까지 바다를 보면 달린다고 했다. 연희를 발견하며 자전거를 보관대에 세워 두고 말없이 노을나루길을 따라 걸었다. 하루 이틀, 흐드러진 벚꽃 길에서 그들은 조금씩 낯이 익어갔다. 남자는 연희가 가리키는 노을나루길 안내문을 읽었다.

> 하단의 아름다움 중 낙조를 빼놓을 수 없다. 낙동강 칠백리를 돌아온 강물이 몸을 푸는 여기, 하단은 장엄한 일몰이 펼쳐지는 곳입니다. 불덩이 같은 해가 서쪽으로 기울며, 바다를 향해 열린 하구의 하늘은 황금빛으로 물들고 떼 지어 날아가는 철새와 석양에 물든 갈대숲은 이곳에서만 볼 수 있는 장관입니다. 하굿둑이 들어서기 전에는 고기잡이 나갔던 돛단배들이 금빛물결을 지으며 나루로 돌아오고 갈대숲 사이로 난 수로를 따라 조각배를 탄 연인들이 석양에 물들어 발갛게 얼굴 붉히던 곳입니다.

"이렇게 아름다운 글을 쓴 사람은 아마도 시인이겠지예?"

"시를 좋아하시나 봅니다."

여자가 입가에 미소를 머금었다. 강변 벚나무들이 초록 옷으로 갈아입자 나루길 언덕의 바위 틈새마다 철쭉이 진홍빛 자태를 뽐낸다. 사람들이 사진을 찍는다. 붉게 물든 바닷물이 출렁인다. 석양빛이 아름다운 일몰의 시간이다. 연희는 일몰의 시각에 서면 회한에 젖었다. 지나온 발자국마다 희비가 교차하며 머무르고 싶었던 시간은 순간이었고 통한의 아픔은 길었다. 찢어진 깃발을 펄럭이며 고깃배가 들어온다. 바다갈매기들이 빙빙 배 위를 돈다. 고도를 낮추기 시작한 비행기가 바닷길을 지나 김해공항으로 날아가고 있다. 연희의 얼굴도 옷도 모자도 노을빛으로 물들어갔다. 하얀 이마와 눈가에는 고운 주름이 지고 서늘하게 눈이 깊은 여자의 가녀린 목에 두른 스카프가 바람에 날린다. 남자는 쉬이 나이를 가늠하기 어려운 여자의 얼굴이 아름답게 보였다. 그녀와 걸음을 맞추었다. 연희는 아침저녁 이 길을 걷는다. 회화나무 조각 기둥이 받쳐주는 나루길 쉼터에 앉아 고기들이 물 위로 점프하는 재주를 보며 밀물과 썰물을 그리고 멀리 하굿둑다리와 을숙도 대교의 내달리는 차들을 바라본다. 사람들은 걷거나 달리고, 휴일에는 동남아 청년들도 더러 보인다.

"옛날 옛적에 엄마가 명지에서 국밥 장사를 하셨지요. 우리는 할머니랑 오빠랑 요즘 문화마을로 유명해진 감천에서 살았는데 엄마가 보고 싶어 내가 울고 떼쓰면 할머니는 우리를 엄마에게 보냈어요. 오빠와 하단에 와서 통통배를 타고 엄마 만나러 가는 길이 어찌나 신나던지, 나는 뱃멀미가 심했는데도 엄마를 만난다는 기쁨으로 참을 수가 있었어요. 토요일에 가서 하룻밤 엄마 곁에 자고 일요일에 돌아왔어요. 그땐 하굿둑도 없었고 갈대숲과 철새들의 낙원이었어요. 엄마의 돼지국밥 가게는 장사가 잘되었어요. 엄청나게 큰 가마솥에는 언제나 벌건 장작불이 활활 타고 뚝배기 가득 담긴 뜨끈뜨끈한 국밥을 노동하는 사람들이 땀을 뻘뻘 흘리며 맛있게 먹었지요. 엄마는 다 먹어 가는 뚝배기에 국밥을 듬뿍 더 퍼 주었지요. 잘 삶겨져 쫄깃쫄깃한 수육도 인기였지요. 물이 빠진 개펄에서 조그만 갈게와 조개도 잡고. 바쁜데도 척척 맛있는 간식을 해 주시는 엄마가 너무 좋아 집으로 가지 않으려고 하면 무섭게 꾸중하셨지요. 엄마는 아버지가 안 계신 우리 집 가장이었는데 그땐 철모르던 시절이라 집에서 살림만 하는 동무들 엄마가 너무 부러웠어요. 엄마는 평생을 그곳에서 국밥 장사를 하셨지요. 여름 장마철이면 동네며 국밥집이 물에 잠기는 일을 연례행사처럼 겪으면서도 엄마는 그곳을 떠나지 못했으니까."

그녀는 어린 날에 보았던 아름다운 포구며 갈대밭, 을숙도, 무지하게 많았던 철새들을 잊을 수 없었다. 그들은 상대방의 외로움과 고독을 직감으로 느끼게 되었다. 언젠가부터 문자를 주고받았다. 꿈의 낙조분수대에서 기다리겠습니다. 여자를 기다리는 시간은 나이 든 남자에게도 가슴 설레는 일이다. 아반떼를 몰고 오는 여자를 무한 반기었다. 그는 꿈의 낙조분수대와 바닷물로 잘 조성된 해수천을 걸어 솔향이 풍기는 소나무 숲으로 안내했다.

"나는 해맞이로 유명한 몰운대와 노을정에서 바라본 낙조가 너무 아름다워 다대포에 살기 시작한 게 이제까지 살고 있지요. 다채로운 음악 분수쇼와 생태탐방로의 운치가 야간명소이니 언제 또 산책합시다."

갯벌체험장 모래습지에는 유치원 꼬마들이 장화를 신고서 게를 잡는다고 야단법석이었다. 그들은 그늘막이 있는 생태탐방로를 걸었다. 연희는 발아래 아주 작은 달랑게들이 갈대 사이를 분주히 돌아다니는 것을 재미있어했다. 그는 백사장에 우뚝 세워진 조각 '그림자의 그림자'를 비롯한 해변공원에 설치된 바다 미술제 작품들을 설명해 주었다. 연희는 자신이 노을나루길을 사랑하는 만치 이 남자는 이곳 다대해변공원을 사랑한다는 것을 느꼈다. 그들은 어시장에서 펄펄 뛰는 생선들을 둘러보고 횟감을 골라 초장가게로 갔다. 연희는 다대포 생선회를 맛있게 잘 먹었다.

"아직 그쪽 이름도 모르고 있어요."

"누구는 압니꺼?"

"나는 전에 휴대전화 번호하고 이름 적어 주었는데."

"무슨 말씀을, 쪽지에 폰 번호 밖에 없었어예."

"아, 실수. 적어준 줄 알고 이름도 한 번 안 불러준다 섭섭했지요."

남자는 자신을 소개했다. 문태준, 퇴직한 교육공무원으로 사별한 지십 년이 되며 결혼한 딸 둘이 있다고 하였다. 남연희는 아들 둘이 있다고 밝혔다. 길 위에 그가 나타나지 않았다. 문자도 없었다. 연락해 주세요. 걱정됩니다. '입원'이라는 답신에 병원을 찾아갔다. 남자는 대상포진이라며 겸연쩍게 웃었다. 텁수룩한 수염에 링거를 달고 많이 햴쑥해진 남자가 안쓰럽고 연민이 느껴진다.

"대상포진 이거 만만한 상대가 아닙디다. 이렇게 심하게 아파본 적은 없어요. 연희씨 예방접종 안 했으면 하는 게 현명할 것 같은데요."

남자의 큰딸이 간식과 신문 등을 가지고 찾아왔다. 지방은행에 근무한다는 남자의 딸은 연희에게 무관심한 척 했다. 연희는 보았다. 영리해 보이는 눈매와 이지적인 뚜렷한 입술에서 큰아들 강우처럼 남다른 자존심은 보였지만 넉넉한 곁이 보이지 않음도. 그녀 또한 남자의 딸에게 만만한 여자로 보이지 않으려고 허리를 곧추세우며 여유로운 모습으로 대하였다.

연희는 중견 제조업체에서 영양사로 십여 년을 근무하다 퇴직하여 뷔페식당을 차렸다. 초창기엔 영업이 잘되었다. 그러나 손님들이 남겨 버리는 음식이 많아지고 들고나는 주방장으로 힘들 무렵 뷔페식당을 접고 국밥집을 차렸다. 옛날 엄마가 하던 돼지국밥집을 꼭 한 번 하고 싶었다. 엄마의 솜씨를 따라한 국밥집은 대박이었다. 4층 상가도 인수했다. 그러나 이십 년도 넘는 영업이 무리였는지 몸에 이상이 오기 시작하였다. 무릎관절이 심했고 오른팔은 숟가락질도 힘들었다. 남편을 잃고도, 아들들을 결혼시키면서도 붙잡고 있었던 식당을 결국 세놓았다. 집도 옮겼다. 유년의 추억에 아름답게 머물러 있는 명지 가까운 하단으로. 처음에는 홀가분하고 여유로운 시간이 신기하고 즐거웠다. 느긋하게 커피를 마시며 거실에 드러누워 빈둥빈둥 맘껏 드라마를 보고 서점에 가서 시집을 고르고 영화를 관람했다. 친구들과 노래교실도 갔다. 그러나 목련과 진달래가 피고지고 벚꽃이 흩날리며 쓸쓸함이 뼛속을 파고들었다. 가을밤이면 더 심하였다. 청승스레 들리던 엄마의 노래를 따라하고 TV의 가요무대 노래에 눈물을 쏟으며 쓸쓸함에 우울증까지 생겼다. 친구들을 만나 수다를 떨어도 불면증은 깊어갔다. 자신이 아무도 모르게 죽을지도 모른다는 비관이 들기도 했다. 언론에 보도되는 고독사가 남의 일이 아닌 듯 불안한 마음이 깊어갔다. 그녀는 새벽에 눈을 뜨면 나루길로 달려갔다. 희부윰한 어둠의 강물에서 짭짤하고 비릿한 갯냄새를 맡으며 정신이 들었다. 아침이면 햇살에 비치는 윤슬이 아름다워 하굿둑에서 노을나루길 1,340m를 걸었다. 서울 큰아들 집에 다녀온 그녀의 얼굴에 쓸쓸한 빛이 보임을 남자는 느꼈다. 그녀의 식사초대 자리였다.

"요즘 그러지요. 아들은 결혼하면 처갓집 옆으로 가고 딸은 결혼하면 친정집 옆으로 온다고, 엄마는 아들 봉급을 몰라도 장모는 사위 봉급을 안다고 하잖아요. 나는 딸내미 손잡고 영화관 같이 가고 쇼핑하는 친구가 부러워요."

"나는 야구모자 씌워 아들과 야구장 같이 오는 친구가 부러웠는데."

"나도 프로야구 좋아하는데, 아직도 노상 깨지는 롯데 응원하고 있어요."

"최동원 선수 좋아했겠군요. 언제 사직구장 응원 한 번 갑시다."

연희는 사십 대에 뇌출혈로 남편을 잃었다. 언뜻 지병으로 아버지를 일찍 잃은 엄마 팔자를 닮았나 싶어 더 고통스러웠던 세월을 살았다. 남편을 보내고 두 아들에게, 특히 큰아들에게 많이 기대었다. 아들이 방학에 내려와 저 방에서 잠자는 날이면 그녀의 불면증은 씻은 듯이 사라졌다. 기운이 나고 활력이 솟았다. 장사하다 아들이 보고 싶으면 미친 듯 서울로 갔다. 고작 얼굴 한 번 보고 새벽열차로 내려왔지만 그게 한 달을 버티는 힘이 되었다. 전방으로 면회를 가고 졸업을 하고 아들은 다들 어렵다는 국책은행에 공채로 들어갔다. 그리고 쉬이 결혼도 하였다. 그러나 아들이 결혼하고부터 아들 보기가 어려워졌다. 며느리가 고등학교 교사인 맞벌이 신혼부부 집에 별 이유도 없이 전처럼 얼굴 보러 갈 수도 없었고, 명절이나 휴가에는 부부가 왔다가 하룻밤 자고 나면 처가에 가기 바빴다. 그녀도 다 이해한다. 그저 저들 잘사는 게 고맙고 감사했다. 고물고물 인형 같은 손녀가 태어났다. 며칠 전 손녀가 너무 보고 싶어 서울에 갔었다. 손녀 때문에 아들네는 결국 처가댁 아파트로 이사하여 사돈집은 10층, 아들집은 11층에 살고 있는데 아들네는 잠만 따로 잤지 식사는 처가에서 해결하고 있었다. 세 살짜리 금쪽 같은 손녀는 아무리 한 번 안으려 해도 외할머니 품만 파고들었다. 명절에나 보는 할머니가 낯설지 않으랴. 그녀는 아들 며느리 집에서 밥

한 끼도 먹을 수 없었다. 아들 집 냉장고에는 간식들만 잔뜩 들어 있었다. 살뜰히 챙겨 간 생선이나 밑반찬들은 통째로 사돈댁으로 내려갔다. 친절한 바깥사돈이 조심스러웠고 싹싹한 사부인이 애써서 차려 주는 식사가 편하지 않았다. 손녀까지 맡아 어린이집 보내며 수고하시는 사돈댁에 미안하기도 하였다. 아들바라기 엄마의 서울 나들이 2박 3일은 왠지 길었다. 연희는 눈앞에서 부지런히 오리고기를 구워 주는 남자를 보자 아들집에서의 서운함이 가시었다. 그래, 애들은 그들대로 열심히 살고 있는데 그들에게 걸림돌이 되지 않으리. 경제적으로 자식에게 의지하지 않는 것처럼 정신적으로도 독립하여 내 삶을 살아야지. 오리고기를 깻잎에 싸서 한입 가득 넣으며 태준을 향해 고기를 그만 굽고 먹으라고 한다는 게 하얗게 눈을 흘겼다. 남자는 바보처럼 웃기만 했다. 괴정 회화나무 샘터에서 기다릴게요. 샘터에는 연희가 먼저 와서 기다리고 있었다. 태준은 샘터를 잘 몰랐다고 하였다.

"태준씨, 혹시 우리 사하구목이 뭔지 아세요?"

"글쎄요."

"새는 고니이며 나무는 저 회화나무거든요. 저기 저 큰 회화나무는 650년이나 된 연륜인데도 정말 아름다운 나무지요."

거목의 두 그루 회화나무가 가지를 뻗어 청정한 잎사귀를 펴서 샘터 주위를 시원한 그늘로 만들어 주고 있다. 3개의 수도꼭지에 꼬마들이 달라붙어 단물을 마신다. 졸졸 흐르는 빨래터에 손을 담그니 차고 시원하기 그지없다.

"큰 샘은 회화나무 바로 아래에 있어 옛날부터 단물샘으로 유명하여 자녀가 없던 부부가 백일기도로 아들을 얻었고, 중환자가 먹고 병이 나았다는 전설이 전해지며, 지극하게 기도하면 소원이 이뤄진다는 소문에 많은 사람들이 와서 소원을 빌었지요."

"여기 큰 샘은 아직까지 잘 보존된 전설의 고향이군요. 연희씨도 그럼 소원을 빌어 보세요. 무슨 소원을 빌까 궁금한데?"

"로또 당첨되게 빌까요? 아니면 딸내미 하나 낳아 달라고 빌며 들어주실까요?"

태준이 화들짝 놀란다. 그녀는 깔깔 웃었다. 놀라는 남자도 웃겼고 맘속으로 이 사람과 좋은 관계로 지내고 싶습니다, 라는 소원을 그가 오기 전에 재빨리 빌었기에 웃음이 터졌다. 사랑이 오는가. 생전 없던 이런 마음은 무엇인가? 나에게 도대체 사랑이란 감정이 남아있기나 한 걸까. 이 나이에 무슨 연연한 감정이 있단 말인가. 20대에 불인지 불인지 모르고 불나방처럼 뛰어들었던 그 사랑, 일 년도 못 가 깨져버린 그 사랑의 씨알이 여직 남아 있단 말인가. 가슴이 울렁거리고 물결처럼 그리움이 밀려오며 그 남자가 보고 싶다. 아직 내가 여자인가. 오늘도 못 견디게 그가 보고 싶다. 외로워서인가. 내게 아직 사랑이 남았으리라곤 생각도 못했는데. 아이, 그 누군가를 사랑하는 마음이 남아있더란 말인가. 벌써 다 꺼진 줄 알았는데. 나는 아직도 그 지독한 사랑 한 번 받고 싶어 사랑을 하는가? 이 애틋하고 눈물겨운 내 생의 마지막 사랑을 도대체 어쩌란 말인가? 나는 남편을 보내고 석녀로 살았지 않았나. 오직 두 아들의 어미로만 살았다. 그러나 아들들은 떠나갔다. 그들은 그들만의 안락한 보금자리를 만들었다. 가족이지만 내가 비집고 들어갈 자리가 없는 견고한 그들만의 성을 이루었다. 주위의 이목이 두려운가, 뒤통수가 부끄러운가. 언제 칭찬받으려고 살아온 내 삶이었나. 지나온 역경으로 자식에게 대우 받으려 했던가. 내겐 더 그려 넣을 것이 없는 흰 백지 같은 여생만 남았다고 여겼는데. 가슴이 두근거린다. 이게 사랑이라면 지금 그 남자가 보고 싶다. 너무도 보고 싶다.

에덴공원 청마시비 앞에서 기다리겠어요. 연희는 에덴공원으로 향했다. 쿵쿵 가슴이 뛰어 걸음이 더디었다. 에덴공원에는 몸피 굵은 소나무와 굴밤나무, 떡갈나무, 팔손이 등 잡목들과 다람쥐와 새들이 산다. 군데군데 운동기구가 놓여 있는 황토마사길 산책길이 있고, 아무도 눈여겨 봐 주지 않는 자랑스러운 부산시민헌장도 있다. 그곳에 오르면 오태균 음악비가 있고 아주 오래된 고전음악 솔바람 음악당이 있다. 호젓한 오솔길 한편에 靑馬柳致環詩碑가 외롭게 서 있다. 그곳엔 언제나 소리 없는 아우성 영원한 노스탈쟈의 깃발이 나부낀다. 멈춘 듯 흐르는 흰 띠같이 펼쳐진 낙동강이 보인다. 한 바퀴 두 바퀴 세 바퀴 사람들이 쳇바퀴 돌 듯 산허리를 돌고 돈다. 바람 불어 우수수 낙엽 지는 오솔길을 스웨터 입은 강아지도 따라 돈다. 연희는 청마의 시비 앞에서 정신을 가다듬었다. 가져간 깨끗한 수건으로 시비 '깃발'을 닦기 시작했다. 그녀의 영혼은 깨끗이 닦인 시비처럼 맑아졌다. 그 남자가 땀을 흘리며 올라왔다. 그녀는 말없이 분홍 손수건을 꺼내어 그의 얼굴에 맺힌 땀을 닦아 주었다. 남자는 어리둥절 그녀의 기색을 살폈다.

"엄마는 옛날 우리에게 에덴동산에는 가지 마라고 엄명을 내렸어요. 에덴동산, 얼마나 아름다운 이름인데. 아담과 이브, 선악과 유혹, 뱀. 나는 에덴동산에 너무 가고 싶어 안달이 났지만 오빠는 나를 데리고 가지 않았어요."

"어머니가 왜 에덴동산에 못 가게 하셨는지?"

"처녀총각 연애질하는 소문에요. 훗날 친구와 이곳에 와 보고 얼마나 실망했게요."

갈색 머리 아래 흰머리가 새치처럼 조금씩 보이는 여자가 소녀처럼 웃었다.

"초등학교 시절 이웃 언니의 책을 하나 빌려 읽었는데 얼마나 감명 깊었던지요. 사랑하는 사람에게 보내는 절절한 연서였어요. 정운! 정운! 부르며 (사랑하는 것은 사랑을 받느니보다 행복하나니라. 오늘도 나는 에메랄드빛 하늘이 훤히 내다뵈는 우체국 창문 앞에 와서 너에게 편지를 쓴다.) 나는 당시 어렸는데도 이상하게 이토록 사랑을 많이 받으면 죽어도 좋겠다고 행복할 거라고 생각했어요. 나중에 알았지만 청마 유치환 시인이 이영도 시조시인에게 보낸 『사랑하였으므로 행복하였네라』라는 책이었어요. 나는 다만 한 남자가 한 여자를 그렇게도 사모하는가에 감동을 하여 시를 좋아하게 되었고 행복, 깃발, 바위 등 청마의 시들은 줄줄 외웠으니까요. 성장하면서 자신도 모르게 청마처럼 나를 지극히 사랑해 주는 연인을 기다렸나 봐요. 꿈처럼 동화처럼 영원히 내 앞에 나타나지 않는 그런 남자를."

"결혼생활이 행복하지 않았던가요?"

"우린 서로가 사랑하기보다 사랑받기를 원했나 봐요. 이해심이 부족하였고 배려가 없었어요. 자로 재듯 내가 받은 만큼만 주는 마음이었으니. 남편이 가고 애들을 공부시키고 결혼시키고 집 얻어 주고, 사랑과 물질을 끝없이 주어야 하는 부모 입장에 서고 보니 남편의 그늘이 아쉬웠고 철없이 인색하였던 나를 뉘우치게 되었지요."

"지난 일은 다 후회하기 마련이지요. 특히 떠나고 없는 사람에 대해."

태준이 다가와 그녀의 눈물을 닦아 주었다. 그녀는 쓰러지듯 남자의 품에 안겨 버렸다. 태준은 그녀를 힘껏 껴안았다. 조용한 에덴 숲속에서 그들의 포옹은 오래 지속되었다. 이윽고 남자의 뜨거운 입술이 닿아도 그녀는 거부하지 않았다. 아, 이제는 주는 사랑을 하리라. 눈감을 때 사랑하였으므로 행복하였노라고 말하고 싶어.

거제에서 조선회사 다니다 희망 퇴직한 작은아들이 집에 왔다. 며느리는 유치원 교사이다. 언뜻 모험심 같은 장난기가 발동하였다.

"시우야. 엄마 너무 쓸쓸한데 재혼이나 해 버릴까?"

"참 엄마도 다 늙어서 창피하게 무슨 재혼이야. 정 외로우면 우리 집에 와서 장모 대신 준수 좀 봐 주던지."

저런 못난 놈, 네 어미는 여자가 아니더냐.

"요즘 재혼했다 이혼도 잘한대. 재산 문제가 문제라고 하던데, 엄마 재혼하려면 상가 건물 우리한테 상속하고 하든지."

"이 자식이, 상가 상속 꿈도 꾸지 마라. 너희 생활비 보조도 연말까지다."

"일자리 구하고 있다니까. 그러니 엄마 재혼 안 하면 되잖아."

괘씸하고 섭섭함이 목구멍까지 차올랐다. 재혼, 내 맘에 달렸지 니들이 하라 마라야. 며칠 후 예고도 없이 큰아들이 내려왔다. 하루에 열두 번 봐도 반가운 내 아들!

"아들 시장하지? 엄마가 퍼뜩 맛있는 저녁 차릴게."

"열차에서 요기했어요. 그보다 시우한테 들었지만 저도 어머니 재혼 반대입니다. 왜 재혼 말이 나왔는지요?"

"왜 나오다니?"

"어머니, 지금 사람이 있어서 하는 말씀이지요?"

연희는 말문이 막혔다. 이 자식들이 어떻게 이럴 수가 있을까. 아들들에게 진정 부끄럽기도 했지만 반발심이 솟구쳤다. 엄마는 조금 행복하면 안 되니? 나는 내내 이렇게 살다 죽으라고, 니들이 이러면 진짜로 확 저질러 버린다. 너희들이 언제 엄마의 처지를, 바람의 언덕에 홀로 선 이 외로움을 생각이나 해 봤어?

"어머니 가시면 제가, 제가 무너질 것 같아요. 버틸 힘이 없어서."

"……."

"어머니와 떨어져 대학 4년, 군대, 그리고 취업과 결혼까지 했어요. 그러나 어머니는 언제나 말뚝처럼 그 자리에서 저를 꽉 붙잡아 주고 계셨거든요."

꼿꼿한 아들 강우가 말을 잇지 못하고 고개를 떨어뜨렸다. 어깨가 축 쳐져 있다. 쯧쯧, 못난 자식! 그녀는 베란다 창문으로 황지에서 발원하여 칠백 리 먼 길을 흘러와 고된 몸을 뉘인 강물을 바라보았다. 그렇지. 낙동강은 우리 민족의 젖줄이었지. 박모의 하늘이 낙동강에 내린다. 생의 마지막 사랑이 가슴 시리게 애달프다.

태준은 솔직히 재혼을 원했다. 큰딸이 친정으로 들어오겠다는 제안도, 두 집 아파트를 팔아 큰 평수로 가자는 합가 제안도 거절하였다. 자신이 불편해서 싫었다. 이젠 손자손녀까지 유치원과 학교 보내느라 사위도 딸도 정말 바쁜 일상이다. 태준은 마트에서 장을 보거나 요리나 빨래를 하는 등의 집안일에는 아주 이력이 붙었다. 오전에 헬스장에 가고 일주일에 세 번 오후 초등교 두 곳의 방과 후 한자수업을 하고, 시간 나면 해변공원을 걷고 강변로를 달린다. 밤에 TV나 책을 보고 인터넷 사이트를 돌아다녀도 눈만 아프고 결국 쓸쓸한 적막함뿐이다. 어쩌다 초저녁에 새우잠을 자고 나면 뜬눈으로 밤을 지새웠다. 십여 년 아내의 위암 투병으로 재산은 사는 아파트가 전부이나 그에게는 적지 않은 연금이 나왔다. 재혼 말은 딸이 꺼냈다. 하지만 딸은 너무 젊은 여자는 어머니라 못 불러 안 돼, 아이 딸린 여자도 외국 여자도 싫은데 하고 저 입맛대로 고른다. 자신의 나이를 생각하며 젊은 여자와 아이는 감당하기도 책임지기도 버겁다고 생각해왔다. 차는? 아파트 몇 평? 재산에만 관심 있는 여자들로 인해 그간 중매는 사절이었는데 우연히 만난 여자, 연희에게는 자신도 모르게 오롯이 마음이 기울었다.

"아버지, 저번 아버지 문병 오셨던 분은요?"

"아니야. 그 사람은 재혼 의사가 없나 보더라."

"놀러나 다니면 얼마 못가요. 같이 살아야 아버지 적적하지 않고, 식사는 챙겨야죠."

예사로 한 말인데 큰딸은 즉각 반대이다. 얼핏 본 연희가 저 맘에 들지 않아도 그렇지 딸이 좀 심하다 싶어 섭섭했다. 아버지 아파트까지 대출받아 학원을 차려 눈코 뜰 새 없는 둘째 딸은 언니 말에 무조건 찬성하는 스타일이다. 강변로에도 나루길에도 그녀가 나타나지 않았다. 자신과의 만남을 피하는 것인가. 전화도 문자도 받지 않았다. 쓸쓸하고 답답한 날들이 갔다. 그녀를 안고 싶은 마음뿐인데. 도란도란 마음을 나누며 긴 밤을 함께 보내고 싶은데, 그녀를 놓칠까 겁이 난다. 친구로 곁에 있어 준대도 감사할 게 아닌가. 그녀를 알고부터 그 적막함, 비애가 사라졌다. 지인들 모임에도 같이 가자고 했는데, 내년 서유럽 여행도 약속하였는데. 지난번 순천만 여행길에서 운전석 옆자리에 그녀가 앉아 같은 방향을 주시하는 것이 얼마나 큰 기쁨이었던가. 그러나 1박한 모텔에서의 하룻밤은 그들에게 새삼 인생의 슬픔과 세월의 무상함을 안겨 주었다. 남자는 치료 중인 전립선 때문인지 오랜 금욕생활 때문인지 성기의 발기부전에 죽을 만치 부끄럽고 괴로웠으며, 여자는 여성호르몬과 체액이 말라 버린 자신의 몸이 서러워 뜨거운 눈물을 흘렸다. 그들은 남녀의 지순한 사랑행위가 젊은 날의 특권이었음을 깨달으며 측은지심으로 서로를 다독거리게 되었다. 그래 노욕 같은 욕심을 버리자. 옆에만 있어 줘도 행복이지 이 나이에 무얼 더 원하리. 플라토닉 사랑이면 어떠리. 너무 가까우면 멀어진다고 했던가. 야구를, 여행을 즐기는 취미가 같으니 얼마나 다행이랴. 아, 언제까지라도 그녀를 지켜주고 아껴 주고 싶다. 큰딸을 불렀다. 단호하게 말했다.

"넌 이제부터 내 재혼 문제에 간섭하지 마라. 내 문제는 내가 알아서 한다."

딸은 놀랐는지 아무 말도 하지 않았다. 그는 하루에도 몇 번씩 나루길을 돌았다. 연희와 같은 보라색 선캡을 쓴 사람만 보아도 얼른 따라가 봤다. 그런 어느 날 어둠이 걷히지 않은 새벽 노을나루길 쉼터 난간에 기대어 하염없이 강물을 바라보는 연희를 발견했다. 달려가 왈칵 그녀를 끌어안은 태준은 그녀의 체취에 안도의 숨을 쉬었다. 아주 해쓱해진 여인의 가녀린 어깨가 들썩였다. 그녀를 지켜줄 수 없는 먼 거리가 가슴을 미어지게 했다.

"어릴 때는 어른이 되면 무엇이든 다 맘대로 하는 줄 알았는데."

"대추나무에 연 걸리듯 걸린 게 많아서요."

태준은 을숙도 문화회관으로 연희를 데려갔다. 그는 오래 전부터 색소폰을 배우고 있었기에 연희에게 배움의 취미를 권했다. 그녀는 프로그램 중 사물놀이를 택했다. 전부터 배우고 싶었다면서. 그들은 을숙도 조각공원에 앉아 손가락을 걸었다.

우리는 남겨진 시간 동안 후회 않는 사랑을 한다.

노을나루길과 해변공원을 걷는 동행이 되리.

승학산 제석골 쉼터에서 만나기로 한 날 연희는 천천히 승학산으로 향했다. 제석골 입구 계곡다리에서 등산복 차림의 그가 기다리고 있었다. 연희의 얼굴에 단풍이 들었다.

"아침형 인간이지만 한 번은 먼저 와서 그대를 기다리고 싶었소."

그는 등산스틱 두 개를 가져와 그녀에게 한 개를 건네었다.

"어머나 나는 아직 지팡이 짚을 나이는 아닌데."

"꽃뱀이 아니고 꽃띤 줄 옛날에 알았지요, 뭐."

이젠 마주보면 웃음이 난다. 길가에 엉겅퀴와 개모시가 성성한 등산로를 올랐다. 사람들이 등산길을 잇달아 오른다. 제석골을 지나 구불구불 S자로 이어진 넓은 자갈길 옆 울울한 삼나무를 만났다. 쭉쭉 하늘을 향해 우람하게 뻗은 삼나무 군락지로 여름이면 시원한 삼나무 숲이 장관이다. 미끈미끈한 삼나무들이 하늘을 향해 쭉쭉 뻗어 있어 운동으로 단련된 훤칠한 젊은 남자 같이 풋풋하다. 삼나무 숲은 인체 건강에 좋은 물질 피톤치드가 나오는 장소로서 심폐기능 강화와 아토피, 피부염 예방과 치유의 숲길이다. 삼나무 아래 나무벤치에 앉으니 땀이 식혀지고 목이 트이고 가슴속까지 시원하다. 연희는 여름날 찬물에 세수한 듯 머리가 개운해졌다. 태준은 연신 코를 벌름거렸다. 벤치에 앉아 마주보니 그냥 미소가 지어졌다. 생수를 마셨다. 혼자가 아니어서 외롭지 않아 좋다. 옆자리에 사람이 있어 든든하다. 청년들이 산악자전거로 줄지어 오르막길을 오르면서 페달을 밟는 땀범벅 젊음들이 부럽다. 햇살이 부드럽게 파고들어 간지러울 정도이다. 승학문화마루터를 지나 승학산 정상으로 올랐다. 벌써 억새가 많이 피었다. 하얀 속살 같은 부드러운 흰털을 나부끼며 억새들이 갈바람에 몸을 맡긴 채 스걱스걱 흔들리고 있다. 산자락이 은빛 물결로 눈이 부신다. 그들은 부자가 된 것처럼 마음이 풍성해졌다.

"나는 자연이 제일 위대하다고 생각합니다. 어찌 이렇게 정확하게 만물이 생성하고 계절이 오고가는지 이 나이가 되어도 신기하기만 하거든요."

"이곳에 오르니 우리 같이 가 본 순천국가정원이 생각나네요."

"아, 아름다운 순천, 순천만 갈대도 하마 꽃을 피우고 있겠지요."

그들은 활짝 웃었다. 이제는 추억을 공유하는 기쁨까지 생겼다. 산소를 깊숙이 들이키며 사방이 확 트인 승학산 정상까지 올랐다 내려오자 배가 출출하였다.

"우리 저쪽 꽃동네로 갑시다. 점심은 시락국밥과 손두부 주문!"

"파전, 막걸리 추가요. 남친이 있으니 좋은데요."

"나도 여친이 있어 좋은데요. 그런데 그대는 어디에 사십니까?"

"땅 위에. 그렇게 묻는 당신은 어디에 사십니까?"

"나는 그대 길 위의 연인, 우리 같이 갈래요."

그들은 선글라스를 벗어 들고 활짝 웃었다. 그렇지. 우린 언제나 길 위에서 만났어. 억새밭 샛길로 젊지 않은 남녀가 손을 꼭 잡고 걸어간다. 한낮의 가을볕이 서러운 연인들을 상큼하게 비쳐 준다. 파란 하늘에 목화송이가 피어나고 흔들리는 흰 물결 위로 고추잠자리들이 곡예비행을 한다. 아, 지금은, 지금은 사랑하기 좋은 계절인가 보다.

꽃이 피면

꽃 피면 두근두근 청춘도 아닌데
연분홍 꽃잎 이울며 서러워진다
오는 봄 가는 봄 가만히 헤어 본다
두근대고 서러운 날 세어 본다
따뜻한 봄날에 꽃잎처럼 떠나는 날

당신은 누구십니까

혜자는 아까부터 화장실 앞에서 서성이고 있다. 안에서는 기척이 없다. 조금 더 기다려 볼까. 그러다 불안한 마음에 다 닫히지 않은 화장실 문을 열고 안을 들여다보는 순간 아이고 비명이 절로 터져 나왔다.

"어머니!"

용변을 다 본 시어머니 한씨가 손으로 변기의 똥을 주무르고 있다.

"어째 이런대요? 다 누고 나면 내가 물 내릴 건데 미치겠네!"

"그냥 두면 똥이 안 내려간다. 주물러야지."

대답이 천연덕스럽다. 목욕탕의 고무장갑을 급히 끼고 변기의 물을 내린 뒤 시어머니의 손을 씻기기 시작했다. 소맷자락에도 묻어 있어 웃옷을 벗겼다. 한두 번 당한 일도 아니건만 다시금 복장이 차오른다. 그들 고부간은 화장실만 가면 서로 문 앞을 지킨다. 혜자가 화장실에 들어가면 시어머니는 계속 문을 두드린다. 어디 갔니 어디 갔어? 예, 예. 대답도 지겨워 가만있으면 문을 밀고 들어온다. 사방 타일 벽인데 어디로 가랴. 그녀가 목까지 치민 울화를 삭히고 있는데 어머니가 바짝 붙어 앉는다. 또 시작이다.

"점심밥 있냐?"

"예, 있어요."

"반찬은 있나? 국은 뭐 있나?"

"예, 다 있어요."

1분도 안되어 되풀이된다. 점심 안 하냐? 내가 해 줄까? 애들 오면 멕여야 되는데 너는 두 손 놓고 있으니 내가 밥할까.

"어머님 배고프세요? 이제 열 신데 점심 드릴까요?"

"바나나 마셔서 배 안 고프다. 밥걱정이 돼서 그러지."

"제발 밥걱정 마시래도요. 어째 종일 밥, 밥, 국, 국만 타령이시니 어쩌면 좋대요?"

전화가 왔다. 친목계 총무다. 전화기를 들고 안방에 들어가자 한씨는 뒤따라와 코앞에 바짝 붙어 앉는다. 영선이냐 뭐라누? 모임에 계속 빠졌기에 걸려온 전화인데 사정 얘기도 귀찮아 대충하고 그만 끊었다. 너는 전화를 바꾸지도 않고 댕강 자르냐. 그림자야. 언제나 꼭 붙어 다니는 그림자. 시장도 같이 가고, 은행도 같이 가고, 아파트 1층의 음식물 쓰레기 비우러 가도 동행이다. 잠시라도 혼자 두면 위험도 하려니와 아무거나 건드려 사고 날까 겁난다. 혼자서는 TV도 안 보고 놀지도 못하고, 잠도 안 자고. 그리고 눈앞에 사람이 보이지 않으면 그만 이상해진다. 아파트 노인정에 모시고 갔지만 할머니들이 놀자고 붙들어도 며느리가 앉으면 따라 앉고 며느리가 일어나면 같이 일어나 졸졸졸 따라붙어 어쩔 수가 없었다. 식사준비로 주방에 왔는데, 물 한 컵 마시러 와도 따라붙는 어른이 안 따라와 찾아보니 베란다 빨래들을 죄다 걷고 있잖은가. 키가 작아 행거에 손이 닿질 않으니 빗자루로 옷가지들을 털어 내리고 있다. 아침 먹고 한 빨래라 마르지도 않았는데 다 말랐단다. 매번 겪은 일이건만 그녀는 옷가지들을 행거에 다시 널면서 짜증이 났다. 또 조른다.

"얘야 밥 안 하니? 뭐 먹을 찬이라도 있는 게냐?"

"국도 밥도 많이 많이 있다고 했잖아요!"

"어디 보자, 하지도 않으면서 자꾸 있다냐?"

그놈의 한 맺힌 밥솥을 열어 보이고 국솥을 열어 보이는 수밖에 없다. 어머니는 며느리가 주방 싱크대에 붙어 있으면 덜 조른다.

"나는 너가 밥때가 돼 가는데 그냥 앉아 있으니 애가 터져서."

"언제 어머니 식사 한 번이라도 안 챙겨 드렸어요? 좀 어지간히 조르셔야지."

"야야, 비 오겠다. 빨래 어서 걷어라. 쓸데 없이 널어가지고."

"또 비 타령! 비가 와도 베란다라 괜찮다 해도 그러시네."

"하늘 봐라. 금방 비 오겠다. 내가 걷으랴."

말려도 소용없다. 한씨는 다시 빗자루를 거꾸로 들고 널린 옷가지들을 기어이 다 걷어 내리고 만다. 빨래들이 제대로 마를 날이 없다. 무슨 놈의 비는 날마다 온다고 저 난리실까! 시골에 비가 만날 온 것도 아닌데 눈만 뜨면 밥 타령 비 타령이니. 전날에 시골집에 가서 깔고 덮었던 침구들을 햇볕 좋은 마당의 빨랫줄에 널어 놓으면 어머니는 그걸 못 걷어 들여 안절부절 못했었다. 아들들이 말려도 소용없었다. 점심 숟가락 놓기가 무섭게 낑낑대며 기어이 이불들을 다 걷어 들이고야 조급증이 풀렸다. 일어선 참에 점심상을 보았다. 아이구, 밥 빨리도 했네. 좋아서 냉큼 식탁에 앉는다.

"와 내 밥밖에 없냐? 니는 안 먹냐?"

"저는 아직 점심 생각 없네요. 잡수세요."

"나 혼자 먹으라고, 그럼 나도 안 먹을란다."

"자꾸 밥, 밥 하셨잖아요. 12시나 돼야 먹든지 말든지 하지. 차렸으니 드세요."

식사하고 적어도 한 시간은 덜 조른다. 그 대신 여기저기 다니면서 손대기 시작이다. 주방의 소금 종지가 저리 갔다 수저통이 이리 왔다 거실의 전화기, 작은 액자들, 쓰레받기 등을 뒤적거린다. 위험한 건 웬만한 것은 다 치웠건만 생활용품 자체가 장난감이다.

아들 기덕이 퇴근해 돌아왔다. 소파에 앉아 있던 노모가 반색한다.

"아이구 아범 어서 오시우."

"예? 예."

"동세는 같이 안 왔네. 밥 다 해 놨는데, 얘야 작은아버지 밥부터 차리거라."

"아, 예예."

"기남이는 안 보이네. 하우스에서 아직 안 왔냐?"

지금 시골집으로 안다. 주름살 깊은 팔순 노모를 바라보는 아들의 걱정은 깊어만 간다. 기덕이 안방에서 옷을 갈아입고 나오자 노모는 더 반색을 한다.

"아이구 네 언제 왔냐? 퇴근했냐?"

"아, 예. 조금 전에 왔습니다."

남편의 식탁에 한씨가 잽싸게 가는 걸 보고 혜자는 10리터 비닐봉지랑 음식물 쓰레기를 들고 현관문을 나섰다. 눈앞에 아들이 있기에 따라나서지 않는다. 아침부터 틀니가 없어졌다고 난리다. 찾는다고 온 집 안을 들쑤신다. 아무튼 자고만 나면 안경 아니면 틀니가 없어진다. 큰 보물인양 여기 숨겼다 저기 숨겼다를 하다 잊어먹는다. 그것들은 때론 서랍 속의 당신 전날 신던 양말 속에서, 아니면 손수건에 똘똘 뭉쳐 싱크대 그릇 속에서 보물찾기 하듯이 찾아낸다. 그걸 찾느라 혜자의 장롱 뒤지기는 다반사다. 그러다 찾던 틀니는 잊어먹고 혜자의 핸드백을 들고 나온다. 당신의 옷가지들은 수시로 이방 저 방 이사를 다닌다. 한씨는 도무지 잠이 없다. 눕지도 않고 거실 소파 앉은 자리에서 깜빡깜빡 조는 새우잠밖에 없다. 와장창 안방에서 뭐가 박살이 나는 소리가 들린다. 들어가 보니 탁상시계를 화장대 위에 떨어뜨려 화장대 유리가 금이 짝 갔다.

"저거 누가 그랬누? 난 안 만졌다."

저녁 7시, 막내 시누이 부부가 도착하여 큰 상 두 개를 펴고 저녁을 차렸다. 고향에서 기덕의 숙부 숙모님, 도마도 하우스 농사짓는 시동생 기남 부부, 옷가게를 하는 영선 부부, 회사 다니는 막내 정선 부부 등. 오늘이 시아버지 제삿날이라 다들 참석했다. 혜자는 2주 전부터 장을 몇 번이나 봐 오고 그제부턴 식혜 등을 만드느라 내내 서 있었다. 오늘도 새벽부터 고되게 움직였는데 한씨는 여기 집적 저기 집적 어질러 전날에 잘한 콩나물 다듬기를 맡겼는데 일하다 보니 콩나물 머리를 다 떼어 동강이를 만들어 놓았다. 콩나물을 다시 샀다. 그러고선 혜자가 하는 일마다 당신이 하겠다고 나섰다. 주방 칼을 숨기고 치우는 게 더 일이었다. 혜자는 벼르던 말을 꺼냈다.

"어머님 치매가 자꾸 심해져 큰일이에요. 약은 드시지만 아무 소용이 없고, 꼼짝도 못하고 매달려 있는데."

"엄마 괜찮은데요. 잘 걸으시고 잘 드시고 오만가지 걱정하시는 것도 여전하시고요."

영선이 혜자의 말을 이해 못 하겠다는 투다.

"그냥 보면 깜빡 속을 만치 어머넌 정상 같아요. 귀도 밝아 위층에 나는 소리 나는 못 들어도 귀신같이 아셔요. 같이 살아 봐야 알아요. 얼마나 심한지는."

"언니, 물론 그동안 같이 안 살다가 엄마 여기 오셔서 여러 가지로 불편은 하겠지만, 엄마 이제껏 시골집에서 혼자 사셨잖아요. 이제야 장남하고 같이 사시는데."

영선의 똑 부러지는 말에 기덕이 나선다.

"옛날 같이 대가족에서는 어머니 병 같은 것은 별 문제가 아니었어. 식구가 많으니 누구라도 돌봐 드리고, 한평생 아는 동네라 여기저기 돌아다녀도 되고, 노망난 노인이 옷을 벗고 다녀도, 욕을 퍼부어도 이웃들이 옷을 입혀 집에 데려다 주곤 했었지. 내 친구 할머니들도."

"그러게요. 우리 엄마는 그 정도는 아니잖아요."

차선의 말에 기남의 아내가 나섰다.

"말씀도 잘 하시고 잘 걸으시고, 보기는 멀쩡해도 누가 지켜봐야 해요. 시골 계실 때 주방가스 제일 걱정이었고, 이웃들과 싸우고 돌아다니느라 조석도 안 챙겨 드셨어요."

"그러니 누구 한집은 엄마를 돌봐야 하는데, 작은언닌 농사 바쁘고, 난 장사하고, 쟤는 직장 다니고 지금 노는 사람은 큰 언니뿐이잖아요. 아파트라서 엄마 못 돌아다니고 누구와 싸움할 일 없고, 때만 챙겨 드리면 되잖아요."

노는 사람, 때만 챙겨드리면. 혜자는 눈앞이 캄캄했다. 시어머니와 날마다 부대끼면 살아갈 세월이 호랑이 굴 속보다 더 캄캄해져온다. 숙부님이 한말씀 하셨다.

"사람은 나이 들면 병나기 마련이고, 병나면 자식이 돌봐야 하는 게 원칙이고. 치매든 아니든 큰조카가 모셔야지."

한씨는 아들딸들이 당신 곁에 있으니 좋은지 설치지도 않고 얌전히 앉아 있었다.

혜자는 결국 병이 나고 말았다. 남편에게 몇 번이나 말했었다. 너무 힘들어, 정말 힘들어, 어머니 감당 못 하겠다고. 남편은 당신 힘든 것은 알겠는데 어쩔 수 없지 않냐 했다. 혜자는 종일을 한씨와 부대끼며 사는 하루해 넘기기가 너무 끔찍하고 힘겨웠다. 그림자로 묶인 듯이 밤낮없이 붙어사는 것도 넌더리가 나게 지겨웠다. 시어머니가 온 지 다섯

달 만에 그녀는 식욕도 잃고 웃음도 잃고 체중도 줄어갔다. 이젠 말도 하기 싫었다. 끝도 없이 보채는 노인에게 진이 빠질 지경이었다. 불면증, 앉은 자리에서 깜빡깜빡 새우잠 자고는 밤에는 잠이 없어 성가시게 하는 것이 도저히 이해할 수가 없었다. 방이 아니고 거실에 잠자리를 펴고 고부간이 같이 잠을 자도 한씨가 돌아다니며 부스럭거리는 소리에 혜자는 자다 깨다 하게 마련이었다. 그런데 기가 막히는 것은 한씨는 남이 봤을 때 정상인으로 보인다는 점이다. 누가 오면 얌전히 앉아서 조곤조곤 낮은 목소리로 대화한다. 언제나 당신이 살아온 옛날이야기를 줄줄 다 들려준다. 혜자가 내온 커피나 간식을 친절하게 권했다. 앞집 시연 엄마도 고개를 저었다. 친구 정숙이 두어 번 찾아와 보고도 그랬다.

"아줌마, 할머니 말씀도 잘 하시고 별로 치매로 안 보이는데요."

"애, 네 신용 없으면 네 말 안 믿겠다. 살아온 이야기도 너무 잘하시고 귀도 정말 밝으시고 되게 얌전하시네. 너네 시엄니 어디가 치매라고 그러니? 야, 엄살이 심하다."

"그래, 내가 나쁜 년이라 우리 어머니 억지로 치매환자 만들고 있다. 그래!"

"그게 아니고 겉으로 봐선 너무 멀쩡하시잖아."

하루만, 하룻밤만 같이 지내면 내 골병 알까. 그런 말을 들으면 혜자는 어쩌면 자신이 이상해져서 그냥 노병인 어머니를 치매환자로 몰아가는 것은 아닌가 하는 아찔한 무서움마저 들어 머릿속이 뒤죽박죽되었다. 어떤 때는 어머니의 발병 시초를 기억해 보려 애써 보기도 했다. 시아버님 돌아가시고 난 뒤부터 이상한 조짐이 나타났었다. 옷도 포개 껴입고 시골집 갈 때마다 반찬이며 국이며 냉장고에 넣어 두어도 버리기 일쑤였다. 네들이 나보고 언제 먹으라 했냐고 역정을 내었다. 병원 진찰 결과 치매라 하여 그때부터 지금까지 치매 약을 복용하건만 병세가 점점 심해지니 혜자는 눈앞이 캄캄해졌다. 그날도 기덕이 구청에서 퇴근하여 집에 들어오자마자 혜자의 악다구니가 시작됐다.

"당신 내가 지금 어떤지 알기나 해? 나도 환자 같다고! 내 귀에 환청까지 들려 죽겠어. 밥 밥 밥! 국 국 국! 소리만 들려 죽겠어. 왜 밤낮없이 밥걱정을 붙들고 사시는지 정말 모르겠네. 옛날에 당신네 집이 밥 굶을 정도로 못 산 것도 아니라면서?"

"내 생각인데 일제강점기 그 시절, 어머니가 일본군 정신대 피하려고 열여섯 어린 나이에 시골로 시집오셨잖아. 할아버지가 칠형제 맏이시고 아버지가 팔남매 맏이인 데다 또 농사일까지 하니 눈만 뜨면 아침밥, 돌아서면 새참, 점심, 또 중참, 저녁. 이렇게 부엌에서 밥, 반찬 걱정하며 세월을 보낸 게 골병이 된 것 같아. 어머니는 늘 머리가 아프다고 하셨거든. 한방약도 소용없고 뇌신인가 하는 그걸 평생 드셨거든. 우리 집에 오셔서 보니 밤에 잠을 거의 못 주무시고 평생을 저러고 사신 거지. 어머닌 농사일도 버겁고 대가족 끼니 챙기기도 힘들었고, 할머니 돌아가시고 삼촌 고모들 혼사에 당신 자식들 줄줄 이었지. 그것은 어머니 책임이기에 응당 그렇게 살아야 마땅한 일로 다들 생각해버린 게지."

"그럼 나는, 이대로 가다간 내가 먼저 팔딱 미치겠는데!"

"이 사람이!"

"내 한계야. 이렇게 더는 당신과 못 살겠어. 우리 이혼해!"

"뭐라구, 이 여편네가 말이면 다하는 줄 알아. 정신 차렷!"

기덕은 어이도 없고 너무 화가 나 혜자의 두 뺨을 철썩철썩 때리고 말았다. 혜자는 입에 거품을 물고 도끼눈을 하고 달려들었다.

"나를 때려! 사정해도 안 될 판에, 이 인간아. 니네 엄마 니가 봐라! 내가 왜 이렇게 시달리면서 살아야 하는데, 내가 죄지었니? 네들이 어디 한번 밤낮없이 시달려 봐야 알겠지. 이제껏 시달린 게 억울해 죽겠어. 석 달 열흘 빌어도 나 안 산다, 차라리 죽고 말지."

"이 여자가 갑자기 돌았나. 실성을 했나?"

"그래, 나 미쳤다. 어머니가 아니고 내가 미쳤다! 여편네 미치니 속이 시원해?"

"이 여편네가 진짜 미쳐버렸나, 정신 차렷!"

기덕의 목소리도 혜자의 목소리도 점점 높아져 갔다. 안방을 들락날락하던 한씨도 아들 내외의 고함과 악다구니에 어쩔 줄 모른다. 혜자는 정말 눈에 보이는 게 없었다. 우당탕 안방을 나와 입은 옷 그대로 이 놈의 집구석을 한시 바삐 나가려고 하는데 왠지 현관문이 흐릿한 것이 잘 보이지가 않았다. 더듬더듬 현관 손잡이를 잡고 돌리다 그만 정신을 잃고 현관 바닥에 철퍼덕 쓰러지고 말았다. 기덕은 키대로 나자빠진 아내를 껴안고 우악스레 흔들다 덜덜덜 떨리는 손으로 핸드폰의 114를 누르다 11을 누르다 911을 누르다 간신히 119 전화번호를 눌렀다. 그도 눈에 보이는 게 없었다. 여보! 상호 엄마! 혜자야!

한씨는 어쩔 수 없이 큰딸 영선의 집으로 갔다. 당분간이라는 단서를 달고. 영선은 어머니 때문에 아침에 늦게 출근했고 저녁에도 점원 아가씨에게 가게를 맡기고 일찍 들어왔다. 낮엔 이웃 할머니에게 엄마를 부탁했다. 한씨는 시골집도 아니고, 반년 살은 아들 집도 아니고 낯설기만 한 집이어서 정신이 더욱 혼란스런 듯 했다. 주방과 안방을 구분 못 하고 식사하자고 부르면 주춤주춤 베란다로 나갔다. 활짝 열어둔 화장실을 못 찾아 문이란 문은 다 열어본다. 똥 마려운 강아지처럼 변을 못 봐 쩔쩔매는 모습에 기가 찼다. 33평 아파트 실내를 온종일 뱅글뱅글 돌고 돈다. 보는 사람이 더 어지러워 영선이 억지로 소파에 앉혀 놓으면 1분을 못 배기고 일어나 다시 또 뱅뱅 돌았다. 밤이 더 문제였다. 새우잠만 깜빡 자고 도무지 잠이 없는 어머니를, 하루 이틀도 아니고 피곤하여 잠이 쏟아지는 영선으로선 잠 안 자고 지켜볼 수가 없었다. 남편과 교대로 잠을 자며 돌보기도 했지만 한씨는 이상하게 비좁은 곳만 골라 다니다 의자와 같이 넘어지기도 하고 청소기 등 가재도구를 와장창 넘어뜨려 식구들 잠을 다 깨웠다. 이웃 할머니도 엄마를 못 돌보겠단다. 영선은 엄마를 데리고 가게에 나갔다. 엄마는 가게에서도 손이 절대로 가만있지를 못했다. 진열된 옷들을 자꾸만 걷어서 개키려고 하고 케이스에 있는 옷들은 이리저리 옮기고 하여 딸과 실랑이를 벌였다.

"엄마, 제발 손 좀 가만히 있어요."

"산 사람이 어째 손 놓고 가만있냐?"

손님에게 옷 한 가지 팔고 보니 엄마가 삐쳐 나가 버리고 없었다. 영선은 엄마를 찾느라고 사람 북적이는 시장골목을 눈물로 헤매고 다녔다. 차선이 엄마를 언니 집에서 모시고 왔다. 영선이 서울 동대문 시장에 물건 하러 가기에 엄마 좀 보라고 했다. 차선은 어쩔 수 없이 회사에 휴가를 제출했다. 엄마의 혼란은 더욱 심했다. 변을 볼 수 없는 지경에 이르렀다. 아무리 변기에 앉혀 놔도 일어나 버렸다. 돌아서면 또 누고 싶다 하고. 결국엔 관장을 시켰다. 잠은 아예 천리만리 달아나버렸다. 엄마는 집에 가겠다고 노래를 불렀다. 당신 사시던 집에 가면 변 문제라도 해결되려나 싶어 차선은 시골집으로 가기로 마음먹고 엄마를 목욕탕에 데리고 갔다. 목욕탕에서 엄마는 목욕 타올이나 비누 샴푸 등이 담긴 남의 대야를 자꾸만 집어왔다. 탕 안에 몸을 담그고 있다 자신의

목욕 그릇을 들고 가는 것을 목격한 여자가

"할머니이! 남의 목욕 그릇은 왜 들고 간대요? 이상한 늙은이네!"

하고 소리를 질러 머리를 감고 있던 차선은 기절초풍 할 뻔했다. 여자에게 달려가 어머니가 치매환자라고 몇 번이나 사과했다. 눈앞이 캄캄했다.

"엄마, 우리 엄마를 어떡해?"

차선은 사람들의 동정 어린 시선을 받으면서 어머니만 구석구석 알뜰히 씻기고 자신은 대강 씻고 나와 버렸다. 다음 날, 차선은 며칠분의 식사준비를 해 가지고 엄마를 차에 태우고 시골로 향했다. 엄마는 집에 간다는 소리에 좋아서 손뼉을 쳤다.

자동차가 달린다. 기덕은 침통한 표정으로 전방만 주시하고 옆 자석의 혜자도 굳은 얼굴이다. 뒷좌석엔 머리가 하얀 한씨를 가운데로 앉히고 영선과 차선이 앉아 있다. 엄마 손 한쪽씩을 잡고서. 한씨는 아까부터 밥걱정이 태산이다.

"영선아 니들 이렇게 다 나오면 밥은 누가 하누? 응?"

"엄마, 제에발 밥걱정 마시래도요."

"그래두 이 식구가 두 손 놓고 있다가 밥 먹냐? 입만 가지고."

그들은 지금 요양원으로 가고 있다. 집에서 모시기에는 너무 무리라는 의논 끝에 노인요양원에 일단은 모셔 보기로 하였다. 한씨가 한 평생 시골에서 산지라 산과 들이 보이는 요양원. 산책이라도 할 수 있는 곳을 고르다 고향 가까운 시골의 폐교된 초등학교를 리모델링해서 요양원으로 운영하는 곳을 선택했다. 사전답사 가 보니 가족들이 면회와서 담소할 휴게소도 있었고, 넓은 운동장이 어머니가 걷기에도 좋을 것 같았다. 남녀 노인들이 정말 많은데 놀랐다. 휴게실에 할아버지 할머니들이 나와 텔레비전도 보고 잡담들을 나누고들 계시어 좀 안심이 되었다. 자동차가 벼들이 시퍼렇게 자라고 있는 들길을 지났다.

"엄마, 저것 봐. 벼가 쑥쑥 자라고 있네. 보기 좋지요?"

"나야 한평생 본 건데 뭐. 근데 지금 어디 간다니?"

"응. 우리가 엄마 모시고 병원 간다고 했지. 진찰받아 보게."

"병원에는 왜?"

"엄마 밤마다 잠 못 주무시잖아. 그래서 진찰 한 번 받게. 병 잘 보는 용한 데래요."

"평생 약 먹어도 골 아픈 거 하나도 안 낫더라, 큰애야 고만 집에 가자!"

혜자는 눈을 감았다. 금빛요양원에 닿았다. 예약해 둔 입원이기에 수속이 빨랐다. 간단한 건강진단에 들어갔다. 의사는 한씨가 배회성 치매라고 하였다. 딸들은 엄마에게 입원해서 검사를 더 받아야 한다고 열 번도 더 말했지만 한씨는 어서 집에 가자고 졸라댔다. 7명의 할머니 환자들이 있는 2층 병실에 어머니를 떼어 두고 돌아서 나오는 그들은 서로의 얼굴을 보지 않았다. 확확 낯이 뜨겁고 부끄러웠다. 병든 노모를 버리고 간다는 죄책감에 점심때도 지났건만 아무도 밥 말을 않았다. 환자 상태를 점검한다면 일주일 후 오라는 날에 기덕과 혜자는 요양원을 찾았다. 관리실 책임자는 한선녀 환자는 보기보다 치매증세가 심하다면서 그동안 집에서 어떻게 이런 환자를 돌봤느냐고 고개를 저었다. 병실에 들어가니 한씨가 성이 나서 뭐하고 이제 왔냐며 소리쳤다. 옆 환자들이 더 난리다.

"나도 아파서 온 환자인데 너무도 성가시게 하고 귀찮게 해서 내가 못 살겠으라우. 물티슈는 말린다면서 전부 빼내어 전신에 늘어놓고 내

소지품을 당신 거라고 우기고, 하루에도 몇 번이나 내 서랍 뒤지지를 않나, 혼자서는 변소도 못가고 아이고 말도 마시유."

"걸음도 잘 걷고 말도 잘하고 아픈 데도 없고 세상없이 멀쩡한데 할매가 너무 성가시게 하니 제발 다른 방으로 옮기시구려."

할머니들이 손을 내저으며 이구동성이다. 치매환자를 일반 병실에 입원시킨 탓이다. 저번 입실 때 준비해간 어머니의 사물함은 텅 비어 있었다. 얼마나 뒤적였을까. 혜자는 깜짝 놀랐다. 냉장고를 열어 보니 냉장고 안이 텅 비어 있다. 7명의 할머니 환자들이 공동으로 사용하는 크지도 않은 냉장고에 들어 있는 것이라곤 페트병에 든 생수 한 병뿐이었다. 요양원에 오래들 있으니 찾아오는 가족도, 간식 사오는 문병객도 드문 모양이다. 냉장고엔 온통 한씨 것뿐이다. 혜자는 얼마 전, 친정 막내 여동생 입원한 산부인과에 문병 갔었는데 2인실인데도 냉장고가 넘쳐 났다. 냉장고에 다 못 넣은 주스, 과일, 빵 등 창가 시원한 데는 간식들이 차지하고 있었다. 알레르기 때문인지 꽃 화분들은 문 밖에 내어 놓았다. 그리고도 두 손 가득 먹을 것들을 들고 찾아오는 가족들로 병원 엘리베이터 앞에는 줄을 섰었다. 창문 곁 할머니는 내내 누워만 지내다 보니 등창이 심한지 의사와 간호원이 와서 치료해 주었는데 역한 냄새에 모두 얼굴을 찡그렸다. 호스로 넣어 주는 죽으로만 연명한 지 일 년이 넘었다는 문 입구 침대의 할머니가 훌쩍이고 있었다. 아들이 둘인데 얼굴 본 지가 이태가 넘었단다. 구순인 할머니는 누가 문병만 왔다 가면 자식들이 보고 싶어 눈물 흘렸다. 가족이 요양비를 보내지 않아 한두 달 밀리다 요양비를 끊어 버려 결국 쫓겨나는 환자도 있다고 했다. 기덕과 혜자는 보행운동도 시킬 겸 바람도 쏘이려 한씨를 데리고 운동장으로 나왔다. 월담을 한 능소화가 요염하게 피어 있고, 담장 아래엔 코스모스가 색색가지로 피어 있다. 요즘엔 꽃도 철이 없나 보다. 정문에서 남자 둘, 여자 셋이 엉키어 시장판 소란이다.

"요양비 내라꼬? 내사 숟가락동가리도 받은 거 없제. 내 앞도 못 가리는데 뭣이라!"

"누구는 받았남. 요양비 밀렸다고 데리고 나가라는데 어쩔 거여? 환장하것네."

"감당도 못 할 바에 뭐 땜시 이런 데 넣었는데? 죽든 살든 집에 데불고 있지."

"삼촌, 나가 일하다 허리 분질러 걷기도 어려운데, 며느리가 나 혼잔가. 모셔 가서 한 번 봉양해 보시우. 공평하게 아들딸 돌아가며 모시면 딱 좋겠네."

"형님, 새벽에 나가 11시 넘어야 집구석에 돌아오는데 누구를 모셔요 모시길? 성한 사람 와도 내칠 판에, 바쁜 사람 불러 쓰잘 데 없는 소리나 하고. 내사 마 갈란다."

속사포 같이 말한 여자가 달아나자 두 여자가 쫓아간다. 혜자는 환자 손을 잡고 산책길을 천천히 돌다가 정자에 앉았다. 준비해간 간식을 꺼내었다. 한씨는 요플레를 허겁지겁 떠 먹고 빵을 먹느라 바쁘다. 경비가 보퉁이를 안은 잘 걷지도 못하는 주름 자글자글한 할머니를 부축해 들어왔다. 운동장에서 걷기운동 하던 할아버지가 씨부렁거린다.

"망할 새끼들! 제 에미를 또 버리고 갔네. 벌건 대낮에. 할멈 눈가 짓무르게 생겼네."

한씨는 혜자를 보고 시에미 쫓아내고 잠이 푹푹 잘 오더냐, 한스러워 밤마다 눈 한 번 못 붙였다, 이게 어디 사람 사는 게냐, 여기서 죽으라는 것이냐며 몸서리를 쳤다. 혜자는 언제는 잘 주무셨어요, 하고 말이 나올 뻔 했다. 한씨는 어서 집에 가자며 환자복을 털고 일어났다. 그들은 한씨 몰래 요양원을 빠져나왔다. 두 주일 뒤. 혜자가 남편과 요양원을 방문했을 때 병실의 환자들은 이구동성으로 한씨를 딴 방으로 옮기라고 요구했다. 너무도 성가시고 귀찮게 하고, 특히 밤에 다른 사람까지 잠 못 자게 설친다고 도리질을 했지만 그래도 혜자가 건네주는 간식은 얼른 받았다. 추석 명절, 한씨를 집으로 모셔왔다. 한씨는 명절에도 그냥 그곳에 있어야 하는 대부분인 환자들의 부러움을 샀다. 상태가 너무 안 좋았다. 잘 걷던 걸음도 겨우 걷고 신발을 신은 채 거실을 걸었다. 병원에서 링거를 맞히고 약을 타 왔다. 본시 몸은 건강했었는데. 결국 그들은 환자를 그곳 요양원에 다시 보내지 않기로 결정했다. 병원에 다니면서 전복죽, 녹두죽 등을 참참이 먹이고 간식 등을 챙겨 먹이자 한씨의 건강은 차츰 쾌차하였다. 집에서처럼 따뜻하게 못 먹어서 병이 난 모양이다. 그동안 다들 이리저리 알맞은 요양원을 알아보려고 다녔다. 다행히 영선이 한 군데 알아 왔는데 가정집에서 돌보는 요양원이라 환자가 적정 인원이라 많지 않고, 간병인이 고정되어 있고, 세면도구 등 개인사물을 따로 챙기지 않아도 되고, 무엇보다 환자가 덜 낯설어 마음 붙이고 지내기가 나을 것 같았다. 요양비가 꽤 비싼 게 걸렸지만 어쩔 수가 없었다. 열흘 후 어머니는 그곳으로 옮겼다. '너싱홈 희망요양원'으로.

"내 안경 어딨누? 내 틀니 누가 가져갔누? 암만 찾아도 어디 보여야 말이제!"

"아이고 저 할매 또 시작이다!"

"야들아! 내 안경 못 봤냐? 그걸 써야 잘 보이는데 어디 숨겨 놨나?"

한씨는 자기 사물함 서랍을 뒤집었다. 하도 뒤집어 아무것도 없이 비어있다.

"없네. 저기에 있나?"

옆의 침대로 간다. 문득남 환자가 기겁을 한다.

"못살아! 할매 틀니하고 안경을 천장에 달아 매어 놓던지 못 살겠네 정말!"

"틀니만 찾지 내가 뭐 하나."

허리 아픈 문득남 환자가 일어날 새도 없이 한씨가 가서 사물함 서랍을 왈칵 빼 버렸다. 거울, 빗, 화장품 등 자잘한 소지품들이 와르르 쏟아졌다. 두 번째 서랍에선 개켜 둔 속옷들이 쏟아졌다. 문씨가 손을 꽉 잡아 놔 주지를 않는다. 박 간병인이 들어왔다.

"우리 선녀 할매 하도 숨겨서 내가 어제 밤 맡아 뒀지. 자 틀니 끼고 안경 쓰고."

"이제사 찾았네, 밥해야지. 식구는 많은데 찬은 뭐로 할꼬? 걱정이 네."

"참말로 징하네. 저 늙은이는 밥하다 죽은 귀신이 붙었나베."

허둥허둥 나가는 한씨를 보고 복자 할매가 껄껄 혀를 찬다. 주방이 시끄러워진다. 주방 아줌마가 한씨를 데리고 나와 거실 소파에 앉힌다.

"아들이 오면 돈 달라 해야지. 수중에 돈이 떨어져 장에도 못가고 큰 일이네."

올드미스 이선미 실장이 쿡쿡 웃는다.

"날마다 서는 장에 못가 안달이고, 반찬걱정에… 아이고 우리 너싱홈 식구들 하루 세끼를 선녀 할매 입으로 밥 해 먹이느라 애간장이 다 녹 는다."

"웃을 일이 아니여. 아픈 환자는 봤어도 저렇게 밥 한다고 설치는 환자는 처음일세."

"마당의 잡초 뽑는다는 게 꽃들 다 뽑고 선녀 할매 손에 남아나질 못해."

혜자 부부가 요양원을 방문했다. 한씨가 얼굴을 찡그린다. 아들을 몰라본다.

"보소, 저기 남자는?"

아들도 딸도 다 잊어버렸다. 인간의 품위가 산산이 부서지고 가족을 힘들게 아프게 하는 병. 사랑하던 자식도, 애착하던 물건도 머릿속 지우개가 지우기를 시작하여 자기 자신마저 하얗게 잊어버리는 망각의 병 치매. 한씨는 지난해 봄부터 자식들을 몰라보기 시작했다. 혜자도 처음엔 그냥 아는 척을 하여 몰랐다. 언젠가는 그리될 줄 예상치 않은 것은 아니지만 막상 당해 보니 어이가 없고 억장이 무너졌다. 연민! 부대끼며 마주치며 살아온 지난 세월에 눈시울이 적셨다. 그래도 윤 원장이 '한선녀 씨' 하고 부르면 '예'하고 대답은 잘했다. 오늘도 혜자는 두유한 통과 바나나, 요플레 등 간식거리를 한 아름 안고 요양원에 왔다. 4년을 자주 드나들었다. 낯익은 주위 할머니들이 소리쳐 일러 준다.

"선녀 할매 며느리 왔네, 당신 큰며느리 왔어!"

혜자가 한씨의 손을 잡아도 여전히 멀뚱한 눈치다. 당신 아들딸도 모르시는데 어찌 며느리를 아시랴. 당신께서 제 정신이면 여기 계실까. 어림도 없지. 요플레를 떠 먹이자 환자의 손이 그걸 잡아채려 한다. 받아먹는 게 성에 차지 않아 마시려고 든다. 그러면 옷에 쏟게 마련이다. 바나나를 조금 벗겨 손에 쥐어 주자 벗겨진 알맹이는 두고 껍질을 순식간에 입에 넣는다. 바나나 껍질을 다 벗겨 주면 호주머니에 쑤셔 넣기 바쁘다. 잠시도 가만있지를 못한다. 거실로 나가 소파 아래 좁은 공간으로 머리를 들이민다.

"이놈의 방문이 와 열리지가 않누?"

혜자는 조심해서 한씨의 머리를 끄집어냈다. 한씨는 소파를 이리저리 살펴본다.

"이기 뭐여? 저기 대문 밖에 내다 태워야제."

거실의 의자며 집기들을 4년 내내 봐 왔건만 만날 낯선 물건이다. 실내를 돌고 돈다.

"어머니, 박춘자 할머니 돌아가신 것 알아요?"

"으응."

"저기 누워 계시던 점순 할머니도 멀리 가셨는데."

"간다꼬, 밥 먹소."

같이 지낸 친구들 죽은들 아시리. 간식 사 온 보자기를 뒤집어쓰고 비닐봉지를 발에 끼느라 씨름을 한다. 혼이 떠나 버린 육신이 제멋대로 놀아난다.

"어머니, 아들 이름은? 딸 이름은?"

"……."

"어머니, 아버님 생각나셔요?"

"기기 뭐여?"

"어머님 영감님!"

"먹는 기가?"

"당신은 누구예요? 도대체 누구신가요?"

"당신. 히히히."

잘못된 여행

잉어가 수로 따라 여행을 간다
장마태풍에 강물이 뒤집어진 틈을 타
엄마 몰래 친구와 여행을 떠났다
꼬리를 촐랑대며 아, 재밌어
친구야 수로 물에 기름 냄새가 나
숨쉬기가 안 좋아 마스크 할까
흙탕물이 자욱해서 길이 안 보여
사람들이 몰려들고 있어
잠자리채 낚시 그물 가지고
우릴 잡으려나 봐
무서워 그만 집으로 돌아가자
잉어들은 자꾸만 강물 반대 길
수로를 거슬러 올라간다

동행

또 물을 쏟았다. 그러나 걸레를 빨리 찾을 수가 없다. 더듬더듬하다 보니 어느새 물은 온 바닥에 퍼졌는지 미끄럽다. 잘못하면 미끄러질 판이다. 겨우 걸레를 찾아 방바닥의 물을 닦았다. 침침해지는 시야보다 가슴속이 더 꽉 막혀 온다. 성난 파도가 그립다. 산 같은 파도가 세상의 모든 것을 통째로 집어삼킬 듯 달려들던 그 파도가 지금 자신을 데려가면 여한이 없을 것 같다. 이 꼴로 살아야 하나? 대체 내가 살아야 할 이유가 무엇인가. 숙희가 차려 놓은 점심을 찾아 먹으려다 물병을 쏟은 것이다. 벽에 몸을 기대고 심호흡을 해도 다시 울화가 치민다. 복장이 차올랐다. 식탁 위의 밥그릇들을 와르르 밀어 버리고 싶다. 아침도 걸렀건만 시장치도 않다. 밥은 먹어서 뭣 해. 무얼 하느냐고. 할 게 없다. 이렇게 방구석에 처박힌 지도 얼마나 됐는지 모른다. 생각하기조차 싫다. 꿈을 꾸고 있는 듯하다. 그래, 지금 꿈속에서 이렇게 괴로운 거야. 자꾸만 지금의 자신이 자기 자신이 아닌 것 같다, 자신은 저 먼 바다에 몸을 맡기고 끝없는 지평선을 바라보며 향수에 젖던 마도로스가 아닌가. 나는 바다에 있어야 하는데 왜 여기 있는가. 그래 나도 한때는 행복한 시절이 있었지. 신기루 같은 행복이었지. 오대양 육대주를 누비고 가족을 그리며 다닌 그때가 제일 행복했던 시절이었지. 설사 속고 산 세월일지라도.

"술! 술! 술밖에 없어!"

23살에 탄 배가 50이 넘도록 바다에서 살았다. 조리장이었다. 상선이었기에 집에는 2년 아니면 3년에 한 번 올 수 있었다. 집에는 자주 못 왔지만 배가 동남아 쪽에 들어와 정박하여 머물 때는 아내 난영이 싱가포르나 일본, 태국에 비행기로 날아와 일주일 혹은 열흘 정도 같이 지내다 갔다. 신혼이 따로 없었다. 주변 동료들의 눈총을 받을 정도로

잉꼬부부였다. 봉급이야 아예 집으로 다 갔지만 하역 수당이나 상륙비 등도 모아 두었다가 아내 만날 때 선물 사 주고 구경 다니고 맛있는 음식 사 먹고 하였다. 결혼하고부터 진실로 사랑한 아내였다. 남편과 떨어져 혼자서 아이들을 키우며 기나긴 세월을 살아온 아내이기에 더 애틋하게 사랑했다. 갑자기 왼쪽 눈의 백내장이 심해져 휴직을 했다. 아내가 알면 많이 걱정할까 전화를 않고 귀국비행기를 탔다. 눈 수술도 하고 좀 쉬어야겠다고 작정했다. 삼 년만의 귀향이라 가슴이 뛰었다. 가족들과 만나는 기쁨과 느긋한 휴식의 편안함을 그렸다. 구인호가 설레는 마음으로 자신의 집에 돌아 왔을 때 아내는 없었다. 집안이 썰렁하고 어딘지 찬 기운이 돌았다. 싱크대엔 빈 그릇들이 뒹굴고, 휴지통엔 먹고 난 사발 라면이 포개진 채 어질러져 있었다. 깔끔한 아내인데 일이 있어 집을 비웠나. 아내의 휴대폰은 꺼져 있었다. 그러나 일이 있어 밖에 나갔겠지 하고 기다렸다. 저녁 무렵에 중3 문희가 학교에서 돌아왔다. 아빠를 보고 깜짝 놀란다. 딸을 껴안았다. 문희를 보자 마음이 놓였다.

"문희야! 엄마는? 엄마 어디 가셨니?"

"예, 아빠 저기, 엄마는 저기 엄마 친구들하고 놀러 갔어."

"그래. 언제 오신다든?"

"내일쯤 올 거예요."

문희의 대답이 뭔가 좀 켕기는 듯해도 딸의 말을 그대로 믿었다. 그러나 그 한 가닥 믿음은 큰딸 숙희를 만나고 산산조각이 나고 말았다. 고2 숙희가 조금 늦게 왔다.

"아빠! 엄마 믿지 마세요. 우리 엄마 아니에요!"

"뭐라고? 너 지금 무슨 말을 하니?"

"엄마 바람났어요. 아빠에게 말도 못하고 내가 얼마나 방황했는지 알아요? 엄마가 미웠고 엄마 딸인 내가 싫어 죽고 싶었다고요! 내가 중3 때 학교도 안 가고 반항해 보았지만 소용없었어요."

"뭐, 뭐라구?"

"아빠에게 말하려다 그래도 엄마가 정신 차려 돌아오려나 싶어서… 아빠, 나 죽으려고도 해 봤어요! 엄마가 너무 미워서."

흥분하여 속사포처럼 쏘아 대는 숙희의 입을 그는 멍하니 바라보았다. 아이가 뭘 잘못 먹었나? 저 아이가 왜 저런 말을 하지?

"숙희야, 네 뭘 잘못 알고 말하는 거지?"

"아빠! 내가 왜 없는 말 하겠어! 엄만 만날 나가고 밥도 우리가 챙겨 먹어요."

도마에 오른 펄쩍펄쩍 튀는 커다란 생선 머리를 탁 내리친다. 선혈이 쏟아진다. 내장을 빼낸다. 생선 머리가 아직 헐떡인다. 꼬리가 도마를 철썩 때린다. 시퍼렇게 날선 식칼로 생선을 한순간에 토막토막 낸다. 붉은 생선살이 터질 듯 탱탱하다. 아! 이건 생선이 아니야. 내 인생이 토막 나고 있어. 내 인생이 지금 토막토막 잘리고 있어. 그 험한 파도를 뚫고 살아온 세월이 얼마인데. 아니지 숙희가 잘못 알고 있어. 아이가 크게 오해하고 있어. 빨리 아내를 만나야 해. 절대 그럴 사람이 아니지. 내 아내만은 그럴 리가 없지. 그래, 애들 엄마를 만나면 실꾸리 풀리듯 다 풀리겠지. 아내를 놀래 주려고 말없이 귀국한 결과가 이상하게 돌아가고 있다. 아내의 휴대폰은 계속 꺼져 있었다. 해가 지고 어두워도 난영은 돌아오지 않았다. 설마 하던 우려가 깊은 나락으로 떨어졌다. 눈앞에 사람도 없고 쉬이 찾을 수도 없는 현실에 말할 수 없이 불안하고 비참해져 갔다. 딸들은 그의 눈치만 살폈다. 침침한 왼쪽 눈보다 가슴이 온통 캄캄해져 갔다. 볼일로 나갔으려니 했는데. 아, 사람이 미치는 것도 순식간의 일이로구나. 구인호가 귀국하고 이틀 뒤 아내가 나타났다. 아내는 그 모습 그대로이다. 언제나 그리워 한 아내이다. 순간 반가움에 아내의 손부터 덥석 잡고 싶었지만 냉정해지려 안간힘을 썼다. 아내가 자신에게 안기며 당신 언제 왔냐고, 친구들과 놀러 갔다고 말하면 그냥 넘어가고 싶은 마음이었다. 자신은 아내를 밀어낼 수 없다. 사랑하니까. 두려움이 엄습한다. 제발 내 곁에 있어 주라. 숙희가 잘못 알고 있다고 말해 주라. 당신이 없으면 난 아무 것도 없어. 모든 게 무의미할 뿐이지. 내 삶은 비었어. 그는 이틀 동안 술로 버티며 식사를 전폐한 탓에 두 눈은 움푹 들어가고 얼굴은 창백해졌다. 세상을 다 태울 것 같은 분노와 원망, 허탈과 상심으로 자신을 활활 태우고 있었다.

"당신 나한테 할 말 있지? 들어줄게 말해 봐."

"······."

"어디 말해 봐. 아니지? 숙희가 오해한 거지. 당신 잘못 아니지?"

난영은 얼굴을 피하며 대답이 없다. 그는 난영의 어깨를 부여잡고 애절하게 흔들었다.

"난영아 제발 정신 차려! 우리 애들 숙희 문희는 생각 안 해?"

"걔들은 다 컸잖아요."

인호는 자신도 모르게 난영의 따귀를 때리고야 말았다. 손찌검은 생전 처음이다.

"너 완전히 미쳤구나. 빌어도 뭣한데, 그 오랜 세월 나를 속이고······."

그는 완전히 이성을 잃고 말았다. 난영을 때리기 시작했다. 머리고 등이고 팔이고 닥치는 대로 마구 때렸다. 당장 죽이고 싶었다. 아내를 죽인 벌로 한평생 감옥에 살더라도 후회하지 않으리라. 몸을 동그랗게 말아 매를 맞던 난영이 벌떡 일어나며 매몰차게 소리쳤다.

"난 당신이 싫어! 죽어도 당신하곤 살기 싫단 말이야!"

"뭐, 뭐라고? 죽어도 뭐라고 했어?"

"난 사랑하는 사람과 살 테야."

"사랑? 그럼 내가 당신에게 한 것은 사랑이 아니고 뭔데?"

"그것이 무슨 사랑이야. 끝없이 기다리고 지치게 하고서. 징그러워."

"어떻게 그런 말을, 그걸 말이라고 지껄여?"

아내는 이제껏 그가 알고 있던 아내 난영이 아니다. 참으로 낯선 여자다. 난영을 때리던 손에서 힘이 빠져 나갔다. 끝장을 보는구나.

"뭐라고, 죽어도 내가 싫다고? 죽어도, 당신 이제껏 말 않고 어찌 살았냐?"

"그 사람은 나를 위해 무어든 다 해 준단 말이야. 나는 공주처럼 대접받고 있어."

"뭣 공주! 이 여편네가 완전히 돌았구나!"

끓어오르는 분노에 선불 맞은 멧돼지처럼 씩씩거리는 그를 피해 난영은 머뭇거리는 기색도 없이 잽싸게 현관문을 열고 나가 버렸다. 구인호는 멍해져 자신이 무언가 크게 잘못 살았구나 싶었다. 어디서부터 어떻게 잘못됐는지 알 수가 없었다. 그러나 곧 용광로보다 더 뜨거운 분노가 치밀었다. 비수처럼 가슴에 박힌 그 말만 자꾸만 들린다.

"난 당신이 싫어! 죽어도 당신하곤 살기 싫단 말이야!"

그 오랜 세월 시퍼런 바다를 밤낮으로 바라보며 그리움의 세월을 보냈는데, 아이들을 위해 아내와의 행복한 노후를 그리며 버티고 살아왔는데. 아! 이렇게 갑자기 집에 오지 않았다면, 상선에서 내리지 않았다면 아내는 도대체 언제까지 자신을 하얗게 속이며 살려 했던가. 어떻게 그렇게 오랜 세월을 삼쪽같이 속인 것일까. 부르르 진저리가 쳐졌다. 뭐 죽어도, 죽어도 싫다고. 말인가 뚱인가. 죽어도 싫어, 그래 당장 찾아 죽여 주마. 나는 이제껏 너를 위해 살았는데 그 소원 하나 못 들어줄까. 눈에 불을 켜고 아내의 남자를 찾았다. 남자는 부동산 중개업을 하는 얼핏 보기에는 호인 같이 생긴 중년의 사내였다. 정말 단번에 죽이고 싶었다. 미국처럼 총을 소지하고 있었다면 그 자리에서 쏘았다. 아, 그러고 보니 어딘지 본 듯한 느낌이 왔다. 그래, 그 자다. 그 자. 현재 사는 아파트를 소개해 준 남자다. 그때 참 친절하다고 생각했는데, 그러면 이 인간들이 그때부터 눈이 맞아 지랄한 걸까? 아파트 사서 이사한 지가 십 년이 넘었는데.

"내 아내 어딨어? 내놔! 내 아내 내놓으란 말이야!"

"모르오. 정말 어디 있는지 모르오."

"그걸 말이라고 지껄여?"

"할 말이 없소. 처분만 바랄 뿐이오."

"처분? 남의 가정을 작살을 내고, 개만도 못한 인간. 내가 죽여 주마!"

남자의 멱살을 확 끌어 잡았다. 손에 독기를 채우고서 두 뺨을 후려쳤다. 남자는 키대로 쿵 넘어졌다. 발길로 사정없이 걷어 찼다. 남자의 가슴을 구둣발로 밟으려는데 누군가 그의 몸을 밀쳐냈다. 그는 야수가 되어 달려들었다. 피를 부르는 욕구가 머리끝까지 치밀어 놈이 한 마리 생선으로 보였다. 당장 토막토막 내고 싶어 눈이 뒤집혔다. 사람들이 모여들었다. 부동산이 맞아 죽을 짓 했네. 금슬 좋은 부부더니 불륜관계였나. 서방질한 년 본서방에게 잡히면 죽겠다. 부동산 간판 내려야겠네.

이성을 잃고 미치다시피 한 그가 품속에 날카로운 잭나이프를 준비하고 남자를 찾아갔을 때 부동산은 이미 문을 닫았고 임시휴업 안내장만 붙어 있었다. 안내장을 찢어 버리고 간판에 나이프를 꽂았다.

"내가 끝까지 찾아 너희 연놈을 같이 죽여 한 구덩이에 파묻지. 각오하고 있어!"

난영도 찾을 수가 없었다. 낯선 여자가 그를 찾았다. 나이가 쉰은 넘은 듯한 활달해 보이는 여자였다. 그네는 말문 트인 사람처럼 가슴에 맺힌 한을 쏟아 놓았다.

"내가 당신을 얼마나 기다린 줄 아시오? 어떤 배냇병신인지 구경하려고. 그리고 당신 마누라 단속 좀 잘하라며 면박 주려고. 아니면 더러운 연놈 보란 듯이 우리도 바람 확 질러 버리자 하려고, 별의별 생각 다 했지요. 속아도 어떻게 그렇게 홀랑 속아요. 벌써 몇 년인데. 그쪽은 이제 눈이 확 뒤집히지요. 나는 이제 끝났어요. 무슨 놈의 계집이 찰거머리보다 더 질깁디다. 나한테 옷도 뜯기고 머리칼도 뽑히고 해도 소용이 없데요. 더러운 년! 사내한테 미친년! 가장이 배를 타 외로워 바람났으면 조금 재미보다 말 거지 새끼 보기 부끄럽지도 않은지, 밤낮없이 붙어서 지랄을 하니 짐승이지요. 인간 말종이지요. 내 눈에 흙 들어가기 전에는 저들 좋아하라고 이혼 안 해 준다고 맹세했는데, 내가 이혼 도장 찍었어요. 그 인간들 더럽고 역겨워 구역질이 울컥울컥 올라오는데 내가 죽겠더라고요. 사람이든 나무든 썩어가는 것들은 냄새가 좀 지독해요. 내 자식들이 아비 죽어도 안 본대요. 어휴, 그 꼴 안 보니 내가 살겠더라고요, 나 잘살고 있어요. 생활력도 있어요. 보세요. 아직 저녁때가 아닌데 지금도 홀에 손님 많잖아요. 남의 가정 작살내고 남편 속이며 등골 빼먹는 더러운 년, 언제까지 죽자 살자 하는지 구경이나 하죠, 뭐.

옛날 말에 남의 눈에 눈물 내면 제 눈엔 피눈물 난다고 했지요. 제 눈이 안경이라고 나 참 본서방이 열 배는 더 낫건만 복에 겨워 염병하네. 그보다 살림 챙겨 보시죠. 기둥뿌리가 다 뽑혔지 뭐가 남았을까."

그 여자의 말이 사실이었다. 집에는 돈 한 푼 없었다. 공동명의로 되어 있던 33평 아파트도 벌써 일억이나 대출받은 뒤였다.

죽지 못해 산다더니 바로 자신인 것 같다. 아내가 집을 나갔을 뿐인데 왜 자신의 삶이 태풍에 날려간 듯 흔적이 없을까. 언젠가 본 아랍의 끝없는 모래바람 사막에 혼자 남겨진 이 절망감은? 아이들이 있는데, 아이들이 있어 다행이라는 마음도 없었다. 그냥 자신의 인생이 끝장났다고 여겨졌다. 딸들은 내가 없어도 살겠지. 무능한 아빠라고 비웃겠지. 애들 보기도 너무 부끄럽다. 나가려 해도 갈 데가 없다. 생소주를 들이부어선지 눈이 더 침침해져 갔다. 눈이 멀어 행려병자처럼 거리를 돌아다니겠지. 그러다 낯선 길에서 그만 죽어버리겠지.

여동생 인희가 내려와 결단을 내렸다. 난영이 집을 담보로 대출까지 받아 버린 사는 아파트를 처분하여 은행의 대출금을 갚고 20평짜리 빌라를 사서 이사를 했다. 그는 그 집이 뱀 구멍처럼 끔찍했다. 아이들도 찬성했다. 작아도 방이 세 개였다. 회사에 사직서를 냈다. 인희는 강력하게 주장해서 퇴직금 대부분을 연금으로 돌리게 했고, 숙희와 문희에게 고등학교 졸업까지만 학비를 대줄 수 있다고 선언했다.

"아빠 걱정하지 마세요. 고교 졸업하고 취직할 거예요. 저는 공부는 별로라 이담에 하고 싶을 때 할래요. 요즘은 평생교육이잖아요. 숙희가 진학하고 싶다면 제가 도울게요. 아빠는 건강이나 챙기세요. 아빠 눈이 걱정이에요. 우리가 정말 미안해요, 엄마 못 지켜서."

아이들은 뜻밖에 성숙해져 있었다. 그는 이사하는 와중에도 남의 일처럼 꼼짝을 않았다. 될 대로 되라지. 세상만사가 귀찮았다. 식사를 전폐하고 독한 매일 술만 마신 탓인지 오른쪽 눈까지 침침해져 갔다. 소경이 되면 어떠랴 하고 있는데 딸들의 성화에 못 견디어 안과병원에 갔다. 의사는 고개를 저었다. 두 눈 다 이상이 있다고 하였다. 종합병원에 가라고 소견서를 써 주었다. 종합병원에서도 마찬가지였다. 수술은 하겠지만 상태가 안 좋아 지속적인 치료를 받는 수밖에 없다고 했다. 절망에 절망이 덮쳤지만 아내의 일을 알았을 때보다 덤덤했다. 눈 수술만은 진작 받지 않았던 게 잠깐 후회되었지만 그러다가도 무슨 애착에 이러나 싶었다. 자신의 처참한 인생 끝자락이 훤히 보였다. 죽었으면 죽었지 구차하게 살고 싶지 않다. 애들에게 짐이 되긴 싫다. 그리고 보니 자신은 바다가 아닌 뭍에서는 적응이 어려운 낙오자가 아닌가. 바보 등신! 난영을 사랑했던 만큼 저주가 퍼부어졌다. 어차피 끝난 내 인생 네를 용서하면 사람이 아니지. 죽음, 억울해서도 혼자는 못 죽지. 나 혼자 죽지는 않을 것이다. 그는 회칼을 갈기 시작했다. 시퍼렇게 날을 세웠다. 수십 년 세월 함께한 장인의 주방 칼이다. 그는 자신이 필히 살인을 할 것 같은 예감이 들었다. 처참하게 난영을 살해하는 장면이 자꾸만 떠올랐다. 난영은 어디로 숨었는지 찾을 수가 없었다. 숨어라. 얼마든지 숨어라. 이 세상 끝까지 뒤져 내가 네를 찾을 것이다. 천천히 찾아서 아주 천천히 죽여 주마.

눈 수술을 하고 병원에 다녀도 나아지지 않았다. 수술을 한 눈도 안 한 눈도 부옇게 기분 나쁘게 시야를 가린다. 밤새도록 뜬 눈으로 뒤척인 아침이나 미친 듯이 술을 퍼 마신 날이면 더 심했다. 울화가 치밀수록 눈은 나빠져 갔다. 숙희가 학교 가면서 항상 아빠의 식사를 챙겨 놓고 갔지만 그는 하루에 한 끼 식사도 하지 않았다. 술을 마셔 취하여 자고 깨어나면 또 마셨다. 알코올만이 그에게 위로가 되었다. 딸들이 보다 못해

"아빠 제발 술 좀 그만 드세요!"

하고 눈물로 간청하여 자제하려 애썼지만 이미 통제가 안 되었다. 지금 그의 곁에는 술밖에 없었다. 술은 자신을 위로하는 단 하나의 친구였다. 오늘 또 인희가 내려왔다. 부모님 돌아가시고 천지에 하나뿐인 혈육이다. 대구에 사는데 오빠집이 풍파가 나고 보니 애가 타서 지금 열 번도 더 부산에 내려왔다.

"오빠 이러다 정말 일 나겠어요. 왜 이래요. 정말 불쌍한 애들 만들고 싶어요?"

"그래 난 삶에 미련 없다. 아등바등 살고 싶지가 않아. 그 연놈만 죽이면 끝이야."

"평생 함께 할 부부 인연이 아니라고 생각하세요. 그도 아니면 살아남아 원수를 갚든지."

"갚고말고. 나 죽기 전에. 내 인생은 끝났어. 천지를 다 집어삼킬 듯한 바다태풍 만나면 살려 달라고 천지신명께 빌었는데 차라리 그때 죽었으면 좋았을 것을."

"오빠 너무 하시우. 애들은요?"

"부모 복 없으니 저들 복대로 살겠지. 네도 이젠 오지 마라. 내가 네 말 듣겠니."

"오빠!"

구인호는 끝내 이불을 뒤집어쓰고 누워 버렸다. 인희가 주방 서랍에서 시퍼렇게 날이 선 칼을 발견하고 놀라 치워 버렸다. 주방엔 가위만

남겼다. 인희가 그 후 다섯 번을 더 발걸음하여 오빠를 설득시켜 옛 친구가 간병인으로 일하는 '너싱홈'에 억지로 입원시켰다. 그는 동생에게 들들 시달리다 못해 그곳에 딱 한 달만 있기로 약속하였다. 인희로서는 우선 오빠를 살리고 볼 일이었다. 빈속에 곡기라도 이어야 했다. 문밖출입 안 하고 밥 한 끼 제대로 안 먹고 술로만 세월을 보내고 있으니 그대로 두면 제풀에 생명이 꺼질 것만 같았다. 애들도 찬성이었다. 너싱홈요양원에 들어오고 이틀간만 윤 원장이 그를 봐 주었다. 아니 내버려 두었다. 밤이고 낮이고 누워만 있고 식사도 거절하고 들어 올 때 몰래 갖고 온 소주만 마신다고 옥미향 간병인을 통해 상세히 듣고 있다. 사흘째부터 윤 원장은 그를 강제로 일어나게 하고 식사시중을 손수 들기 시작했다. 숟가락에 밥을 떠서 그가 입을 벌릴 때까지 버티었다. 꼴이 가관이었다.

"여긴 몸 아픈 노인들이 오는 요양원이요. 당신은 노인도 아니라 아니 받아 주려 했는데 하도 사정해서, 식사만 하게 봐 달래서 입원시켰는데 이게 뭡니까? 우리 너싱홈에 굶어 죽은 환자 나오면 여기 문 닫아야 하거든요. 겨우 마음 붙이고 지내시는 노인네들 어디로 보낼 거예요? 그리고 구인호 씨 당신 나와 동갑입다. 여자인 나도 이렇게 열심히 뛰는데, 여기 환자분들 당신보다 대개 스무 살은 더 자셨어요. 겨우 쉰 된 나이에 웬 상늙은이 행세를 합니까? 긴 인생 살아오면서 모진 풍파 안 겪은 사람 있어요? 곡절 없는 사람 있는 줄 아세요? 살면서 꽃길만 걸어온 사람 있으면 나한테 데리고 와 봐요 구경 좀 하게."

윤 원장이 혈압이 오르는지 음성이 한 옥타브 올라간다. 미향이 얼른 숟가락을 받아든다.

"원장님, 사람이 입맛 없으면 한 끼 건널 수도 있지요."

"그래도 생명 부지할 만치는 억지로라도 먹어야지. 사람 허파 뒤집어지게."

"예, 예. 잘 알겠습니다. 원장님 허파 안 뒤집어지게 제가 대신 먹지요, 먹어."

미향의 너스레에 윤 원장도 마음이 풀려 방을 나갔다.

"식사 잘 하셨어요?"

당번이 아니면 일요일은 항상 봉사 가고 월요일에 출근한 미향이 그의 방을 찾아왔다. 그는 돌아누워 대답을 하지 않았다. 미향이 다가와 그의 안색을 살피더니 손을 뻗어 이마를 짚는다. 이 여자가 왜 이래! 그는 숨이 턱 멎는 듯했다. 미향의 체취가 풍긴다.

"열은 없네요. 자, 일어나세요. 식사하셔야죠."

"나중에 먹을 테니 두고 가세요."

"안 돼요. 원장님이 식사한 식판 가져오라 하셔요. 그리고 내일부터 식탁에 나와 식사하시래요."

미향은 억지로 그를 일으켰다. 숟가락에 밥을 뜨고 김치를 올려 그의 입으로 디밀었다. 점심 식판도 미향이 들고 왔다. 생글생글 웃는다. 친구인 인희의 간곡한 당부를 받아서일까 미향은 성의를 다해 그를 보살피는 듯했다.

"조금 드시지만 그래도 얼굴이 좋아지셨어요. 희망이 보여요."

"희망?"

그는 너무도 생경하게 들리는 희망이라는 단어가 낯설고 생소했다. 그게 뭐지?

"그럼요. 아직 반평생밖에 못 사셨잖아요."

이 여자가 무슨 황당한 소리를, 내 인생은 벌써 거덜이 났소. 미향은 그에게 블록 한 통을 주고 갔다. 전함모형 블록이었다. 그는 그것을 팽개쳤다가 나중에 답답함을 견디지 못해 블록을 끼워 맞추기 시작하였다. 미향은 간혹 비행기며 우주선이며 로봇 인간 같은 블록을 안겨 주었다. 그는 침침한 눈으로 부수다 맞추다 일없이 주물럭거렸다. 숙희와 문희도 종종 다녀갔다. 오늘도 미향에게 이끌려 '천사의 마을'로 향했다. 벌써 한 달이 넘었나. 일요일만 되면 미향에게 끌려갔다. 처음엔 바람 쐬러 나가자 하기에 거절 못해 따라 나섰는데 그곳엔 할 일이 태산이었다. 돌봐야 하는 어린아이에서부터 수족이 불편한 장애아들까지 식구가 많아 널린 게 일이었다. 빨간색 마티즈가 서자 아이들이 달려 나왔다.

"아줌마!"

애들이 그녀를 둘러쌌다. 준비해온 간식들을 애들에게 들려 옮기게 했다. 미향은 그를 그곳에 데려다 놓기가 바쁘게 돌아다녔다. 그가 멀뚱히 서 있으면

"좀 도와주시렵니까?"

하는 친근한 목소리가 나타나 그를 데려간다. 시력이 안 좋은 그에게 말린 빨래 개키는 일이 주어졌다. 타월이 한 가득이다. 그리고 그곳엔 다른 자원봉사자들도 와서 이 일 저 일 돕고 있었다. 이곳에 오면 구인호의 지옥 같은 마음은 '우선멈춤'이 되었다.

오늘도 오 노인은 아내를 찾아왔다. 일주일에 두 번은 꼭 다녀간다. 오 노인이 오면 그의 아내 김두례는 아주 착한 환자가 된다. 오 노인이 떠먹여 주는 밥을 오목오목 잘도 받아 먹는다. 남편의 팔에 의지하여 실내에서 걷기 운동도 한다. 노인은 관절염과 치매환자인 아내를 7년간이나 보살폈다고 했다. 4남매 자식들은 각지에 흩어져 다들 바쁘게 사

는지라 병든 아내의 간호는 노인 몫이었다. 오랜 세월 치매환자 돌봄에 오 노인은 결국 과로와 영양부족, 고열로 쓰러져 입원하게 되었다. 아내를 돌볼 자식도 사람도 없었다. 자식들은 오 노인의 병이 나아도 간호는 무리라는 의논 끝에 환자를 이곳 너싱홈에 입원시켰다. 처음에 환자는 식사를 전폐하고 영감님만 찾았다. 오직 영감밖에 몰랐다. 자리에서 일어나지도 않고 먹지도 않고 소리쳐 울기만 했다. 영감님이 입원하였대도 소용이 없었다. 거칠게 앙탈만 부렸다. 달래어 겨우 입에 밥알이라도 넣어 주면 다 뱉어 버렸다. 그렇게 애를 먹이던 환자가 오 노인이 퇴원하여 간식이라도 사 갖고 와서 부부가 마주앉아 먹으면 순한 양이 되어 이빨 빠진 잇몸이 다 드러나게 환히 웃었다. 얼굴도 씻어 주고 머리도 빗겨 주고 양말도 영감님이 신겨 주면 벗어던지지 않았다. 오 노인은 갈 때면 마누라 굽은 등을 몇 번이나 쓰다듬고 손을 토닥여 주고 저승꽃이 떡칠이 된 볼에 뽀뽀를 하고 갔다. 모두 입을 모았다.

"저게 옳은 부부여. 요즘 세상에 저런 사랑 있으려나?"

"저런 영감님은 도시락 들고 다녀도 못 찾을 거구만."

"영감님은 나이보다 젊게 보이고 할머니는 이십 년은 더 늙어 보이고, 첨에는 한참 아래 동생으로 봤다니까. 저 할머니 남편 복 하나는 타고났네 그려!"

구인호는 오 노인을 보면서 참 많은 상념에 잠겼다. 사랑, 저런 것이 진실한 사랑이런가. 생이 다할 때까지 아내를 사랑해 주고 위해 주는 것. 나는 난영에게 무엇이었나? 어떤 존재였었나? 기다림에 지친 아내의 외로움을 얼마나 이해하여 주었던가. 생활비를 보낸다는 것만으로 의무를 다한 듯, 내 아내만은 언제까지고 변함없이 나를 기다린다고 자부하지 않았던가. 가끔 동료들의 부인들에 대한 험한 소문이 들려도 남의 일로만 알았지. 아니 나쁜 여자야. 그 오랜 세월을 하얗게 나를 속인 나쁜 년이지. 외로워 못 살겠다고 말을 했으면 배에서 내릴 수도 있었잖아. 뭍에서 아파트 경비를 해도 했었겠지. 독사 같은 년, 죽이고 말거야.

오늘도 미향을 따라 천사의 마을에 다녀왔다. 그도 이젠 일요일만 되면 기다리게 되었다. 못난 자신이 누군가를 도와줄 수 있다는 게 작은 위안이 되었다. 몸이 불편한 아이들의 시중을 들고 목욕을 시키는 등의 일들이 그의 마음을 가라앉혀 주었다. 문득 자신의 눈이 나아 식재료를 준비해서 한 번이라도 저 애들에게 맛있는 식사를 차려줄 수 있었으면 하다 실소했다. 아직도 심장에 꽂힌 생채기가 너울파도처럼 요동을 치는데. 인희는 가끔 다녀가면서 사람에게 받은 상처는 사람으로 치유된다고 오빠가 들리게 중얼거렸다.

그는 고개를 저었다. 자신이 생각해도 말도 안 된다. 미향은 나를 동정하고 있는 거야. 인희 당부 때문에 나를 돌보는 게 아닌가. 한 달만 있겠다고 선언하고 이곳에 온 지 벌써 3개월이 넘었다. 그는 이곳을 선뜻 떠나지 못하고 있다. 미향 때문에. 그녀의 신상도 인희의 흘림으로 조금 알게 됐다. 폭력 남편을 만나 매 맞는 여자였다. 온갖 노력에도 남편의 못된 버릇은 고쳐지지 않았다. 이혼은 어림도 없고 하나뿐인 딸자식을 데리고 친구들 집에라도 숨으면 남자는 그녀의 친정에 가서 행패를 부렸다. 십 년을 죽지 못해 살았다. 몹시도 무덥던 어느 여름날 밤, 남자는 음주운전 상태에서 고속도로를 역주행하다 트럭과 승용차 등 이중삼중 충돌로 현장에서 즉사하였다. 구인호는 고민에 빠졌다. 이 나이에, 내 처지에 가당키나 한 일인가. 그러나 어쩌랴, 가슴이 뜨겁게

타오르는 것을. 마지막 불꽃이라서 이렇게 뜨거울까. 누군가 말했었지. 사랑과 기침은 숨길 수 없다고. 그는 또 다시 식사를 제대로 못 하고 열병을 앓기 시작했다. 의식 속에서 무의식 속에서도 오직 미향만이 존재할 뿐이었다. 미향의 걱정이 깊어갔다. 남자가 식사도 거절하고 죽은 듯이 누워만 있다. 잘 따라다니던 일요봉사도 빠지고 있다. 무엇보다 근래 와서 자신을 피하는 게 꼭 철부지 소년이 시위하는 듯하다. 미향도 힘이 빠졌다. 환자들의 기저귀를 갈아도 전에 없이 힘이 부쳤다. 연연하고 싹싹한 말소리도 줄어들었다. 윤 원장이 둘의 관계를 제일 먼저 눈치 채었다. 재미있고 고소해서 모르는 척 내버려 두었다. 그래 대가를 치러야지. 세상에 공짜는 없어. 저 나이에 사랑, 저렇듯 가슴앓이하고 말도 못하는 뜨거운 사랑을 하다니, 더 많이 아파하고 더 많이 그리워하라고 해. 미향이 어제 저녁도 아침도 거른 그의 점심상을 들고 들어왔다. 며칠 사이에 구인호의 얼굴은 정말 나빠져 있었다. 수염까지 깎지 않아 더욱 해쓱해 보였다. 미우면서도 가슴이 아린다. 사람이 들어가도 꿈적도 하지 않는다.

"일어나지도 않고 정말 식사 안 하실 거예요?"

"……."

"왜요? 굶어 죽으려고요? 그럼 우리 같이 죽읍시다. 나도 살기 싫거든요."

남자가 벌떡 일어났다.

"미향씨가 왜?"

미향의 눈에서 눈물이 흘렀다. 그는 너무 놀라 뒤로 물러났다. 미향이 밥 한술을 떠서 그 위에 생선 한 점을 얹어 그의 코앞에 디밀었다.

"이 밥 안 먹으면 나 다신 못 볼 거여요. 선택하세요."

미향이 눈물로 떠 주는 그 밥을 어찌 거절하랴. 덥석 받은 밥이 목구멍으로 넘어가지가 않았다. 미향이 얼른 물을 건네준다. 김치를 얹어 내미는 밥을 또 받아먹었다.

"고마워요. 우리 천천히 같이 갈래요?"

미향이 젖은 목소리로 조그맣게 말하고는 그의 손을 잡았다. 그는 와락 여자를 끌어안았다. 여자 몸이다. 여자 내음이 전신을 휘감았다. 미향은 그의 가슴에 얼굴을 묻고 가슴으로 흐느꼈다. 그의 가슴은 용광로 같이 끓어올라 터질 것 같았다. 숨도 쉴 수가 없었다. 환자 방이 햇살로 가득했다. 먹지 않아도 정말 배가 부른데 어쩌랴.

'고맙소. 맹세는 않으리다. 내게 남은 삶 그대 위해 살고 싶소.'

앞이 보이기 시작했다. 숙희야! 문희야! 착하고 용감한 우리 딸들 만나 봐야지. 안개처럼 흐릿하게 보이던 사물들이 제법 뚜렷하게 보였다. 눈앞을 가로막고 있던 부연 허물이 조금 걷히는 듯했다. 너무 기뻐 울음이 터지려는 것을 참았다. 일시적인 현상인가 싶기도 하고 이러다 다시 또 가려지려나 두려움이 밀려왔다. 제일 보고 싶은 사람이 미향이었다. 미향은 시골 삼촌 별세로 며칠 출근하지 못했다. 오늘 아침 그녀가 출근하여 이층으로 올라왔을 때, 아, 그녀의 얼굴을 처음으로 밝게 보았다. 큰 키도 아닌 보통의 키, 갸름한 얼굴, 그다지 예쁜 얼굴도 그다지 모난 얼굴도 아닌 평범한 그 얼굴에 자꾸만 눈이 시렸다. 그러나 하나도 낯설어 보이지가 않는 얼굴이다. 보고 싶은 사람아! 나 그대 보이네! 하고 소리치며 미향을 끌어안고 덩실덩실 춤이라도 추고 싶었다. 그녀 앞에 다가섰다.

"어머, 웬일이세요? 머리도 감고 면도까지 깨끗이 하셨네. 어디 나가게요?"

"아니요. 그대 기다리고 있었소."

미향의 손을 꼭 잡았다. 미향의 손은 따뜻한 사람의 손이다. 그 손을 잡고 베란다로 나갔다. 미향은 조금 긴 머리를 묶고 있었다. 눈물이 핑 돌았다.

"어디 많이 아프세요? 왜 이래요?"

"미향씨, 나 그대 잘 보이오!"

"예? 뭐라구요?"

"그대 얼굴이, 눈도, 코도, 이마 입술 머리카락까지도 뚜렷이 보인다 말이오!"

"어머머 세상에, 세상에 정말, 정말로 내 얼굴이 잘 보여요?"

"그렇다니까. 정말 잘 보이오!"

미향은 그를 와락 끌어안았다. 그도 미향을 부둥켜안았다. 사람들이 거실에 나와서 그들을 쳐다보고 있었다. 윤 원장도 와 있었다. 미향이 소리쳤다.

"원장님! 여러분들! 우리 인호씨 눈 떴어요. 보인대요. 잘 보인대요!"

"우와!"

박수가 터졌다. 다들 내 일처럼 기뻐했다. 윤 원장이 그들 손을 잡았다.

"구인호씨 정말 축하합니다. 대단한 인간 승리군요. 돌아가신 박춘자 님이 저 세상에서 정말 기뻐하시겠습니다. 구인호 씨 밝은 빛 봐야 한다고 아드님한테 사정하시더니 세상에!"

"벌써 석 달도 넘게 이 안과에서 무료로 치료해 주고 계십니다. 이성수 원장님이 꼭 낫게 해 주신다고 약속하시더니 저 이렇게 눈 떴어요!"

"이 원장님 먼저 찾아 뵈어요. 박춘자 할머니 계신 납골당 가서 눈

떴다고 말씀 드려야죠."

미향은 눈물을 글썽이며 기쁨을 감추지 못하고 윤 원장은 그들을 포옹하고 등을 다독여 주었다. 복자 할머니가 소리 질렀다.

"어매 은제 둘이 신접살림 차릴 일만 남아 부렸네. 하이고."

"열심히 살겠습니다. 부지런히 생업에 종사하여 불편한 사람들 정말 조금씩이라도 도우며 살겠습니다. 미향씨 따라 봉사활동도 할 겁니다. 우리 숙희. 문희, 미향씨 딸 정아, 아끼고 사랑하겠습니다. 나중에 죽을 때 더 사랑하지 않은 걸 후회하지 않게 사랑하렵니다. 원장님 여러분 고맙습니다!"

미향은 그의 등 뒤에 얼굴을 묻고 조용히 흐느끼고 있었다.

꽃비

벚꽃 잔뜩 덮어 쓴 자동차 담장에 기대 있다
간밤에 벚나무 아래서 꿈을 꾸고 왔는지
연분홍 꽃잎들이 수줍게 아롱진다
아침이 오는 골목길 화들짝 놀란 달콤한 편린들
후르르 후르르 허공으로 달아난다
화르르 꽃비가 되는 시간 골목이 환하다

상처

현숙은 서둘러 저녁상을 차리고 있다. 낮에 동창 모임에 나갔다 귀가가 늦어져 예의 그 식사시간을 30분이나 넘겼다. 국을 데우고 냉장고의 반찬을 꺼내고, 바쁘다.

"식사 다 됐는데요."

남편이 식탁에 와 앉는다.

"밥도 없는데 뭐가 다 됐다고 그래."

"지금 밥 담고 있잖아요."

남편은 본래 그랬다. 아무리 반찬이 많이 있어도 밥과 국이 놓여야만 숟가락을 든다. 생선회가 놓여도 불고기를 구워도 밥이 놓여야 수저를 드니 이젠 그러려니 하면서도 가끔은 불평이 나온다. 맛있는 생선회나 불고기를 먼저 먹고 밥은 천천히 먹어도 될 터인데, 형제모임에 가도 유독 밥부터 찾는 이는 남편뿐이다. 지금도 찬 뚜껑이라도 좀 열면 손가락이 덧나는가 싶다. 밥과 국이 제자리에 놓이고 반찬들이 가지런히 놓이자 남편은 식사를 시작했다. 한평생 그렇게 살아왔는데 저이가 이제 와 바뀌길 바라는 내가 미쳤지. 저 남자는 마누라 없으면 앉아서 굶어 죽을까? 냉장고의 반찬통 꺼내고 국만 데워서 밥솥의 밥 퍼내어 먹으면 되는 일을 옛날 장에 간 엄마 기다리는 아이 모양 그러고 있으니 짜증이 났다. 현숙은 요즘 남편과 점차 멀어짐을 느끼고 있다. 자꾸만 서운함이 쌓여 간다. 목욕탕 문제만 해도 그렇다. 세수하고 세면대가 더러우면 바로 옆에 있는 수세미로 한 번 쓱 닦아주고 샤워기로 바닥 한 번 씻어 주면 될 것을 평생을 한 번 닦지 않는다. 걸레나 빗자루 드는 꼴을 못 봤다. 남편이 학교 나갈 때는 바쁜 사람이라고 별 불만은 없었지만, 지금은 퇴직하여 삼식이가 되었는데 진공청소기 쓰면 시끄럽다고 한다. 지난번 심한 몸살에 며칠이나 아팠다가 일어나니 세면대가

꺼칠꺼칠한 게 너무 더러워 화가 나서 일주일을 어쩌나 싶어 그냥 누어 도 남편은 끝내 손 한 번 대지 않았다. 명절에 요리하고 생선 그릇이며 튀김 그릇, 크고 작은 양푼이, 쟁반들을 씻고 닦아 챙겨 넣느라 종일을 서서 일하고, 저녁 차려주고 피곤한 몸으로 목욕 갔다 오니 빈 국그릇, 밥그릇, 수저가 식탁에 그대로 놓여 있어 마누라 속을 뒤집었다. 자기 가 먹은 밥그릇들 싱크대에 갖다 넣지도 못하는가. 씻으면 손가락 부러 지는가? 나는 뭐 자기 몸종인가 비서인가? 현숙은 명절 지나 바로 식기 세척기를 들여놓아 버렸다.

남편은 집안일도 수학 점선 긋듯 안팎일을 구분한다. 아파트에서 바 깥일이 뭐가 있으랴. 같이 늙어가는 처지에 매사에 관대해지고 너그럽 고 유머가 좀 있으면 얼마나 좋으랴 싶다. 안민태. 중학교 수학 선생님 으로 근무하다 정년퇴직한지 고작 1년 됐는데 남편을 찾는 사람은 아 무도 없다. 어쩌다 오는 건 청첩장이나 부고장뿐이다. 남편은 술 담배 를 않는다. 고지식해 보일 만큼 매사에 꼿꼿하고 곧았다. 학교 땡 하면 칼퇴근에 동료들과 어울려 술집을 가거나 노래방 가는 일도 없었다. 말 도 없이 친구나 동료들을 데리고 와 밥상 차리게 한 적도 없었고, 상대 방에게 일부러라도 듣기 좋은 말 따위는 평생하지 않았고, 누구의 험담 도 하지 않는다. 누가 봐도 가정에 충실한 반듯한 가장이요 실수하거나 흠 잡힐 일이 없는 사람이다. 그러나 현숙은 답답했다. 전에도 답답했 지만 매일 학교에 나갈 때와는 달리 퇴직하고 내내 집에만 있으니 남편 이 더 답답하게 느껴졌다. 동창회나 친목계에 나가면 친구들 남편들은 술 먹고 늦게 들어와 손이 발이 되게 빈다는 둥, 깜짝 선물로 놀라게 하 기도 하여 와이프를 감동케 하는 인간적인 소박한 행동들이 부러웠다. 모임이나 노래방에 가서 시계 자주 들여다보는 이는 자신뿐이다. 티격태격하며 앞으로 노후 보내기가 정말 걱정이 된다.

"애, 너야 안선생이 평생 칼퇴근이니 생전 속상할 일 없겠다."

"그래, 운전면허 취소 당하거나 대리운전 같은 건 평생 살아도 구경 못해. 우린 한평생 진담만 꼭꼭 하고 산단다. 우리 안선생은 바른생활 사나이니까. 우린 외식도 안 해."

결혼해 살면서 아내에게 봉급 한 번 아니 갖다 준 적 없었고, 도박한 적 없고 유흥비로 돈 날린 적도 없다. 카지노나 경마장에 간 적도 없다. 동료 교사들 몇 장씩 갖고 다니는 카드도 그는 한 장이 없었다. 상호, 기호 두 아들에게 아내 모르게 용돈을 주지도 않았다. 아내에게 일임했다. 그 자신이 근검절약 살았다. 누구처럼 처자식 버리는 인간은 되지 않으려는 일념 하나로 오롯이 내 가정만을 지키며 살아온 세월이다. 아내도 정말 알뜰하고 조신한 살림꾼이다. 일찍이 35평 아파트를 장만하여 가족이 살고 있고, 재건축할 24평 아파트도 아내 명의로 하나 갖고 있다. 퇴직하고는 교원연금으로 분수대로 살고 있다. 그런데 집에 있으니 아내와 트러블이 자주 일어났다. 뭣보다 간섭이 심했다. 집에 있으니 편한 옷을 입고 편하게 살고 싶은데 문밖만 나가려 해도 반반한 옷으로 갈아입길 원하고, 바깥에 나갈 적에 머리가 헝클어졌다고 모자 쓰기를 강요했다. 초등학생 아이도 아닌데 본인이 알아서 할 일을 일일이 지적하며 참견이다. 등산, 낚시, 운동 등 계획이야 거창하게 세웠지만 어찌어찌하다 보면 어긋나기 일쑤였다. 퇴직 후 무료할 것은 마땅히 예상했었고, 집에 있는 것이 때론 심심하기도 하지만 퇴직 일 년 남짓이라 아직 마음 편하게 보낼 만한데 아내와 사소한 일로 자꾸 부딪치니 마음이 편치가 않다. 신경 쓰지 말고 계모임을 가든, 운동을 가든 나가라고 하여도 뭐가 거슬리는지 같이 집에서 얼쩡거리다 티격태격한다.

TV 드라마를 보다 난 저렇게 유머 있고 친절한 사람이 좋더라고 예사로 말한다. 사람의 천성이 어디 쉽게 고쳐지던가. 소파에 누워 편안히 TV를 보면 그 시끄러운 청소기를 디밀고, 별 중요한 말도 없는 전화를 붙잡고 이삼십 분은 넘기고 드라마란 드라마는 다 챙겨 보느라 냄비가 타는지도 모른다. 관리비 나오면 쓴 것도 없는데 많이 나온다고 투덜대면서도 수돗물 넘치기는 예사이고 TV 보다 잠들어 거실 등은 밤새 켜져 있다. 그런 걸 지적하면 이 나이에 남편 시집살이한다고 한숨이다. 할 말은 안하고 안 할 말만 골라서 한다며 답답다고 했다. 안선생은 눈에 띄니 지적하고, 아내는 눈에 거슬러서 참견이다. 고개 숙인 벼이삭처럼 다소곳하던 아내의 성격이 너무 바뀌었다. 없어도 될 식기세척기 같은 고가의 가전도 이젠 의논 하나 없이 척 들이는 아내의 횡포가 좀은 걱정스러웠다.

안선생은 고적답사 여행을 떠나기로 맘먹었다. 지리적으로 가까운 곳부터. 학교에 있을 때부터 훗날 시간나면 가고 싶었던 고적답사였다. 당일치기나 1박 아니면 2박으로 잡았다. 아내와의 트러블도 줄일 겸 한 달에 한 번은 여행을 가기로 했다. 가고 싶은 곳을 말하며 찾아가는 둘만의 단출한 여행을 떠나기로 약속했다. 안 선생은 통도사를 다녀오고 송광사를 답사했다. 애들 데리고 다니는 소란스러운 수학여행도 아니어서 고즈넉한 고찰의 풍경을 오롯이 카메라에 담을 수 있었다. 현숙이 남이섬에 가고 싶다고 하였다. 1박 2일 떠나기로 한 전날 배낭을 챙기고 있는데 집 전화벨이 울렸다. 한 통의 전화로 그들의 남이섬 계획은 물거품이 되었고 티격태격 편안했던 일상생활은 완전히 뒤바뀌게 되었다.

"아가씨 별일 없지요? 어머님도 잘 계시고요?"

"예 우리는 잘 있는데요. 엄마가 좀…… 언니, 오빠 좀 바꿔줄래요?"

시누이 음성에서 뭔가 좋지 않은 예감이 느껴졌다. 전화기를 남편에게 넘겼다.

"뭐라고, 언제 그랬는데? 진작 연락하지 않고 있었니. 알았다. 내일 가마."

전화를 내려놓는 남편의 표정이 굳어진다.

"왜 그래요? 어머님이 편찮으시대요?"

"다치셨대. 엊그제 다치셨는데 안 좋은 모양이야. 내일 모시러 가야겠어."

"어디를 어떻게 다쳤기에?"

농협에 근무하는 거제 딸네 집에서 초중 다니는 외손자 손녀를 봐 주고 계시는 시어머니다. 어릴 적부터 키워준 애들이다. 명절이나 당신의 생일에 아들 집에 오시고, 또 애들 보다 피곤하여 쉬고 싶을 때 한 번씩 오시는 어머니다. 거제서 어머니를 모셔왔다. 본인 말로는 집 앞에서 외손녀 스쿨 차에 보내고 들어오다 발을 헛디디어 쭈르르 미끄러지면서 시멘바닥에 철퍼덕 주저앉았다고 했다. 엉덩이가 좀 아팠지만 조리하고 밤 넘기면 나으려니 했단다. 다음 날부터 딸 민숙이 한의원에 모시고 가서 침도 맞고 치료를 시작했는데도 걸음걸이가 점차 어려워졌다고 했다. 모셔온 날 바로 병원으로 가려 했으나 어머니가 차 타고 온 것도 너무 피곤하다고 집에서 하룻밤 쉬고 다음 날 병원 가자고 버티어 집으로 왔다. 어머니는 누워만 있었다. 그리고 화장실을 엉금엉금 기어서 갔다. 현숙은 전에 아파트로 이사 오면서 버리려다 갖고 온 사기요강을 대령했다. 그러나 누가 알았으랴. 그날이 어머니가 아들 집에서 자는 마지막 밤이 될 줄을. 가족 누구도 생각 못했다. 이튿날 병원에서 X-레이 찍고 MRI 검사판독 결과 골반골절이라고 했다. 의사는 환자가 다시 걸기는 아마 어려울 거라고 했다. 심한 골다공증에 노령이라 연골이 붙기 어려운 엉덩뼈라서 치료하면 상처는 나아도 보행은 어렵다고 말했다. 부부는 너무 놀라고 기가 찼다. 어머니가 걸을 수 없다니 설마 그렇게까지 되려고, 의사의 말이 너무 심하다 싶었다. 어머니는 사정도 모르고 집에서 통원치료 받으러 다니겠다고 고집을 부렸다. 결국 입원수속을 하였고 환자에게 치료해서 다 나으면 집에 간다고 말하는 수밖에 없었다. 윤씨는 내내 참았던 부아가 나서 짜증을 내기 시작했다. 대체 언제까지 병원에 붙들려있을지 짐작이 없다. 주사도 맞고 약도 먹고 하니 아픈 것은 덜 아프긴 한데 엉덩이가 철판을 텐 듯 굳어지는 듯했다. 소변보려고 침대에서 내려오는 것도 얼마나 힘이 드는지 아파서 악 소리가 절로 나왔다. 당신 생각에 그냥 있으면 점점 더 걸음을 못 걸을 것 같아 침대에서 가까스로 내려 걷는 연습을 좀 하려 하면 간호사가 질겁했다.

"할머니 깁스해야 하는 걸 그냥 두었는데, 걸음은 안 돼요."

"이래서 언제 낫겠누?"

한숨이 절로 나온다. 자신의 부주의로 괜스레 자식들까지 고생시킨다 싶다. 시간을 되돌릴 수 있으면 얼마나 좋으랴. 조심할걸. 내 팔자가 기박해서 애들을 힘들게 하고. 아, 젊은 날 수천만 번 되뇌었던 그 말을 다시 입에 담았구나 싶다. 윤씨는 침대 모서리를 잡고 소변을 보려면 한 발 뗄 적마다 눈에 눈물이 고이고 악 소리를 참는다. 기저귀를 안 하는 게 자신의 마지막 자존심이다. 그러나 병이란 어느새 인간의 존엄성마저 깡그리 뭉개려 한다. 어제 딸 민숙이 왔을 때

"애야 나 걸었다."

"엄마 정말로?"

"겨우 두어 발짝 떼신 걸요. 기저귀는 죽어도 안 하시고."

"엄마, 아프게 내려오지 마시고 편하게 기저귀 하세요 그만."

"네 무슨 말을 그렇게 하냐. 내가 정신이 나갔냐? 남우세스럽게 기저귀 차게."

"그렇게 억지로 내려오다 다치면 어떡해요. 그러다 급해서 옷에다 실례하고서."

"딱 두 번 그랬다. 에미 영영 못 걸으면 이 일을 어떡하누?"

윤씨의 절망과 딸의 슬픔과 후회는 끝이 없다. 자기 집에서 애들 봐주고 살림 살아주다 다쳤으니 오빠네 보기도 면목이 없고 미안하다. 운이 나빠 다치려면 방 안에서도 낙상한다고 말하지만 그건 남의 일이다. 어머니가 병원에 입원한 지도 두 달이 되었다. 입원비보다 간병비가 많이 나와서 안선생과 현숙이 밤낮으로 교대로 간병을 하였는데 힘이 부쳐 지금은 밤에는 간병인을 쓰고 있다. 어느 날 어머니와 친한 교우 아주머니가 현숙에게 걱정하였다.

"집사님도 걱정이 많이 되시나 봐요. 아들도 퇴직하여 연금으로 살고 있는데 부담 주어 마음이 아프신지 당신이 영영 못 걷게 되면 요양원 알아보라고 하시네요."

현숙도 그 말을 전해들은 안선생도 눈앞이 캄캄했다. 뭔가 잘못되어 가고 있다. 안선생은 아르바이트를 찾았다. 어머니를 몇 달이라도 더 병원에 계시게 하고 싶은 마음이었다. 마땅한 일자리가 어디 있으랴. 결국 식당 주차관리 일을 구했다.

그는 이제껏 살아오면서 자신의 아픔이나 고통을 그 누구에게도 나타낸 적이 없었다. 철이 들면서 어머니의 처지가 그에겐 너무도 큰 고통이었고 부끄러운 일이었다. 아버지는 말할 나위 없었지만 바보 같은 어머니도 미웠다. 어머니의 일을 누구에게도 말하지 않았다. 아니 못했다. 참으로 답답하고 참기 어려웠던 아버지의 일을 가슴속에만 담아 뒀던 그 버릇 때문일까, 철창처럼 굳게 닫힌 그의 가슴은 한 번도 열리지 않았다. 대학 2학년 때다. 경양식집에서 아르바이트하고 있는 어느 날 저녁 다정한 가족이 외식을 왔다. 아이들 셋을 데리고 다섯 식구가. 아버지였다. 꽁지 빠지게 서빙하고 있는 그를 아버지는 못 본 척 외면했다. 그들은 누가 봐도 행복하고 단란한 가족이었다. 같이 사는 자식만 자식이란 말인가. 아버지가 언제 자신에게나 누이 민숙에게 따뜻한 부정(父情)을 갖고 대한 적이 있었던가. 누이와 어머니와는 이제껏 외식 한 번 한 적이 없었다. 시골에서 할아버지와 함께 살 때 자장면 한 그릇도 먹은 적이 없었고, 지금도 생활고에 허덕이고 있다. 어머니가 너무 불쌍하여 눈물이 났다. 한평생 고된 시집살이만 한 어머니가 너무도 가여워 가슴이 메어졌다. 그러나 그는 누구에게도 그날의 일을 말하지 않았다. 한 번은 대구공항에서 외국여행하고 돌아오는 그들을 보았다. 크고 작은 여행 백을 줄줄이 들고 공항을 나와 주차장으로 향하는 단란한 다섯 가족을. 아무리 기를 쓰고 외면하고 싶어도 상처는 상처로 남았다. 모질게 시퍼렇게 베인 상처들이 그도 모르게 가슴속에 두껍게 똬리를 틀었다. 시골 할아버지 집과 천여 평 토지마저 하나 남김없이 다 팔아 가 버린 비정하고 야비한 인간이다. 과외와 아르바이트로 학비를 대느라 죽을 고생하여도 등록금 한번 준 적 없고, 그들이 아무리 힘들게 살아도 철저히 외면한 아버지라는 존재이기에 그는 아버지를 깊은 바다에 수장시켜 버렸다. 그는 점차 주위의 고통이나 아픔에 냉담하고 덤덤해져갔다. 남의 일엔 관심도 없고 관여도 싫었다. 무관심이 늘어갔다.

그는 알게 되었다. 사람이 자신의 틀을 깨기가 얼마나 어려운가를, 빗장을 지른 자신의 가슴이 더 심하게 아프다는 것도 알았다. 술이라도 즐겼으면 가슴의 빗장이 열렸을까. 술을 못했다. 한때는 억지로라도 술에 취하고 분함을 잊고 싶었다. 그러나 몸이 받아들이지 않았다. 술만 마셨다 하면 위장이 탈이나 이튿날 병원에 가야 했다. 그러나 누구처럼은 살지 말아야겠다고, 비정하게 아내와 자식을 버리는 인간만은 뼈가 가루가 되어도 되지 않겠다고 그는 하늘에 맹세하였다.

핸드폰으로 전화가 세 번이나 왔었다. 아내 전화다. 토요일 저녁시간이라 식당주차장에 들어오는 차들로 인해 한창 바쁜 시간이라 미처 못 봤다.

"여보! 나 다쳤어. 여기 병원인데 어쩌지?"

"뭐라고! 어디를 어떻게 다친 거야?"

정말 눈앞이 캄캄했다. 아내까지 다치다니.

목욕탕에서 미끄러졌다. 동네 목욕탕에서 목욕을 하고 나오다 작은 비누를 밟아 미끄러져 다친 것이다. 현숙은 가슴이 너무 아파 옷도 입을 수 없을 지경이었다. 누군가 119를 불렀고 겨우 옷을 걸쳐 줘 입었다. 가까운 정형외과에서 처음엔 X-레이를 찍었는데 의사가 MRI를 다시 찍어 보길 권했다. MRI는 비용이 비싼데 나까지. 어쩔까 망설이고 있는데 남편이 왔다. 남편의 얼굴이 밀랍처럼 하얗게 굳어 있었다.

"당신 얼마나 놀랐어? 많이 아프지?"

"여기 가슴이 너무 아파서, 숨도 잘 못 쉬겠어요."

안선생은 아내의 기색을 살피며 다친 곳을 확인하고는 두 손을 꼭 잡았다.

"여보 힘내! 휴- 이만하기 천만다행이야. 다리가 아니니, 걱정 마. 내가 있잖아."

현숙은 눈시울이 뜨거워졌다. 냉정한 사람의 그 말 한마디가 이렇게 큰 위안이 될 줄이야. 가슴은 아파도 마음이 한결 편안해졌다. 안선생은 두말없이 MRI를 신청하고 현숙을 부축하여 영상 대기실로 옮겼다. 갈비뼈 두 개가 금이 갔다. 안 선생은 안도의 한숨을 내쉬며 아내를 보듬었다. 어머니처럼 골반뼈라도 다쳤으면 이 일을 어찌하랴. 그날부터 안 선생은 식당 알바를 그만뒀고 생전 안 해 본 집안일이 시작되었다. 아파서 움직이기도 힘든 아내를 대신하여 식사며 청소며 빨래를 도맡아 했다. 현숙의 입이 절반은 거들었다. 압력밥솥에 밥 안치는 데서부터 세탁기 돌리는 순서며 시끄러운 진공청소기 사용법까지. 안선생은 한 번만 일러주면 그대로 하였다. 머리도 감겨 주고 조심조심 목욕도 시켜 주고, 입맛까지 떨어진 아내를 위해 시장을 보고 맛있는 요리도 맛없는 음식도 만들었다. 그러는 동안에 여자들의 집안일이 끝이 없다는 것도 조금씩 터득하였다. 안선생은 더욱 말이 없는 사람이 되어 갔다. 어머니 병문안도 혼자 다녔다. 어느 날 베란다에서 울고 있는 남편을 발견했다. 생전 처음 일이다. 현숙은 깜짝 놀라 다가가서 말없이 비쩍 야윈 남편의 등을 끌어안았다. 이윽고 마음을 진정시킨 안선생이 입을 열었다.

"내 어머니가 너무 불쌍해서, 옛날에 낮에는 일하시느라 그냥 바쁘게 넘어가고 밤이면 눈물짓던 어머니였어. 한 번은 어린 나를 끌어안고 너는 이 엄마 떠나지 않을 거지? 어떤 일이 있어도 이 엄마 버리지 않을 거지, 하고 닦달을 하시더라고. 난 굳게 맹세했어. 절대로 엄마 곁 안 떠날 테니 걱정 마, 하고 맹세했어. 이제껏 내가 남들처럼 큰 효도는 못해도 끝까지 어머니를 맘 편하게 모시려 했는데 이제 와 어머니를 요양병원에 버리게 되다니 견딜 수가 없어. 한평생 기다림에 목 빼고 지쳐 가던 어머니, 결국엔 삭정이처럼 부서져 가던 어머니, 눈을 감아도 어머니가 걸어온 돌밭보다 더 모진 길이 눈에 훤히 보이니까. 절대 그 인간을 용서할 수가 없어."

"여보, 어머님 운명이라고 받아들이세요. 거부할 수 없는 운명, 그쪽에 자식들이 줄줄이 난 걸 보면 그 생명들도 다 이 세상에 태어날 수밖에 없는 운명이 아닐까, 내가 다치지 않았으면 그리고 어머님이 팔이나 다리를 다쳤다면 집에 모실 터인데 운신을 못하시니, 대소변 받아가며 목욕시켜 가며 결국엔 모시는 게 아니고 한쪽 방에 눕혀 놓고 그냥 방치하는 꼴이 아니겠어요."

"당신이 다치지 않았어도 집에서 모시긴 어려워. 지금 병원에서 어머니 일으키고 눕히는 데 나도 힘이 달리더라고. 결국 누구처럼 나도 내 어머니를 버리는 꼴이잖아!"

"절대로 어머니를 버리는 건 아녜요. 어머니가 결정하셨어요. 물론 자식 생각해서서 그러셨겠지만. 우리보다 간병 잘하는 사람들에게 맡기는 거니까 천천히 생각해 봐요."

어제 병원에 갔더니 어머니가 말했다.

"아범아 나 요양원 갈란다. 섭섭하게 생각지 마라."

그는 너무도 부끄러워 얼굴을 들지 못했다. 가슴이 미어졌다. 담배, 끊었던 담배를 이즈음 다시 피우고 있다. 현숙은 내친김에 하고 싶었던 말을 꺼냈다.

"당신만 힘들어요? 나도 힘들어. 어머니와 당신은 모진 상처의 한을 안고 사는 사람들인데 본인들은 잘 모르지. 가슴속이 남극의 빙하처럼 차가운 사람들하고 한평생 산다는 게 얼마나 힘들고 재미없는지 당신이 알기나 해? 어떻게 알겠어. 유머가 있나 농담 한 번을 하나. 따뜻하기를 하나. 편하게 웃기를 하나. 당신 아버지, 이젠 당신이 그 양반을 용서를 하든지, 아예 깡그리 잊든지, 제발 그 트라우마에서 벗어났으면 좋겠어. 당신은 어쩌면 한평생 그 사슬에서 풀려날 수 없을지도 모르지."

"당신 그 사람 말만은 하지 마. 살았든 죽었든 나하고 상관없어!"

안선생은 자리에서 벌떡 일어나며 무섭게 소리쳤다. 얼굴이 벌겋다. 불쌍한 사람, 평생을 아버지 그림자에 붙들려 헤어나지 못하니 죽을 때까지 저러고 살겠지 냉혈인간으로. 오랜 세월이 지났는데 이제는 정리를 해야지 자기 몸 병들어 가며 저렇게 살까. 상처, 오히려 자신이 죽은 사람에 잡혀 사는 꼴이 아닌가. 바보 멍청이.

"나 오래전에 당신 약 처방전 봤어. 신경정신과 약. 공황장애, 우울증 그 약을 복용해야 잠을 잘 수 있는 거지. 그 약 먹느라 악몽에 시달려 당신 각방 쓰잖아. 우리가 부부 맞기나 하냐구? 어쩌면 당신은 당신 아버지보다 더 지독한 인간인지 모르지. 소름이 끼치도록."

"그만! 그것은 당신에게 걱정 끼치지 않으려고 그랬어."

안선생은 목이 메어 피를 토하듯 소리쳤다.

어머니는 언제나 부엌에 있었다. 수탉이 회를 치며 울던 미명의 새벽부터 밤까지. 부엌일을 마치며 늦은 밤까지 대청마루에서 수북이 쌓인 빨래들을 다렸다. 증조할아버지 할머니, 할아버지 할머니, 삼촌 고모들 정말 대가족이어선지 어머니는 부엌에서 헤어나지 못하고 동동거렸다. 나는 어린 날 외가에 가 본 기억이 없다. 아버지는 군청 공무원이었는데 집이 멀어 읍에서 하숙을 하고 있었다. 반공일 저녁이면 아버지는 자전거를 타고 집에 왔다. 엄마는 나를 언제나 당산나무까지 나가 기다리라고 하였다. 나는 당산나무 아래서 지겹게 아버지를 기다렸다. 그러나 아버지는 나를 보고는 따라와, 하고는 자전거를 타고 빠르게 먼저 가 버리곤 했다. 엄마는 설거지며 다림질을 하고 밤이 이슥해서야 작은방에 들어갔다. 나는 엄마 아버지가 마주 앉아 있다거나 얘기하는 것을 한 번도 본 적이 없다. 일요일 오후며 아버지는 사랑에 인사를 하고는 자전거를 몰고 가 버렸다. 엄마는 잠시 일손을 놓고 대문에 기대어 아버지의 자전거가 가물가물 사라질 때까지 바라보고 있었다. 내 동생 민숙이 태어난 후로 아버지가 집에 오는 걸음이 자꾸 줄어들기 시작했다. 아버지가 도청으로 발령이 나서 대구로 거처를 옮기고부터 멀어선지 몇 달에 한 번씩 다녀갔다. 할아버지는 대장부는 맡은 바 나랏일에 충성해야 한다고 언제나 추켜세웠다. 층층시하 엄마는 여전히 소처럼 묵묵히 일만 했다. 뒤란 감나무에 감들이 발갛게 익어 가고 언덕배기의 구절초가 은은한 향기를 날리던 어느 날 점심준비를 하던 엄마가 부엌 솔가지 위에 쓰러졌다. 하늘이 뱅뱅 돈다고 했다. 작은할머니가 할머니에게 쑥덕거렸다.

"형님, 질부가 조카 새장가 든다는 소문 들은 모양이네요."

"무슨 귀신 씨나락 까먹는 소리하누? 발 없는 헛소문을 가지고."

헛소문은 귀를 막아도 들려왔다. 아버지가 양복 입고 드레스 입은 신부와 신식으로 결혼식을 올렸다고 동네에 소문이 퍼졌다. 신부는 신식여성이고 처녀이며 연애결혼으로 부잣집 딸이라고도 했다. 할아버지 할머니는 태평이었다.

"민태 어미야, 남자는 열두 계집도 거느린다. 첩년들은 살다보면 다 떨어지게 되느니라. 걱정을 말거라."

누구도 엄마의 서러운 한을 들여다봐 주지 않았다. 그리고 엄마의 상황은 변할 것도 없었다. 달마다 드는 제사 챙기고 증조할머니 병수발 들어 가며 그냥 그렇게 부엌에서 살았다. 아마도 엄마는 그렇게 성심으로 살면 어른들 밀씀처럼 호롱불 심지 돋우고 본 옛날이야기처럼 못된 측실은 결국 떨어져 나가고 한때 눈멀었던 낭군은 다시 본가로 본처에게로 돌아온다는 권선징악 줄거리처럼 되리라 철석같이 믿었으리라. 남편이 괘씸했지만 사람 좋은 남편이 여우같은 계집에게 잠시 홀렸다고 생각했으리. 층층시하 모시고 아들딸까지 둔 본처를 감히 지가 어떻게 하랴. 내가 여덟 살이 되어 초등학교에 들어갔을 때 엄마는 정말 천길 만길 절벽으로 떨어졌다. 학교에 제출하라는 호적등본에서 자신의 이름 윤점순은 없고, 난데없는 이름이 남편과 나란히 올라 나와 민숙이 어느새 그 여자의 호적에 올라 있었던 것이다. 쥐도 새도 모르게 이혼이 돼 버린 것이었다. 엄마는 부지깽이를 내던지고 생전 못 갔던 외갓집으로 달려갔다. 엄마의 하소연에 외할아버지 외할머니도 분노로 눈물 지었다. 그러나 결국 출가한 딸자식은 그 집 귀신이 되어야 한다고 떠밀어 보냈다. 아버지는 끝내 돌아오지 않았다. 아니, 그쪽에 자식들만 줄줄이 낳았다는 소식만 들렸다. 엄마의 얼굴에는 수심이 졌고 웃을 줄을 모르는 여자가 돼 버렸다. 집안행사와 명절에 왔다 금방 가 버리는 아버지라 먼발치서 얼굴 보기도 어려웠다. 우리에게 따스한 눈길 한 번이 없었다. 아마도 그것이 더 엄마의 가슴을 도려내는 아픔이고 한의 세월이요 눈물의 세월이었으리. 내가 대학에 들어갔을 때 엄마는 민숙이를 데리고 한 많은 그 집을 나왔다. 엄마는 교회를 다니기 시작했다. 어깨를 내리 누르는 그 무거운 짐을 누군가에게 의탁하지 않으면 안 되었다. 살기 위하여.

우리는 그쪽과 연을 끊고 살았다. 혀를 깨물지언정 아버지를 찾지 않았다. 그쪽도 마찬가지였다. 대학 다닐 때도 줄곧 아르바이트로 학비를 벌었다. 나는 나의 결혼을 아버지에게 알리지 않았다. 민숙의 결혼 때, 어머니가 신부가 누구 손잡고 입장하겠냐, 아버지니 알려야 하지 않겠느냐고 했을 때 나는 단호히 말했다. 그쪽에서 오면 나는 민숙이 결혼식에 안 갈 겁니다. 우리는 옛날에 버린 자식입니다, 라고. 이년 전 아버지가 대학병원에 입원해서 위독하다는 전갈에 병문안도 가지 않았고 장례식에도 끝내 가지 않았다. 동생도 가지 않았다. 어머니는 그 늙은 이가 죽기 전에 자신에게 용서를 빌 줄 알았던 모양이다. 나쁜 사람 정말 독한 사람이란다. 바랄 걸 바라시지. 허망한 그 한마디를 들으려고 이제껏 살아왔던가. 아무리 그래도 부당한 이혼 사실만은 절대로 용서할 수 없다고 불쌍한 여자는 부드득 이를 갈았다, 한의 세월, 모자의 가슴 밑바닥에 똬리를 튼 한이 옹골차게 웃자라고 있었다.

요즘 윤씨는 식사를 통 못하고 있다. 현숙과 민숙이 차례로 갖가지 죽도 끓여 오며 정성을 쏟았으나 식사량이 현저히 줄어들었다. 다쳐서 입원한 지 석 달이 지났다. 그렇게 거절하던 기저귀도 받아들였다. 걸음을 못 걸은 지도 오래다. 침대에 맨 끈을 잡고 도와주어 겨우 상체만 일으키곤 했는데 요즈음엔 그마저도 어렵다. 일어났다 금방 도로 누워버린다. 정신만은 또렷했다. 많이 야위었다. 어제는 구토까지 했다. 엊그제 다녀간 딸이 또 왔다. 윤씨는 아무 말도 않았다. 이제껏 아플 때도 눈을 감고 이를 악물고 혼자 참았다. 젊은 시절부터 참는 일에 난 이력일까 그것이 안선생을 더욱 가슴 아프게 했다. 다치고부터 이제껏 입원하고 있던 중간병원에서 앰뷸런스로 환자를 급히 대학병원으로 옮겼다. 입원수속을 하고 종합검진에 들어갔다. 병상에 금식표기가 붙었고

환자를 지치게 하는 여러 가지 검사가 이어졌다. 급성위암이라는 진단
이 나왔다. 특진교수는 손쓸 수 없게 내장에 전이된 상태라 생존이 얼
마 남지 않았다고 했다. 망연자실한 아들과 딸, 며느리도 굳어진 얼굴
로 말이 없다.

"에미 금방 죽는다던? 너희들 말이 없냐. 지금 죽어도 미련 없느니라.
상심 말거라."

"어머니 구토병세가 좀 안 좋다고 하네요. 대학병원 약 복용하면 나
으실 거예요."

"내가 할 말이 있느니라. 때가 된 것 같구나. 내가 옛날에 장기기증
하였느니라."

"네에?"

민선생은 내내 충격이 가시지 않았다. 어머니가 이십 년 전 장기기증
을 신청한 줄은 꿈에도 몰랐다. 자식과 의논 한 번 없이 어떻게 그런 결
단을 했냐는 슬픈 원망에 어머니는 살면서 선한 일 한 게 너무 없어서,
라고만 했다. 윤씨는 눈을 감았다. 십자가를 가슴에 꼭 안았다. 주님!
내 몸 어디라도 성한 곳이 있으면 필요한 이에게 나눠 주소서. 기쁘게
주고 가겠나이다. 한평생 절절한 기다림의 고통으로 회한과 슬픔으로
이어진 인생이 아니었던가. 그래도 늦게나마 주님을 만나 새 삶을 살았
고 그 유황불 지옥에서 가까스로 헤어났다. 그러나 주님의 말씀처럼 원
수를 사랑하지는 못했다. 끝내 용서는 되지 않았다. 민태와 민숙이 자
신의 양손을 꼭 잡고 있어 마음이 편안하다. 천금 같은 내 자식들. 며
느리와 딸이 오열을 참고 있어 가엽고 안쓰러워 가슴이 아프다. 얘들아
괜찮아. 내가 오래 살았다. 이젠 훌훌 떠나고 싶구나. 불 꼬챙이로 내장
을 지지고 뼈마디 마디를 쇳덩이로 갈아대던 지독했던 통증이 진통제

기운인지 덜해졌다. 그래 맑은 정신일 때 말해야지. 조금만 더 버티어야지.

"민태야 민숙아! 이젠 너희들도 가슴속 그 한을 풀고 살았으면 좋겠구나. 겨우 성씨 하나 물려준 나쁜 아비는 이젠 잊어버리고 털어 버려라. 모든 악업은 이 어미로 비롯되었으니 다 거두어 갈란다, 따뜻한 성정으로 맘 편히 살았으면 좋겠구나."

안선생은 불현듯 그 옛날 밤이면 눈물짓던 어머니가, 자신을 끌어안고 너는 이 엄마 버리지 않을 거지, 떠나지 않을 거지 하며 다짐받던 일이 주마등처럼 떠올랐다. 그는 어머니의 야윈 손을 부여잡았다. 야윈 손등에 눈물이 떨어졌다.

"어, 어머니! 그 일을 어떻게……"

현숙이 그를 슬프게 바라본다. 가슴속이 빙하가 되어 버린 남자, 정신과 약을 먹지 않고는 잠들지 못하는 빈집 같은 사람.

"엄마 걱정 마세요. 나는 벌써 아버지 잊고 살았어요."

민숙이 울먹이며 환자의 얼굴을 손으로 쓰다듬었다. 갑자기 윤씨의 호흡이 헐떡이기 시작했다. 비상벨을 누르자 의사와 간호사가 달려왔다. 산소 호흡기를 달았다. 그래프의 상태를 확인하고는

"마음의 준비를 하셔야겠습니다. 곧 수술실로 옮겨야 할 것 같습니다만."

의사의 그 말이 그들에게 천둥처럼 크게 울려왔다.

열매

콩 심은 데 콩 나고 팥 심은 데 팥 나고
마늘 심은 데 마늘새끼 나고
고구마 뿌리에 고구마 줄줄이 사탕이다
매실나무 매실 달고 살구나무 살구 달고
옥수숫대에 옥수수수염 붉게 길어 나니
못나도 잘나도 어찌 그리 어미 닮아 나오는지
씨가 어딜 간다냐 밤나무가 씨익 웃는다

석양의 그림자는
길어지고

나는 신경질이 올라 문갑 위의 혈압 약통을 던져버렸다. 생각할수록 서글프다. 오늘따라 왜 자꾸 서글픈 마음만 드는지 모르겠다. 수원댁이 아침상을 차려왔다.

"나 밥 안 먹어. 가져가."

"사모님이 할머니 식사는 꼭 드시게 하셨어요."

"먹기 싫으면 안 먹는 거지 저들 먹으란다고 억지로 먹어?"

"할머니 그러지 말고 한술 뜨세요."

"내 밥 퍼먹는 게 저들한테 보이남. 물어보면 잘 먹는다고 하면 될 것 아냐."

수원댁이 침대로 와서 나를 일으키려 했다. 일어나기 싫은데 일으키는 수원댁이 미워 밀어버렸다. 수원댁이 주춤 밀려났다.

"어머나, 할머니 힘 세시네요. 백수는 사시겠어요."

"이 여편네가, 그래 백수까지 살라고 고사를 지내라, 고사를!"

힘이 없어도 소리가 고래고래 나왔다. 수원댁이 재빨리 물러났다. 침대에 반듯이 누워 천장을 봤다. 그림 벽지를 얼마나 잘 발랐는지 그림들이 잘못 맞추어진 게 하나도 없다. 마치 원형 벽지 한 장을 그대로 바른 듯하다. 눈 뜨고 할 일 없을 때 천장이나 벽에 잘못 맞춰진 그림이나 찾으려고 애써도 매번 허탕이었다. 오늘은 TV도 보고 싶지 않다. 인간이라곤 하루 세 번 끼니때 수원댁 얼굴 보는 게 전부다. 북적대고 시끄러운 사람들 복판에 살던 내가 어쩌다 이런 적막강산에 사는지 모르겠다. 창밖을 내다 보았다. 수목들 사이로 보이는 하늘이 흐리고 우중충하다. 비가 오려나. 그래서 오늘 따라 이렇게 사대육신이 더 쑤시는가. 누구를 원망해. 고혈압에 당뇨에 위궤양에 허리통증에 어깨 무릎 관절까지. 바깥출입 제대로 못 하고 산 지도 2년이 되었다. 전날에 문병 삼아 놀러 오던 친구들이 근래엔 잘 오지를 않는다. 친구들도 그렇다. 팔순하고도 일곱이 되니 빌빌하던 친구들은 거의 저세상 가고 명줄 긴 늙은이 몇 명 남았는데 하나같이 건강이 안 좋다. 친구 아니랄까 다들 관절로 설음설이가 무실하여 자가용이나 택시 아니면 못 움직이고 또 혼자서는 찾아올 엄두를 못 낸다. 하도 지겨워 어제 변여사에게 전화하였다.

"박여사, 솔직히 말해 당신 보려고 택시 타고 그기까지 가도 들어가기 번거로워서 가기 싫다니까. 입구부터 막아놨잖아."

알고는 있다. 부유층이 사는 고급아파트라 경비가 철저하다. 전단지 한 장도 못 넣는다. 이러다 내가 말도 잊어먹지. 히라가나 가타가나 다 잊어먹듯 우리말도 잊겠네. 말년에 내 신세가 이렇게 외로울 줄 누가 알았으랴. 핸드폰 단축번호를 눌렀다.

"어머니 웬일이세요? 몸이 더 편찮으세요?"

"몸 안 아프면 전화도 못하냐? 그냥 했다."

"참 어머니도, 지금요 임원회의 시작이요. 나중에 전화 넣을게요."

나쁜 놈. 나중에 픽도 잘하겠다. 중견기업을 경영하는 둘째는 뭣이 그리도 바쁜지 근래 전화 한 통이 없었다. 서울 지수에게 전화를 넣었다.

"엄마 왜요?"

인사가 왜요, 이다. 모깃소리다. 잘못 걸었나 보다. 10시가 넘었으니 강의 중인가.

"그냥 걸었다. 끊을게."

"강의 마치고 전화 드릴게요."

다들 바쁘다는 말을 입에 달고 산다. 그래 다 바쁘지 바빠. 그래 너희는 다 좋은 시절이다. 내 친구는 텔레비전밖에 없지. 다시 텔레비전을 켰다. 이 물건이 없으면 경로당이나 혼자 사는 노인네들이 얼마나 적적할꼬. 친구도 되고 효도하는 물건이다. 나는 가요무대를 제일 즐겨 본다. 화면에 맛깔스러운 음식들이 즐비하다. 출연자가 입을 가마솥만큼 벌려 음식을 입에 넣고 우물거리며 손으로는 V자를 그리며 호들갑을 떨었다. 그림의 떡이다. 짜증이 더 난다. 요즘은 텔레비전 여기저기 만날 요리하고 맛나게 먹어대는 꼴만 줄줄이 나온다. 살찐 사람들이 모여 게걸스럽게 더 먹어댄다. 살살 걸어서 거실로 나왔다. 정리정돈이 잘 된 넓은 거실의 진갈색 가죽 소파에서 수원댁이 누워 텔레비전을 보다 얼른 일어난다.

"할머니 뭐 필요한 것 있으세요? 벨 누르시지 않고요."

"아니야. 답답해서 그냥 나와 봤어."

실내는 텔레비전 소리뿐 적막에 잠겨 있다. 며느리는 툭하면 미국행이다. 일 년의 절반은 그곳에서 보낸다. 이번엔 외손녀 첫돌이라고 아들도 같이 갔다. 근래엔 안과병원을 후배 의사 둘에게 맡기고서 자주 나간다. 아들딸이 LA에 살고 있으니까. 하기야 아들 부부가 집에 있을 때도 그랬다. 주말이면 골프시합이다, 협회모임, 친목모임, 동창모임, 아니면 경조사 등으로 집에 붙어 있는 날이 없었다. 마땅히 바쁜 사람들이 아닌가. 그리고 두 내외가 회갑을 넘겼으니 내가 살아있어 그렇지 옛날 같으면 마을에서 어른 대접 받을 나이들이다. 내가 오래 살았어. 나 죽고 나면 큰아들 내외는 미국에 살지도 몰라. 베란다에 싱싱하게 잘 자란 나무들을 둘러보고 주인 없는 아들네 방도 들여다본다. 비싼 가구들이야 제자리에 있지만 썰렁하기가 추수 끝난 겨울 들녘 같다. 손자놈방도 들여다봤다. 활짝 웃는 손자손부의 결혼사진이 벽에 걸려있다. 보고 또 봐도 사랑스럽다. 해변에서 두 아이를 껴안고 찍은 저들 가족사진도 있다. 이놈아, 새끼들 데리고 언제 또 한국 나올꼬? 할미는 너희가 보고 싶어 눈가가 짓무르건만. 책장이며 사물들이 정지된 채 그대로이다. 물건들도 주인이 써 주어야 윤이 나지. 성지순례하듯 하루에 한 번은 꼭 그들의 방을 둘러보는 게 유일한 나의 일과이다. 애잔한 그리움이 밀물처럼 밀려온다. 얼마나 귀애하던 손자손녀인가. 고것들 눈에 넣어도 안 아프지. 애들이야 여기 있을 때도 항상 바빠 할미 상대할 겨를이 없었지만 아이들 발소리만 들려도 말소리만 들려도 얼마나 흐뭇하고 즐거웠든가. 바쁘게 들어와 식탁에서 허겁지겁 맛있게 식사할 때나 거실에서 떠들썩하게 얘기할 때 얼마나 보기 좋았든가. 그럴 땐 사람 사는 집에 사람 사는 소리가 나고 사람 냄새가 났었다. 지글지글 고기 굽는 냄새, 향긋한 채소 냄새, 보글보글 국물 넘치던 해물탕이며 구수한 된장국 냄새, 진하게 우러난 뽀얀 사골곰탕은 안 먹어도 배가 부르고 그 애들을 보기만 해도 즐겁지 않았던가. 50평이 넘는 집에서 혼자 먹는 음식은 구수한 맛이 없고 도무지 따뜻하지가 않다. 그냥 목숨 잇는 끼니일 뿐이다. 집안의 세간들이 용도를 잃고 그냥 붙박이로 있는 게 꼭 내 모습 같다. 수원댁이 재빠르게 찻상을 내왔다. 요플레와 찹쌀떡 3개가 예쁜 접시에 담겨져 있다. 작은 꽃무늬 종지엔 꿀 한 스푼도 담겨지고.

"웬 찹쌀떡이야?"

"요즘 입맛 없어 하시는 것 같아 조금 준비했어요."

몰랑몰랑한 찹쌀떡 한 개를 집어 조금 베어 씹으니 팥 앙금이 많이 들어있어 맛이 있다. 다른 한 개에는 연두 녹두 앙금이 들어 있었다. 찹쌀떡 2개와 요플레를 먹으니 아침은 일없다. 소파에 앉아 한쪽 벽면을 차지한 대형 텔레비전을 보다가 눕고 싶어 벽을 따라 설치된 손잡이를 차례로 잡아가며 방으로 들어오자 수원댁이 커피 한 잔을 들고 이내 따라온다. 옛날엔 참으로 즐기던 기호식품이건만 오후에 커피를 마시면 밤에 더 잠이 안 왔다. 아들 며느리는 위장병 때문인지 커피를 자제하라고 했지만, 연하게라도 타서 오전에 한 잔은 마셔야 했다. 볶은 원두커피의 그윽한 향에는 오만가지 추억이 묻어있지 않은가. 시장에서 장사할 적에는 믹스커피를 고단해서 한 잔, 화를 삭이려 한 잔, 장사 잘되어 한 잔, 추우면 따끈한 커피를, 더우면 냉커피를 참 많이도 마셨지. 이젠 약도 한두 가지가 아니다. 고혈압에 당뇨약, 위장약, 칼슘약. 그리고 영양제도 몇 가지나 된다. 홍삼 엑기스며 알로에 젤리며 호박즙 등의 건강보조식품 등을 챙겨 먹는 것도 나에겐 일 아닌 일이다. 내 방에는 40년 세월 같이한 고급 자개장롱과 삼층장, 화장대, 장식장, 그리고 문갑 위엔 텔레비전과 자그마한 약장이 있고, 벽엔 벽걸이 에어컨, 내가 좋아하는 여류화가의 그림도 한 폭 걸려 있다. 옛날에 여류화가가 유명해지기 전에 구입한 진품그림이다. 등받이 흔들의자도 있다. 그러나 무엇보다 화장실이 잘 되어 있다. 방에 딸린 나만의 화장실인데 바닥도 미끄럽지 않은 재질의 타일을 깔았고, 빙 둘러가며 스텐손잡이를 설치했다. 방과 화장실의 인터폰은 안방과 주방으로 연결되어 있다. 화장실 벽은 오아시스 같은 입체감 있는 그림을 넣어 아름답다. 요즘은 나 혼자 산다. 수원댁은 아침 8시쯤 왔다가 오후 6시에 간다. 내 끼니 챙겨주고 옷가지 나오면 세탁해 주고 집안 청소하면 된다. 그전에 식구들 다 있을 땐 여기서 숙식도 했다. 혼자서 딸 둘을 대학 보내고 반듯한 직장까지 얻은 딸들은 좋은 배필을 만나 결혼하여 엄마를 끔찍이 돌본다. 수원댁도 어느새 나이가 예순을 넘겼다. 딸들의 만류도 있고 이젠 일하지 않이도 되는데 천성이 근면성실한 데다 어머니 말동무나 하시라는 큰아들의 간곡한 당부에 나를 돌보고 있다. 이십 년 넘게 같이 지내다 보니 수원댁은 가족같이 편안하고 만만하다. 음식도 깔끔하게 하고 개성반죽노 살 맛있다. 나무랄 데가 없는 사람이다. 수원댁이 물 한 대접을 쟁반에 받쳐 온다. 차지도 뜨겁지도 않은 약 먹기 딱 좋은 온도의 물이다.

"아침 식사는 안 드시게요?"

"됐어."

"시장하시면 벨 누르세요. 점심을 좀 일찍 준비할게요. 누워만 계시지 말고 휠체어 타고 밖에 나가 수목들 한 번 둘러보셔도 좋은데."

"아니야. 힘이 없어 나가기 싫어. 담에 나가지."

약 알들을 넘기고 텔레비전을 켰다. 등의자에 몸을 기대고 리모컨으로 채널을 돌려도 볼만한 곳이 없어 부정(不貞)의 극치인 막장드라마에 놔 두어 버렸다. 핸드폰이 울렸다. 지수다.

"아깐 미안, 엄마 몸은 괜찮으세요?"

"만날 노는데 괜찮지 뭐. 심심해서 전화했다."

"알아요. 일간 시간 내서 한 번 내려갈게요. 필요한 것 있으시면 말씀하세요."

"없다."

"노하셨수? 우리 엄마 적적하신데 멋쟁이 남자친구 한 명 구해 갈까?"

"망할 것, 입 있다고 말 다하랴."

"엄마 적적해서 어쩌우. 오빠 언닌 언제 귀국한대요?"

"몰라. 내가 저들 맘을 어찌 알아?"

"우리엄마 삐치셨수? 혼자 계셔 외로우신가 보네."

지수는 까르르 웃어넘긴다. 그래도 지수의 전화 한 통에 마음이 좀 풀렸다. 그래 이렇게 살아야지 어떡하겠어. 저희들은 저들 바쁜 삶을 살아야 하는 거고, 나는 이러다 가는 날 가는 거고. 편한 게 편한 것이 아니다. 억척스레 일하다 잠깐 쉬면 꿀맛 같은 휴식이었지. 희한하게 한숨만 자고 나면 정말 거뜬하게 새 몸이 되었지. 허나 아픈 몸은 암만 쉬어도 그냥 아픈 몸이다. 소설 한 권 쓰고도 남을 지난날들이 영화장면처럼 눈앞을 지나간다. 오늘 하루도 지겨울 것이다. 비쩍 야윈 몸이 물에 젖은 솜처럼 왜 이리 무거울까. 너무 바빠 앉아서 밥 한 끼 먹을 새 없었던 그 시절이 꼭 꿈같이 느껴진다.

6·25 전쟁 때, 시어른들이 젊은 너희들 먼저 떠나라는 피난을 죄송한 마음에 오늘내일 미루다 남편이 죽었다. 집 뒤 울울한 대숲에 땅을 파고 숨어 있던 남편이 시퍼런 대들이 바람을 가르며 쉬쉬 비명을 지르던 그날 밤, 마을을 덮친 인민군에 발각되어 개처럼 끌려 나와 죽창에 찔려 참혹하게 죽기 전까지, 개성에서 소문 없는 알부자였던 시부모가 재산 몰수당하고 삼대독자 아들이 비참하게 죽은 충격으로 혼절하여 끝내 일어나지 못하고 돌아가시기 전까지 나는 참으로 행복한 여자였었다. 누가 봐도 부모 복 많은 애기였고, 복 많은 아기씨이고 복도 많은 새댁이었다. 잘사는 친정도 든든한 버팀목이었다. 그러나 전쟁은 나에게서 모든 걸 빼앗아갔다. 평생을 함께하자던 믿었던 인물 잘난 동경유학생 남편도, 딸 같이 귀애하시던 알부자 시부모님도, 든든한 친정 부모님도 민족상쟁의 전화에 처참히 돌아가셨다. 그득하던 세간은 집과 함께 불타버리고 친정혈육은 생사도 모르게 흩어지고 나 박춘자는 피난지

부산에서 천지에 혈혈단신 아이 셋 달린 스물넷 새파란 선쟁과부가 되어 있었다. 목까지 차오른 울화덩이 삭일 시간도, 가신 분들 애통하여 울고불고 통곡할 겨를도 없었다. 삶과 죽음이 한자리에 있었다. 입에 풀칠하고 살아야 하는 하루하루가 나에겐 전쟁이었고 굶어 죽지 않는 게 지상과제였다. 아무도 나를 보고 복 많은 여자라고 하지 않았다. 하기야 아는 사람 하나 없는 천리타향이 아니던가. 돌도 안 지난 막내 지수를 누더기 포대로 업고 자갈치시장에서 국제시장에서 발이 얼어터지도록 돌아다녔다. 아기 업은 거지행색이었지만 피난민 대개가 비슷하였다. 안 해본 허드렛일이 없었다. 고왔던 손은 쩍쩍 갈라지고 피부는 새까매져 갔다. 그래도 시장바닥이라 급한 일손도 생겼다. 어쨌든 아이들 먹일 것을 찾아 눈 까집고 헤매었다. 영도 산비탈의 피난민 판자촌 쪽방에 5살, 3살 두 아이를 맡길 곳이 없어 요강 대신 깡통을 놓아 두고 방문을 잠그고 나왔다. 강냉이죽 꿀꿀이죽을 타서라도 세 아이는 굶기지 않았다. 미국 원조 분유가루를 타기 위해 멱살 잡고 싸워가며 줄을 서고, 부두에서 얌생이 모는 억센 사람들 발길질에 차여 가며 통조림을 얻어 애들을 먹였다. 피난민들로 득실대는 국제시장에서 사람들은 궁둥이 하나 들앉을 자리만 있어도 터를 삼아 장사를 했다. 자갈치시장에서 아이 손바닥만 한 귀퉁이를 천신만고 끝에 얻어서 정말이지 안 해본 일이 없었다. 처음에 생선 몇 마리 놓고 팔다 고기상자 무게를 당하지 못해 건어물로 바꾸었다. 명태 몇 마리 오징어 몇 마리로 시작하였다. 잃어버릴까 허리에 끄나풀을 묶은 지수가 시장바닥을 아장아장 걸을 무렵 노점좌판에는 건어물 가지 수가 몇 가지 늘었다. 고왔던 개성댁은 억센 자갈치아지매가 되어갔다. 셋방도 중앙동으로 옮기고 아이들 교육을 삶의 목표로 정했다. 누더기 옷을 입혀도, 밑창 없는 신발을 신겨도, 시래기죽을 먹여도, 단칸방 방세가 밀렸으면 밀렸지 아이들 학교 월사금만은 제때 내고 교육비만은 아끼지 않았다. 성수와 지수는 서울로 대학을 가고 근수는 부산에서 대학을 다니며 가게 일을 도왔다.

세월이 흘러 나는 다시 복 많은 여자가 되었다. 주위의 부러움을 받았다. 아이들이 반듯하게 잘 자라 주었다. 큰아들 성수는 안과의사이고, 둘째 근수는 중견기업 사장이며 막내 지수는 국립대 영문학 교수가 되었다. 큰며느리는 약사이고 둘째 며느리는 초등학교 교장이며 사위도 국립대 교수이다. 한평생 이웃으로 살아온 시장 장사들을 초청하여 칠순잔치를 떡 벌어지게 하고 자식들의 강력한 만류로 건어물 가게를 접었다. 그곳서 돈도 벌만치 벌었고 자식들에게 효도도 받을 만치 받았다. 다들 그 바쁜 시간을 쪼개어 일부러 찾아 주고 맛집 찾아 외식도 많이 시켜 주고, 여행도 실컷 다녔다. 좋은 영양제며 건강식품 등은 친구들에게 인심 쓰게끔 대여 주었다. 그때부터 즐기는 삶을 산다고 살았다. 친구들과 어울려 노래교실도 다니고 백화점 구경도 다니고 그렇게 놀러 다닐 때는 좋았다. 팔십을 넘기고부터 몸이 말을 듣지 않았다. 기계도 몇 십 년 쓰면 고장이 나는데 이 몸을 가지고 팔십여 년을 썼으니, 그것도 젊을 땐 얼마나 무리하게 썼던가. 그 무거운 건어물 뭉치들을 죽어라 올리고 내리고 이리 쌓고 저리 옮기고 하였으니 어찌 몸이 온전하랴. 오른팔 어깻죽지도 아마 그때 내려앉은 것 같다. 삼백육십오 일 특히 동지섣달 모진 바닷바람을 맞으며 장사한지라 얼굴과 몸이 퉁퉁 부었으며 종일을 서서 허덕여선지 허리와 다리, 무릎도 그때부터 아프던 게 점차 심해졌다. 그래도 이건 아니다 싶다. 죽으면 죽든지 살며 살든지 이렇게 운신을 제대로 못 하고 사는 것이 어디 사는 것인가. 지나고 보니 그렇게 힘든 세월을 부대끼며 살았어도 자갈치시장에서 장사

할 때가 내 인생의 황금기였나 보다. 밤낮 허둥대어도 행복하였으니까. 그때는 밥 한 번 앉은 자리에서 먹고 잠 한 번 푹 자보는 게 소원이었지.

바쁜 자식들 탓할 마음은 절대 아니다. 노망들지 않고서야. 각자의 위치에서 성실하게 살아가니 얼마나 고마우랴. 사실 우리 애들이 어미를 어지간히 챙기었다. 그러다 병원이다 사업이다 벌린 일은 커지고, 저네 자식들이 자라나 또 전쟁 같은 대학입시며 결혼 등 큰일들을 치르다 보니 집에서 붙박이로 있는 나한테는 자연히 관심과 신경이 덜 써진 것이다. 내가 어찌 그걸 모르랴. 그런데도 툭하면 섭섭한 마음이 드는 걸 어쩌랴. 큰며느리는 미국에 갔다 하면 함흥차사이다. 이젠 아들까지 물들어간다. 큰집에 어미 혼자 있는 걸 뻔히 알면서 기껏 전화하는 게 고작이다. 성수는 명색이 장남 아닌가. 살얼음판 걷던 그 시절에 저를 태산 같이 믿고 동생들을 맡기고 일 다녔다. 맏이인 저가 바르게 서야 동생들이 따라간다 싶어 큰 잘못이 아닌데도 얼마나 엄하게 꾸짖었던가. 장딴지가 벌겋게 회초리로 때리고 나는 돌아서서 피눈물을 흘렸지. 성수야, 그때는 네가 동생들을 돌봤다만 이제 이 어미를 좀 살펴주렴. 나이가 들면 어린애가 된다더니 이 어미가 그러하단다. 네 얼굴 잊어먹겠다. 근수야, 같은 하늘 아래 살면서도 얼굴 보기는 하늘의 별따기다 이놈아. 옛날 건어물 가게에 나와 짐도 잘 들어주고 하더니만 이젠 전화도 못하냐. 근본도 잊은 놈! 가뭄에 콩 나듯 며느리가 퇴근길에 들러서 말동무 해 주고 가기에 욕 덜 먹는 줄 알아라. 어미 따라 시장 바닥에서 자란 내 딸 지수야. 아지매 사이소, 사이소! 부산 사투리부터 배워 자갈치 딸내미라고 이름 붙여진 지수야, 없는 시간 내어 어미한테 올 때는 내게 필요한 것은 귀신같이 알고 다 챙겨 오는 네가 아니냐. 그러나 지수야, 네 전화 목소리에 하루가 반갑고 일주일은 즐겁단다. 내

딸 목소리 뜸하면 어미는 애간장이 녹는구나.

　내가 또 넋두리를 하고 있다. 그냥 사는 게 너무 지루하고 몸은 더 말을 안 듣고 안 아픈 곳이 없으니 지겨운 생각이 드는구나. 자식들에게 못 볼꼴 보일까, 흉측한 노구를 정신 줄 놓은 채 보일까도 정말 걱정이 된단다. 더 망령 들기 전에 흔히 말하는 벽에 똥칠하기 전에 잠자듯 한목숨 거두어지길 소망이다. 입원도 더러 했었지. 그러나 결과적으로 임시방편이다. 이 나이가 되도록 어찌 아프지 않길 바랄까마는 이젠 지겹다. 집안에서는 아무리 둘러봐도 죽을 자리가 없다. 팔순도 넘고 넘어 죽고도 남을 나이에 죽어가면서 엄한 자식들 욕 먹이며 죽고 싶진 않다. 그냥 스르르 저절로 간 것 같이 죽을 수는 없을까. 서랍에 작은 은장도가 보인다. 참 오래 지닌 물건이다. 왜 이 물건을 이제껏 오래 지니고 있는지 모르겠다. 그 난리판에 더 중한 것도 다 버렸으면서 이것은 왜 버리지 않았을까? 결혼하고 친정어머니가 내 손에 쥐여 준 물건으로 묵신행 때 지니고 온 은장도이다. 그 옛날, 아이 셋 데리고 하루하루 악에 받쳐 살 때다. 영도 봉래산 산비탈 판잣집 쪽방에 살 때였지. 윗목에 뜨다 놓은 물이 꽁꽁 얼든 몹시도 춥던 겨울날 밤에 시커먼 도둑이 들었다. 남정네 없는 피난민이란 걸 알고 들었는지 식칼을 든 도둑은 돈 내놓으라고, 말 안 들으면 내가 아니고 자는 아이들을 죽이겠다고 위협했다. 문풍지 칼바람이 추워서도 떨고 애들이 깨어날까 봐 겁이 나서 떨고, 도둑이 무서워서 벌벌 떨던 나는 지니고 있던 은장도를 빼 들었다.

　"이보시오! 나 먼저 죽겠으니 제발 불쌍한 내 새끼들 맡아 주시오!"

　도둑이 아이들을 해코지할까 겁이 나서 비수로 나의 목을 먼저 찔렀다. 칼끝으로 목을 조금 찔렀는데 피가 줄줄 흘렀다. 도둑은 너무 놀랐는지 식칼도 버리고 도망갔다. 정말 지닌 게 지전 한 푼도 없었으니 머뭇거리다간 네 식구 생명줄인 마지막 하나 남은 시어머니 금가락지를 내어줄 것만 같았다. 그까짓 반지가 뭐라고 자식보다 귀하랴. 내가 다치면 다쳤지 금쪽같은 내 새끼들 다칠 수도 굶길 수도 없지 않은가. 피난시절 그걸 몸에 지니고 있으면 서방같이 든든했던 그 은장도를 욕보일 수도 없다. 도로 서랍에 집어넣었다. 약이야, 약 먹고 곱게 잠들어 죽는 게 제일 낫겠군. 자식들 엄한 욕도 안 먹이고. 언니 대신 약국 운영하고 있는 며느리 동생에게 밤에 잠 안 온다고 투덜대야 할 것 같다. 조금씩 모아야지. 골마루같이 쭈글쭈글하고 검버섯 얼굴이 보기 싫어 거울을 수건으로 덮어버렸다.

여기가 어디인가? 저승인가? 결국 저승에 왔는가. 캄캄하다. 굴속같이 어둡다. 천당인가? 지옥인가? 도무지 갈피를 잡을 수 없구나. 대관절 어디인가? 누군가 자꾸 흔들었다. 나를 흔드는 이가 누구야? 도대체 보이지가 않는다. 눈이 어찌 이렇게 무거운가. 돌을 얹어놨나. 내 손을 아프게 때린다. 누구야? 아픈 곳은 손만 아니다. 내장이 화르르 불이 붙는다.

"어머니! 어머니! 어머니!"

안개 낀 흐릿한 시야에 땀인지 눈물인지 범벅이 되어 펄펄 뛰는 얼굴이 보였다.

"어머니! 나 보여요? 정신이 드시우? 아, 어머니!"

이승인 모양이다. 죽지도 않고 애들을 욕보였구나. 어찌 얼굴을 들꼬?

"어머니, 어머니! 세상에!"

"아무리 잠이 안 오기로 수면젤 대체 몇 알이나 드셨수? 돌아가실 뻔했다니까."

고함을 지르던 근수는 철버덕 바닥에 주저앉는다. 며느리도 긴 한숨을 내쉬며 가슴을 쓸어내린다. 미안하고 부끄러워 눈을 다시 감아버렸다. 특실이다. 튼실한 간병인도 한 사람 붙여 놨다. 수원댁도 놀라서 실신했다고 했다. 나는 하루 종일 간병인과 둘이 있다. 회진 때 들르는 의사 말고는 간병인뿐이다. 지수도 비행기로 날아왔다.

"엄마! 너무 하셨어. 약국의 언니동생 좀 나무라야겠네. 엄마가 그런다고 약을 달라는 대로 주는 약사가 어딨어? 수원댁 아주머니가 일찍 발견했기에 다행이지. 어휴! 그냥 돌아가셨으면 신문에 자살이라고 오보 났을 거야. 자식들 어째 얼굴 들고 살라고요?"

"미안해! 너무 미안하구나."

"엄마 미안하라고 한 소린 아니고, 무얼 어떻게 해 드릴까 말씀해 보세요. 엄마 나하고 서울 우리 집에 가십시다."

그래 미안하구나. 너들 우세시키려고 한 짓은 아닌데, 그냥 지겨워서 그랬어. 흰 시트며 흰 베개, 커튼 등 깨끗한 사물들마저 외로워 보인다. 차라리 5인실이나 7인실에 입원시키지 그랬어. 하루에 말이라고 몇 마디나 할까. 외로워. 난 외롭다니까.

"어머니 그거는 안 됩니다. 요양원이라니요?"

귀밑머리가 희끗희끗한 성수가 소스라치게 놀라며 펄쩍 뛰었다. 소식 듣고 LA에서 급히 귀국한 큰아들은 도무지 이해가 안 가는지 머리를 절레절레 흔들었다. 큰며느리는 한숨을 내쉬고 근수는 성질이 나서 발끈했다. 근수 아내는 손으로 얼굴을 가렸다.

"어머니, 우리가 못사는 것도 아닌데 어찌 시설에 어머니를 맡겨요? 집에서 수원댁 말고 싹싹한 간병인을 불러 어머니 시중들면 되잖아요. 나도 저이도 좀 신경 쓸게요!"

"나 참 어머니 정신이 어찌 되셨수? 난데없이 무슨 시설에 간다고 고집을 부리시우 예?"

너희한테 정말 미안하고 면목 없구나. 너희들 얼굴도 있는데, 열심히들 살고 있는데, 많이 생각하고 한 결정이야. 요양원 말 아무에게도 하지 마라. 한두 달 지내 보고 있든지 다시 집으로 오든지 얘기하자. 너무 지루하구나. 몸은 점차 안 좋아지고 내 의지로 할 수 있는 게 아무것도 없잖니. 이렇게 가만히 죽을 날만 기다리기가 정말 끔찍하단다.

다들 벌레 씹은 얼굴이다. 자식들에게 정말 미안하고 미안했다. 나는 결국 이곳 너싱홈에 입실했다. 일반 이층집 건물에서 운영하는 작은 요양원이다. 완강히 반대하는 자식들 마음에 상처 주어 가며 찾은 곳이다. 내 마지막 머무는 곳이 되려나. 그나마 위안은 같은 연배의 할머니들이 있다는 것이다. 애들이 안됐는지 간식들도 푸짐하게 갖고 와서 15명 남짓한 환자들에게 골고루 나눠 주었다. 경옥고며 내 약도 미리 미리 챙겨다 주고 파스 같은 것도 넉넉하게 가져다 주어 필요한 환자에게 줄 수 있었다. 지수는 특히 더했다. 어린 시절 저와 나 자갈치시장에서 고생한 얘기를 하며 서울 가자고 조르다 끝내 펑펑 서럽게 울었다. 지수는 한 달에 한 번은 부산에 내려왔다. 나를 차에 태워서 해운대 바닷가나 송정 아니면 낙동강 변으로 데리고 다니며 바람을 쐬어 주기도 하고 내가 먹을 만한 식당을 찾아 밥을 먹었다. 눈물을 글썽이며 찾아왔던 수원댁도 너싱홈에 간간이 들러 말동무를 해 주곤 한다. 통증이 심해진 무릎관절을 애들은 전부터 수술하자고 졸랐지만 나는 거절했다. 내 몸은 이미 종합병원을 차렸기 때문이다. 나와 같은 1층 방 2호실엔 치매환자 한선녀, 골반을 다쳐 걷지 못하는 젊은 지숙자, 문득남 이렇게 네 명의 침대가 있다. 내가 제일 늦게 입실하고 한선녀가 제일 먼저 들어온 모양이었다. 바로 옆방 1호실엔 욕쟁이 고복자, 허금이, 윤점순, 장용순 등 아픈 걸로 치자면 모두가 1등이다. 낮에는 움직이는 환자는 전부 거실에 모여든다. 식사도 식탁에서 함께 먹는다. 사람 처다볼 일이 많고 입 뗄 일이 많다. 여기서는 사람 환장하게 외롭거나 심심하지는 않다. 물론 간병인들이 다 하지만 누워 지내는 젊은 지숙자에게 애들이 갖다 준 요플레 떠먹여 주고 천지분간 못하는 한선녀 다치지 않게 보살피기도 한다. 욕설 심한 고복자 입도 틀어막고 더러는 면박도 준다. 파스니 영양제를 얻어가는 탓에 나한테만은 대들지 않고 고분고분하다. 그러나 저러나 다들 펄펄하던 젊은 시절은 하룻밤 꿈속같이 보내고 다 늙은 마당에 병든 몸 이끌고 여기까지 흘러온 인생들이다. 또 싸움이 벌어졌다. 거실에 나와 저녁을 기다릴 때다. 허금이가 문득남의 약을 슬슬 올렸다.

"그기는 생전 와 보는 인간이 없네. 자슥도 없는 모양이제."

"저 화상은 오지랖이 넓어 지랄이제. 아까 우리 아들며느리한테 바나나고 두유 얻어먹고는 그새 까먹었냐? 이 할망구야!"

"언제 바나나 줬는데? 아이고 내 딸이 그래도 늙은이 불쌍타고 주고 갔구면."

"뭐라고, 불쌍타고, 말 다했어야?"

문득남이 화를 못 참아 허금이 뒤 옷자락을 확 당기자 허금이는 휘청하며 넘어질 뻔하였다.

"이 할망구는 만날 내를 못 잡아먹어 안달복달일세."

허금이 달려들어 문득남의 짧은 커트머리를 움켜잡아 당긴다. 문득남이 허금이를 홱 밀쳐 버리자 작은 몸집의 허금이는 쭉 밀리어 벽에 쾅 부딪쳤다. 간병인이 달려왔다.

"할매들 정말 희한하네. 남도 아니건만 눈만 마주쳤다 하면 닭쌈 붙듯이 붙네!"

"같이는 못 있겠구만. 누구 하나는 나가야 쓰겠다."

윤 원장이 들어왔다. 둘이 싸우는 소리를 들은 건지 안색이 굳었다.

"문득남씨 허금이씨, 왜 그래요 정말? 애들도 아니고. 허금이씨 2층으로 올라갑시다."

"난 안 갈라요. 저 늙은이 보내소."

"안 그래도 성찮은 몸들인데 이렇게 싸우다 누가 다치기라도 하면 어쩐대요? 자녀분들한테 말 할까요? 그저 밥이나 잡숫고 눈만 뜨면 싸운다고 이를까요?"

윤 원장도 이번엔 화가 단단히 난 모양이다. 문득남이 모기소리로 말했다.

"다신 안 싸우겠소."

"나도 이층에 안 가고 여기 살라요 잉."

"같이 아프며 늙어가는 처지인데 서로 동정하고 돌봐 가며 살아야지 이게 뭡니까!"

두 사람은 사돈 간이다. 문득남 며느리가 허금이 딸이다. 원래 친정엄마인 허금이는 다른 요양원에 있었는데, 딸이 시어머니와 친정엄마 두 군데를 다니며 보살피려니 너무 힘들어 이곳으로 모았는데 눈만 마주쳐도 싸움이다. 사돈인 건 두 사람 다 잊은 지 옛날이다. 이곳에서 제일 조용할 때는 낮잠 자는 시간 말고는 침 맞는 시간일 것이다. 보름에 한 번씩 한의사가 왕래하여 환자를 살피고 침을 놓거나 뜸을 뜬다. 할머니들은 한 명도 빠짐없이 침을 맞는다. 다들 육신이 아프기도 하지만 기를 쓰고 침을 맞거나 뜸을 뜨려 한다. 그리고 약을 너무 좋아한다. 의사가 왕진을 다녀가고 처방약이 없으면 너무 섭섭해 한다. 특히 고복자, 문득남, 허금이, 장용순 씨는 처방약이 없으면 비타민을 약이라고 주어야 한다. 매일 먹는 고혈압 당뇨약은 약으로 치지도 않는다. 링거는 또 어떤가. 그게 맞고 싶어 엄살까지 부린다. 고복자의 엄살은 수준급이다. 나는 이곳에 입실하기 전에 내 주변을 정리했다. 귀중하게 함에 넣어 간직해온 내 인생의 사진들, 산사람보다 죽은 사람이 더 많은 그 많은 사진들을 락스 물에 담가 전부 없애버렸다. 가족사진 몇 장만 남겼다. 장롱의 옷가지들도 다 처리하였다. 반지니 목걸이니 팔찌 등 옛날에 장사할 때 일수계를 찍어 주며 장만한 금붙이들을 두 며느리와 딸에게 고루 나누어 주었다. 금 거북도 있고 행운의 열쇠도 있었다. 다 꺼내어 보니 패물 가지 수와 돈수가 제법 많았다. 예쁘게 세공된 닷 돈짜리 목걸이 하나는 수원댁에게 주었다. 쌍가락지 하나만 내 손가락에 남겼다. 제법 되는 통장의 현금은 큰아들에게 어려운 사람들 눈 밝혀주는 데 사용할 것을 당부하고 주었다.

하루꼬짱! 하루꼬짱! 나는 칠흑같이 어두운 길을 달리고 있었다. 나를 부르는 목소리를 찾아 달렸다. 사람은 보이지 않고 부르는 소리를 따라 한참을 달려 가보니 초등학교 교문 앞이다. 그제야 사람이 조금 보였는데 뜻밖에도 에이코 선생님이셨다. 어린 나를 너무도 귀여워하시던 선생님이라 반가움에 큰 소리로 불렀다. 센세이! 센세이! 그런데 에이코 선생님은 갑자기 사라지고 난데없이 남편이 나타났다. 임자, 이제나 따라갑시다. 어쩐지 남편이 하나도 반갑지가 않고 낯설어 선뜻 따라 갈 맘이 나지 않았다. 그러자 남편이 다가와 내 손을 잡았다. 나는 남편이 잡은 손을 매정하게 뿌리치고 어정어정 그의 뒤를 따랐다. 남편은 희미하게 미소 짓는 듯했다. 남편 뒤를 내키지 않는 마음으로 슬슬 가다 보니 어딘가 낯익은 주위가 보였다. 강이 보이고 배가 있었다. 아- 저 배는 봄날에 꽃놀이 갈 때 타던 배다. 어느새 남편은 배에 올라 나를 향해 웃고 있었다. 남편의 뒤에는 그리운 친정아버지와 어머니가 보였다. 다들 어서 오라고 손짓하고 있었다. 그제야 내가 허겁지겁 달려가는데 배는 떠나려 했다. 나는 너무 급해서 물속으로 첨벙첨벙 뛰어들어 간신히 뱃전을 부여잡았다. 숨이 차 헐떡이며 겨우 말했다. 어머니, 어머니 나도 같이 가요! 어머니가 안타까이 내 한 손을 잡고 놓치지 않으려고 용을 쓰셨다. 내가 한 손은 어머니 손을 잡고 한 손으로는 뱃전을 부여잡고 허둥대고 있는데 누군가 내 팔을 힘껏 끌어올렸다. 남편이었다. 여전히 그는 희미하게 웃고 있었다. 배에 탄 사람들이 보였는데 우리 마을 사람들이 아닌 낯선 이들도 보였다. 어머니가 나를 끌어안았다.

"애야 고생 많았다!"

"어머니! 어머니!"

세상에 이렇게 편안할 수가 있으랴. 천근만근 무거웠던 내 몸이 바람에 날리는 꽃잎처럼 가벼워졌다. 내 등이 따뜻해서 돌아보니 주황색 노을이 구름처럼 뭉글뭉글 피어나고 있다. 노을빛이 세상을 붉게 물들인다. 아, 어쩜 저리도 고운 노을일까! 언뜻 보니 이제껏 살아온 내 삶의 흔적들이 검불이 되어 티끌처럼 허공으로 사라져갔다. 나는 마음속으로 잘 가! 하고 웃으며 그들을 보내었다. 그런데 어디선가 애타게 사무치게 나를 부르는 소리가 들렸다. 누구지? 천천히 묾 위를 미끄러지듯 떠나가는 배 위에서 나는 뒤를 돌아봤다. 울고들 있다. 아무래도 저들은, 저들은 어딘가 조금 낯이 익었다.

"어머니! 어머니! 고생 고생 하시다 이렇게 훌쩍 가시오?"

"어머니! 마지막 한마디도 안 하시고 이렇듯 그냥 가시기요?"

"엄마! 엄마! 한 번만 눈 떠 봐요!"

나무

매실나무 한 그루 30킬로 새끼들 두 어깨에 얹고
삶이 힘들어선지 파란 잎들이 시들하니 야위었다
달린 새끼 많아 얼마나 버겁고 무거울까
장하고 어여뻐 매실나무 궁둥이 툭툭 쳐 주었다
몸치 굵은 자두 녀석 새끼 달 생각을 까먹었다
덩치 값 나이 값을 해야지 저렇게 실실 게을러서야
빨간 구슬 몇 개 달고 푸지게 노는 등짝 탁 때려 주었네

아름다운 시절

박판석은 집이 가까울수록 조금씩 염려스런 마음이 된다. 자동차의 속도가 늦춰진다.

현관을 들어서니 온종일 아들만 학수고대하는 노인이 텔레비전 앞에 앉아 있다.

"어무이 댕겨 왔심더."

"아이고 아주바님 은자 오시요!"

하며 몸을 벌떡 일으키는 노인을 보고 판석이 피식 웃는다.

"예, 제수씨 그간 몸수나 편하신 기요?"

"나가 요새 죽지 몬하여 삽니더. 행님은요?"

"저기 오네요. 저기"

주방에서 정선이 손의 물기를 치마에 닦으며 나온다.

"어머니, 재선 아빠인데……."

"누가 그걸 모르냐. 말이 헛나왔지."

노인이 주름진 입술을 실룩이며 아들을 따라 방에 들어가는 며느리를 향해 눈을 흘긴다. 잠시 후 정선이 방에서 나오자 노인의 쉿소리가 깨진다.

"이것들이 그새를 못 참고 거시기 지랄하고 나오제."

"무얼요, 무얼 하고 나와요?"

"나가 바본 줄 아나. 니는 서방만 왔다카마 딱 둘러붙는 거 나가 모를 줄 아나."

"세상에 어찌 그런 말을, 일한다고 옷 다 젖어 속옷 챙겨주고 나오는데."

정선이 얼굴이 벌겋게 되어 주방으로 들어가더니 이어 우당탕 플라스틱 통 깨지는 소리가 들린다. 판석이 문을 확 열어젖히고 큰기침을 뱉었다. 노인은 태평하니 텔레비전만 보고 있다. 입이 댓 발이나 나온 정선이 남편과 시어머니 둘만의 밥상을 식탁에 차려 준다.

"당신은 와 저녁 안 먹을 끼가?"

"시방 밥 안 먹어도 배가 불러 터지겠소."

아들의 곱지 않는 시선이 노인을 째려본다.

"야야, 국이 와이래 짭노? 조선간장 들이붓나."

"어디가 짭소? 허 참, 은자 입맛까지 변했소."

정선은 두 사람 다 꼴도 보기 싫은 듯 밖으로 팽 나가 버렸다.

"당신 힘든 거 다 안다. 그렇다고 저런 병든 노인네를 우짜겠노."

"아무리 그래도 억울한 소리는 안 해야지. 낮에도 시장까지 나가서 찾느라 진을 빼놓고."

"노인네가 마님같이 곱게 살았으면 미쳐도 곱게 미칠 건데."

또 주방이 소란스럽다. 노인과 정선이 눈을 부라리고 원수 보듯 마주 서 있다.

"니가 말해 봐라. 금쪽같은 내 새끼들 다 우짜고 없노? 니가 애들 쫓아 냈제?"

"참말로 미치겠네. 재선이는 선생님 하러 갔고요, 재영이는 기숙사에 있다고 몇 번을 말해요. 옆에 있으면 애들 달달 시달려서 어찌 배기라고."

"에고고 내 새끼들 보고지고! 할미가 보고잡다고 기별하거라. 그라고 사람 사는 집에 사람 새끼 없으마 강생 새끼라도 키우지 널럴한 집구석에 검불 하나 없이 말갛게 해 놓고설랑."

그가 노인의 손을 잡아끌었다. 작은 방으로 데리고 와서 이불을 덮어 주고 잠들기를 기다렸다. 노인의 손목에 찬 배회팔찌가 눈에 들어온다. 주소 이름 새긴 목걸이는 빼 버렸다. "이기 뭐꼬? 나가 소 새끼여? 고삐 채우게, 치우뿌라. 나는 매여서는 몬 산다. 여태 바람맞고 살아왔는데."

노인이 히죽 웃는다. 검버섯 덮어 쓴 얼굴에 굵은 주름이 골이 졌다.

"몬 살아도 내 새끼들 옆구리에 끼고 살던 그때가 참 좋은 시절이었제."

'어무이 나는 그때 하늘을 머리에 이고 살았소.'

노인의 눈이 움푹 꺼지고 청승스런 소리도 가는 비처럼 잦아들었다. 옥상으로 올라갔다. 넓은 옥상 오른쪽에 튼실하게 지어진 난실이다. 전기를 켰다. 선풍기 두 대와 동그란 온도계가 걸려 있다. 소나무 등걸에 올려둔 풍란들이 자잘한 흰 꽃을 소복하니 품고 있다. 그윽한 향기에 시름을 덜고 미소를 안겨준다. 춘란들이 윤기를 뽐낸다. 중투가 새끼를 내고 있다. 십 년 넘게 기른 중투호가 금년 꽃대를 올리지 못하더니 녹색 테두리 잎에 금색 줄이 두 세 개씩 든 선명한 촉수를 넉 장이나 밀어 올리고 있었다. 금년에는 난들이 꽃대를 많이 올렸다. 설판에 점 하나 없는 깨끗한 순백색 꽃을 피웠던 소심도, 황화도 싱싱한 난 잎을 건사하고 있다. 꼭 설판에 붉은 점을 찍어 티를 내는 춘란은 아직도 꽃을 피운다. 돌연변이 난들도 더러 있다. 산을 찾은 이십여 년에 욕심내지 않았건만 난분이 100여분이다. 난에게 물줄기를 들이댄다. 쏴- 난들이 물을 머금는 소리에 그는 자신이 더 개운하고 시원해진다.

한나절 배기려니 허리가 더 아프고 온 삭신이 쑤셔 일어나 마당을 서성이던 고복자 눈에 담장을 반이나 넘어온 이불이 딱 걸렸다. 지팡이로 용을 써 저쪽으로 넘겨 버렸다. 잠시 후 이불이 다시 널렸다. 고복자는 이불을 이쪽으로 확 당겨 버렸다. 늦게야 사태를 알고 이불을 가지러

온 옆집 여자가 이불을 주워 가려는데 바닥의 흙 묻은 것은 고사하고 이불홑청이 좍 째져 있잖은가. 노인이 수돗가에서 시침 뚝 떼고 한눈팔고 있다.

"재선 할머니 너무 하시네요. 널린 이불이 뭔 죄를 지었다고 이 꼴로 만들어요?"

"이 피사리 쭉지 같은 여펜네가 뭐 잘했다고 딱딱거리노?"

"딱딱거려요? 미친 노인이라고 좋게 봐주자니 해도 너무하네!"

"뭐라꼬, 니 시방 뭐라카노? 가는 말이 고와야 오는 말이 곱지. 쌔가 만발이나 빠질 화냥년아 나가 어째 미치더노? 너거 집에 가서 밥을 달래 술을 달래, 나가 미치는데 니가 보태준 거 있거들랑 말해 보거라. 무시래기 같은 년아!"

"어머머! 세상에 욕을 해도 어떻게 저런 쌍욕을 막 할까?"

"뭐 쌍욕! 히히 오냐. 니년한테는 그래 욕도 양반 욕 올릴까. 그 째진 주둥이부터 확 밀어버릴라. 아침 댓바람부터 남의 집에 와설랑 뭐 미쳤다꼬, 미친년 맛 좀 보거래."

방 청소하고 있던 정선이 악다구니 비명에 놀라 마당으로 달려 나왔을 때는 고복자가 이웃 여자의 머리끄덩이를 잡고 이불에 둘이 쓰러져 있었다.

"손! 손! 제발 손 좀 놓으소. 그만! 그만요!"

겨우 떼어낸 고복자의 손에는 검은 머리카락이 정말 한 옴큼은 쥐어져 있었다.

"세상에 미쳐도 유분수지 사람 죽이려드네. 쭈굴망태 할망구야 정신병원에나 가지."

"성철엄마 미안해. 내가 사과할게. 한 번만 봐주라!"

정선은 길길이 날뛰는 노인네 잡으랴 새파래진 성철엄마 달래랴 정신이 없다.

"저 빌어 처먹을 잡년이 뭐라카노? 가고 잡으면 니 혼자 가지 줄줄이 델꼬 갈라꼬. 만날 내 욕하는 줄 모를 줄 아냐, 꼬리 아홉 달린 여시 같은 년아!"

"욕 좀 그만하소. 욕 잘하면 누가 상 준답디까?"

"그래, 너거 두 년들이 해구녁만 올랐다 하면 담벼락에 달라붙어서 주둥이 맞추는 꼴 눈꼴시어서 못 보제. 철지난 메뚜기 뛰듯 시건방 떠는 이-년-들-!"

듬성듬성한 머리숱이라 댕기꼬리에 의지한 옥비녀는 이 와중에 어디로 빠져 버리고, 쥐꼬리만 한 머리 꼬랑지가 목 뒤에 처져 있다. 푸르죽죽한 몸빼 한쪽 가랑이는 쭈르르 올라가 뼈만 톡 불거진 앙상한 무릎에 걸쳐 있고 한쪽은 자주색 슬리퍼에 뭉텅 밟혀있다. 푹 꺼진 눈꺼풀을 뒤집고서 게거품을 물고 침은 사방에 튀고 쭈글쭈글 늘어진 목살은 털 빠진 늙은 수탉이다. 사방팔방 찔러대는 살집이 쪼그라진 팔은 허수아비 팔이요 산골짝처럼 골이 패진 시퍼레진 얼굴로 그렁그렁 숨을 모두며 삿대질이다. 정선은 손으로 얼굴을 가렸다. 그 옛날 정선이 시집왔을 때, 없는 집에 와 줘서 미안하다 우짜든지 자손 쑥쑥 낳고 살림 늘캐 가며 잘 살거래이! 하며 진심으로 반기던 시어머니였다. 그런 사람이 치매가 깊어지면서 사흘도리로 며느리 속을 뒤집었다. 툭하면 굶긴다고 욕을 퍼붓고 따뜻한 숭늉은 입천장 벗긴다고, 찬물은 잇몸 시리다고 그릇을 내던졌다. 애착하는 것은 곡식이었다. 뒤주의 쌀을 집안 곳곳에 숨겨 두어 아들이 쌀 한 포대와 찹쌀 한 포대를 환자 머리맡에 놔두었다. 저녁에 정선이 오늘 일을 몇 곱은 더 보태가며 얘기해도 판석은 눈도 꿈쩍 않았다.

"내가 수차 말했지. 싸움닭 할매가 쌈할 데가 없어 근질근질하던 판에 좋다 붙었구먼."

"당신한테 말하느니 벽보고 말하겠소. 내가 죽지."

"아지매요, 죽기 전에 옆집 이불 값이나 물어주고, 돼지고기 한칼 끊어다 주게. 머리칼 뽑히고 기운 뺐으니 든든하게 먹어야 저 노인네랑 또 씨름 붙지."

"아유 난 몰라!"

판석은 담배를 물고 집 옥상으로 올라갔다. 그는 정선에게 말은 안 했지만 요양원을 생각하고 있었다. 어머니도 아내도 저대로 두기가 불안하다. 옥상바닥에 철퍼덕 드러누웠다. 시멘바닥이 참참하다. 아침 일찍 출근하는 아파트 건설현장 감독 일이 피곤하다. 새삼 그 옛날 유년의 일들이 주마등처럼 떠올랐다. 어둠이 몰려온다. 밝은 빛이 부끄러워 그늘지고 어두운 길만 골라 다니던 유년의 쓰라림이 그의 가슴을 싸늘히 훑고 지나갔다.

가난했다. 방 한 칸 부엌 딸린 토담집이 전부였다. 아이 넷 달린 청상과부는 살기가 너무도 어려웠다. 높새바람 불어오면 보릿고개 넘기기가 힘들어 쑥밥, 나물밥으로 때우고 마파람엔 꽁보리밥 뜸들이기도 힘들었다. 하늬바람 귓불 스치던 가을날에 남들이 캐고 간 밭이랑에서 이삭 주운 고구마로, 문고리에 손이 떡떡 들어붙는 추운 날에는 김치를 숭숭 썰어 넣고 식은 밥 한 덩이를 넣어 끓인 김치국밥으로 훌훌 점심을 때웠다. 동지섣달 긴긴 밤에 고물고물 강아지 새끼 같은 어린 자식들이 잠 못 들고 껄떡이면 젊은 엄마는 커다란 양푼에 얼음이 둥둥 떠

있는 동치미국물과 아삭하게 삭혀진 무를 건져 와 숭덩숭덩 썰어서 새 끼들을 먹였다. 꽁꽁 언 냇가 얼음을 방망이로 깨고 마디마디 터진 손 호호 불며 남의 빨래 한 광주리 해주고 밥 한 양푼과 김치 얻어와 새끼 들 입에 꼭꼭 넣어 주었다. 허구한 날 나뭇단이고 댕겨 머리는 까치집 이 되고 옷은 남루하였다. 젊은 남편은 폐병으로 피를 쏟고 죽었다.

함안양반 사랑채 뜰에는 추위도 가기 전, 잎 하나 달리지 않은 나무 에 하얀 별꽃이 반짝였다. 별꽃을 따라 무심코 들어가 본 큰사랑 마루 에는 길쭉한 그릇에 담긴 푸른 잎들이 바람을 당기며 살랑이고 있었다. 머리에 탕건을 쓰고 얼굴이 희고 수염이 산신령 같은 노인이 좁다란 그 잎들을 깨끗한 수건으로 하나하나 닦아 주고 있었다.

"너는 누구냐? 아비 함자 말해 보거라."

"아비는 죽었심더."

"그럼 어린 신세로 심신이 고단할 터."

"저 풀은 무슨 풀 인기요?"

"이놈아, 풀이 아니고 난이라고 부른다. 춘란, 설한풍 이겨내고 핀 저 매화나 삼동을 지낸 난에서 이렇게 장하게 꽃대가 올라오고 있구나."

"예?"

며칠 뒤 그는 뒷산에서 장하다는 그것을 두어 포기 캐어와 이빨 빠 지고 금 간 뚝배기에 심었다. 어린 날 제일 부러웠던 게 이웃집들에 쌓 이든 볏단들이었다. 윙윙거리는 탈곡기에 털려고 산처럼 쌓아지던 낟가 리들이 얼마나 보기 좋았던지 한 번은 알곡을 턴 볏단 두어 개를 주어 와 그들의 나지막한 초가집 지붕 위에 겨우겨우 던져 올렸다. 판돌의 눈이 둥그레졌다.

"행님아 지붕 우에 짚단은 와 힘들게 던져 올리노?"

"우리도 농사짓는 집 같이 하고 싶어서, 저거라도 올려 놓으니 보기가
참 좋다!"

그가 여덟 살 때 양자를 갔다.

"판석아 니는 오늘부터 큰집에 살아라. 거기 가면 밥도 배불리 먹고
학교도 가고 한다."

"엄마 내가 갈까? 행님아 여기 있고 내부터 보내 주어."

"큰집에서 너거 형만 보내란다. 소 먹이고 소꼴이라도 베어오라 시키
지 그냥 밥 줄까!"

어린 동생들의 부러움을 받으며 큰집에 갔다. 바로 이웃 마을이다.

"아주바님 행님, 못나도 지가 어민데 나 속이 편키야 하겠습니꺼. 우
리 판석이 우짜든지 밥 많이 주고 행님 자식으로 거두어 주이소. 내 부
탁은 이거 하나라예!"

"걱정을 말게. 정말 알몸만 끼고 왔네. 장에 가서 옷가지부터 장만해
야 쓰것네."

큰아버지는 때에 절어 시커먼 그의 손을 덥석 잡고 머리를 쓰다듬으
며 말했다.

"은자부터 여기가 너 집인기라. 알았제 판석아!"

"맞심더. 판석아 우야든지 배불리 먹고 잘 지내거라. 꼴머슴 주는 것
보다 낫겠제."

그는 콧물이 자꾸 나와 소매 끝으로 닦았다. 엄마는 선걸음에 일어
났다. 엄마는 엉거주춤 따라나서는 그를 보고 손사래를 치며 뼛속까지
얼어붙는 갈퀴 같은 삭풍이 몰아치는 빈 논둑길을 검은 무명치마를 뒤
집어쓰고 미친 듯 허겁지겁 달아났다. 큰아버지는 이따금 쇠죽 끓인 잔

불에 고구마를 묻었다가 그에게만 주었다. 짚동 사이에 들어가 호호 불어 먹으며 동생들이 떠올랐다. 부지런한 큰아버지 큰어머니 덕택에 보리밥은 배불리 먹었다. 한 번은 큰어머니가 장에 가시고 누이들이 마을 가고 없을 때, 정지 큰 단지의 보리쌀 두 바가지를 무명 보자기에 퍼 담아 허둥지둥 집으로 달려가 밥풀떼기 하나 안 붙은 부뚜막 가마솥 안에 부어 놓고 왔었다. 판수가 씨부렁거렸다.

"우리는 만날 쑥밥 무시 밥이다. 진짜 묵기 신은데, 큰집은 쌀밥만 묵제!"

"아니다. 쌀밥은 제사 지낼 때 묵고 큰집도 만날 보리밥 묵는다."

터덜터덜 집에 오니 큰어머니가 누이들을 족치고 있었다.

"누가 보리쌀 손댔노? 너들이 굶어 봐야 정신 차릴래. 움푹 들어갔네. 누구 소행이고?"

명주색실이며 갑사댕기를 곡식 퍼 주고 몰래 사는 누이들은 시침 뚝 떼고, 그는 겁이 나서 숨도 못 쉬었다. 밤에 아래채 큰아버지 곁에 누웠을 때 큰아버지의 한숨이 들렸다.

"내일 보리방아 마자 찧는데 보리쌀 반 가마는 너거 집에 보낼 거니 걱정 말거라."

호롱불도 꺼진 캄캄한 어둠속에서 눈가에 맺히는 눈물방울이 뺨을 타고 귓속으로 흘러들었으나 닦지도 못하던 어린 소년이 숨죽이고 있었다.

아홉 살에야 들어간 초등학교 3학년 때다. 일 년 양식인 보리타작이 코앞인 때다. 들판의 보리가 황금빛으로 익어갈 무렵부터 추적추적 내리기 시작한 비가 날이면 날마다 끝도 없이 내렸다. 보리타작은 아예 할 수 없게 비가 끈질기게 내렸다. 하늘에 구멍 난 듯 쏟아지는 폭우도 아니고 사람 애간장을 태우는 장마도 그런 지겨운 장마는 없었다. 웃날만 들며 도리깨로 타작하려고 낫으로 베어 놓은 보리에서 하얗게 싹이 올랐다. 하얀 새싹은 이내 새파란 싹으로 바뀌었다. 큰아버지는 물이 축축한 보릿단들을 황토물이 내려가는 둑으로 옮기느라 씨름을 하였다. 누이들도 그도 거들었지만 물에 푹 젖은 보릿단들이 어찌나 무겁던지 발이 푹푹 빠지는 논바닥에 뒹굴기 예사였다. 보리가 전부 엿기름이 돼 버렸다. 큰아버지 큰어머니는 시커멓게 썩어가는 보리 앞에서 눈물을 흘렸다. 나중에는 보리 알맹이만 떼 와서 등짝 기댈 곳도 없이 축축하고 눅눅한 온 집안에 펴 널었다. 한줌이라도 말리려고 비에 젖은 나무로 검은 연기를 돋우며 군불을 지폈다. 베지 않고 서 있던 보리도 썩어 내려앉았다. 들판엔 거름더미가 쌓여 갔다. 너나없이 다 지어 놓은 보리농사를 완전히 망쳐 버렸다. 어른들은 살다 살다 그렇게 긴 장마는 없었다고 탄식들을 하였다. 보리 한 말을 못 건진 집이 많았다. 큰집도 벼농사는 지어 지주에게 다 가고 보리농사 지어 먹고 사는데 보리쌀 한 말을 못 건졌으니 참담하기 그지없었다.

밤낮 없는 비에 외양간이 슬금슬금 내려앉았다. 누렁이를 아래채 부엌 쇠죽솥 옆에 매어 두었다. 장마에 무너진 그 외양간이 나중에 큰아버지의 명줄을 재촉하리라곤 그때는 아무도 몰랐다. 뒤란 구렁이보다 더 지긋지긋하던 장마가 물러간 후, 큰아버지는 참담한 일을 당했다. 무너진 외양간을 세우려고 근방 산에서 큰 나무 대여섯 개 잘라온 게 화근이 되어 산주 머슴들에게 끌려가 얼마나 맞았는지 실신이 되어 이웃 사람에게 업혀 왔다. 큰어머니는 방 안에서 저주와 악담을 퍼부었다. 그리고 골병든 몸을 추스르기도 전에 벌금이 나왔다.

"흉년에 굶어 죽는 백성은 외면하고 매타작에 껍데기까지 홀랑 벗기는 게 나라여! 녹두장군이 와 나왔던가!"

큰아버지를 따라 소고삐를 잡고 누렁이를 팔러 갔다. 쇠전에서 누렁이를 보내고 장터에서 국밥을 사 먹었다. 큰아버지는 뚝배기 반도 못 드셨다. 그리고 누렁이를 판 그 돈으로 큰아버지는 손을 덜덜 떨며 산림계 벌금을 물었다. 그는 홍길동 같은 의적이 나타나 벌금 물은 그 돈이 큰아버지에게 밤새 돌아오길 빌었으나 점박이만 밤새워 울었다.

보릿고개 넘기고 흉년까지 들자 동네 인심도 팍팍해졌다. 어느 날 냇가에서 오디같이 새까매진 판돌과 판수를 만났다. 잡은 미꾸라지와 피라미를 찌그러진 양푼에 다 부어 줬다.

"야, 너거들 밥은? 집에 먹을 거 없제?"

판돌이 잠시 머뭇하더니 그에게 귓속말을 했다.

"우리 오늘 아침밥 묵었다. 엄마가 어제 밤에도 보리쌀 한 자리 이고 왔으께 걱정하지 말거라. 쑥밥해서 아껴 묵는다."

이 흉년에 식구들이 굶지 않는다 하니 얼마나 다행인가. 엄마가 이고 왔다는 곡식은? 꿉꿉하니 짜증스레 더운 날, 우물가를 지나는데 칼날보다 모진 소리가 귀에 들어와 박혔다.

"소문 들었제? 미꾸라지 한 마리가 흙탕물 만든다고 과부 우사는 혼자 다 시키고 댕기제."

"하이고, 보리쌀 말이면 속곳 벌린다는 소문이더라. 암만 입에 거미줄을 쳐도 그렇지!"

"빙신도 문디도 안 가린다더라. 소문엔 댓 됫박만 앵겨도 치마 올린다던데."

"저어기 그 바람난 년이 누구고 하니 떡실띠기 동세라면서?"

"아랫도리 바람 들어 인제는 과수로 몬 살긴데, 새끼 버리고 사내 붙어 가겄제."

동네 여자들이 상추 쑥갓 등을 씻으며 쑥덕이는 소리에 판석은 우물가에 늘어진 느릅나무 잎사귀에 몸을 숨기며 얼른 지나갔다. 그날 밤 큰어머니의 지청구가 크게 들렸다.

"원 창피해서, 발 달린 소문이라도 엔간히 나야지. 누구네 동세라고 대놓고 부르니."

"아이고! 남사스럽네. 그래도 그 인간은 얼굴 빤빤하게 쳐들고 댕긴다카네!"

"하늘도 나라도 죽어라고 외면하는데, 어미까지 이 흉년에 새끼들 한 구덩이에 굶겨 죽이는 게 그럼 장한 일이여?"

그는 쉬이 잠자러 들어가지 못했다. 아름드리 느티나무를 안고 빙빙 돌다 흐르는 도랑물에 북북 귀를 씻었다. 엄마가 달아나면 동생들은? 다 잡아서 목울대를 뽑아 버리고 싶은 청승스런 개구리울음 속에서 헤매다 고양이처럼 방에 기어들었다. 새 옷을 차려 입은 엄마가 집을 나서는 것을 울며 붙잡다 놀라 깨어 밤을 지새웠다. 큰아버지의 신음이 밤새 크게 들렸다. 큰아버지 심부름으로 옆 마을에 갔었다가 당집을 넘어올 때다. 해거름 녘이었다. 당집에서 다투는 소리가 크게 들렸다. 얼른 당산나무 뒤쪽으로 숨었다.

"아이고 이 흉측한 인간아, 쌀도 아니고 꼴랑 요놈 주고 거시기 더 하자꼬, 좀생이 영감아! 가다가 미나리꽝에 제발하고 풍덩 빠져 뒤지거라."

"이 숭년에 곡식이 금쪽인디, 못 나가! 암 이대로는 못 나가제!"

"흥 내 몸이사 내 맘이제. 그 짝이 서방이여 남방이여."

안에서 후다닥 거리는 소리가 나더니 희멀건 젖가슴을 드러낸 여자가 자루를 안고 튀어 나왔다. 여자는 재빨리 치마를 두르고 적삼을 걸치고선 곡식 자루를 머리에 헤깝게 이고는 살랑살랑 마을로 내려갔다. 남자는 내다보고 욕지걸이를 퍼부었다. 엄마였다. 비릿한 냄새가 바람에 날아왔다. 그는 당산나무에 매미처럼 딱 붙어 버렸다.

막내 판수가 죽었다. 긴 장마로 보리흉년 들었던 그해 초겨울에. 판돌이 걱정했다.

"행님아 판수가 요새 아프다 한다. 배가 자꾸 불룩해지더라. 우짜마 좋겠노?"

집에 가 보았다. 핼쑥해져 누운 판수의 배가 유난히 불렀다. 판수가 불쌍해서 눈물이 났다.

"행님아 군고구마 맛있겠다. 이따가 먹을게. 쪼매만 먹어도 도로 올라오거든."

이튿날 표준전과 사고 싶어 모으던 얼마 안 되는 용돈을 가지고 학교 가는 길에 집에 들르니 엄마가 판수를 리어카에 태우고 있었다. 밤새 얼마나 아팠는지 판수는 기진해 있었다.

"세상에 니가 웬 돈이고? 우선 아픈 새끼 살리고 보자."

엄마는 시오리 읍내 길을 재촉했다. 판수는 병원 약을 먹이자 덜 아파했다. 그러나 판수 배는 동산처럼 둥그렇게 부어올랐다. 엄마는 거칠어진 손으로 판수 배를 쓸고 또 쓸었다. 판수는 병원 다녀온 지 닷새만에 죽었다. 엄마는 미친 여자 같았다. 손바닥만 한 마당에서 풀쩍풀쩍 뛰어오르다 마당을 뒹굴다 껌뻑 넘어갔다.

"내 새끼 죽어가도 병원도 몬 가고 이게 어미여! 지 먹을 것은 타고난다는 하늘 말도 말짱 거짓부렁이여. 나 좀 죽여 주소! 판수 대신 죄 많은 이년 데불고 가소!"

"굶을 때는 창자가 오그라지게 굶고 먹을 때는 배때기가 터지게 퍼 넣었으니 그 연한 창자가 우째 탈이 안 나것노. 에미 잘못 만나 내 새끼 죽었네!"

"서방 잡아먹고 지 새끼 남 주고, 인제는 자식 죽이고, 인간이 못 할 일을 모진 이년이 다하고 있네. 가슴에 불이 붙어서 뜨거버 뜨거버서 미치겠네 사람들아!"

이튿날 판수를 어머니가 지게에 지고 그는 삽과 괭이를 들고 산모롱 이를 돌아갈 때 파리한 얼굴의 큰아버지가 나타나 판수를 졌다. 큰아 버지가 구덩이를 파서 자기 옷 중에서 제일 새 옷을 입은 판수를 뉘이 자 엄마가 엉금엉금 기어들어가 판수를 끌어안고 누워 버렸다.

"우리 판수하고 같이 죽을라요. 묻어 주시소!"

"엄마! 엄마!"

"제수씨, 우째 산 사람이 죽은 사람하고 같이 가남요. 세상에 이런 법은 없지라!"

"지가 어디 사람입니꺼. 허물만 사람 탈을 썼지 짐승이라예. 어미 노 룻도 사람 구실도 몬 하는 지가 고만 죽어야 합니더. 소원이니 묻어 주 시소!"

"엄마 나온나! 퍼뜩 안 나오면 나도 같이 들어갈 끼다."

"죽은 새끼도 불쌍하고 산 새끼도 불쌍하고, 세상천지 어민데 하필 모진 이년한테로 찾아와 어미 업장 어린 것이 짊어지고 가다니, 이 노 룻을 어이할고!"

엄마가 술을 마시고 싸움을 붙고 행패를 부리기 시작했다. 불쌍한 엄마, 더 불쌍한 판수!

큰아버지가 돌아가셨다. 장마 때 맞은 것이 장독이 되어 시름시름 아프시던 큰아버지가 판수 죽고 두 달 후 몹시도 추운 날 그의 작은 손을 쥐고 눈물을 비추고서 눈을 감았다. 태산 같은 존재가 사라졌다. 읍내 중학교도 보내준다 약속하셨는데, 엄마는 땅바닥을 치며 대성통곡하였다.

"아주바님 우째 이리 무심키 가시기요? 우리 판석이는 우짭니꺼, 책임진다 하시고서!"

큰어머니와 세 누이, 엄마까지 다섯 여자의 한 맺히고 피맺힌 곡성이 초상집 토담을 넘어 마을을 개울을 지나 산 너머 하늘까지 닿아 석양빛이 벌겋게 핏물이 되어 뚝뚝 떨어졌다.

농사일이란 본디 끝이 없다. 논바닥 물꼬 돌보고 돌아서면 바랭이가 자신의 키보다 커져 있다. 풀을 베다 낫에 손을 베였고, 나무를 하다 다리를 찢었고 지게와 함께 나뒹굴었다. 큰집을 나왔다. 가출이었다. 열일곱 살, 들녘의 벼들이 차랑차랑 여물어 가고 멍석의 고추가 다홍색으로 곱게 말려지던 계절이었다.

"불 많이 지피거라. 날이 와 이래 추워지노. 이년이 대답도 없제. 밥도 안주고 어디 마실 갔노? 날 굶겨 쥑일라고 작정하고 달아났제."

정선은 마당에서 감나무 매실나무 떨어진 나뭇잎도 쓸고, 수돗가에 끼인 이끼도 닦으며 청소를 하고 있었다. 땀을 흘리며 손빨래 몇 가지를 하고 있는데 귀청 떨어지는 고함이 코앞에서 터졌다. 고복자 눈이 이마까지 올라붙었다.

"시에미 말은 썩은 보릿단만큼도 안 여기제. 뒷집 암캐가 짖나 하고."

그리고는 빨래가 담긴 고무대야를 휘딱 들어 엉거주춤 서 있는 정선의 머리에 부어 버렸다.

"어머머 미쳤소. 이게 뭔 짓이요?"

"그래도 지가 잘했다고 주둥이를 나불거리제."

고복자는 정선이 방금 마당을 쓸어 모아둔 찌꺼기도 들고 와 정선에게 확 끼얹어 버렸다.

"난 못살아. 하늘 두 쪽이 나도 이젠 한집에서 못살아."

정선은 견딜 수 없는 수치심에 수돗가에 퍼질고 앉아 울기 시작했다.

"시어미 어서 뒈지라고 곡하고 있네. 곡소리가 작다 더 크게 곡하거래이. 전신에 한기가 들어 불 세게 넣으라 캤제. 정지에 가 본께 이즉 불 때도 않고. 작대기로 귓구멍 막아 놨냐?"

"기름때는 집에 무슨 불을 넣어. 어제도 굿을 해서 다신 안 그런다고 하구선!"

정선의 악다구니에 앞 집 미야엄마가 뛰어왔다.

"재선 할머니, 아무리 병자기로서니 너무하네요. 봉양하는 며느리 고생한다고는 못할망정 이게 뭣이요? 아저씨도 너무하네. 안식구 죽으라고 한집에 사는 거네. 아휴 답답해!"

"이 잘난 화상은 또 누고? 어디서 객귀구신이 튀어 나오노! 쎄가 만발이나 빠질 초랭이 기집년이 동네 시어미 할라꼬? 나가 니년 하나 못 잡을 줄 알고."

고복자는 짧은 소매 둥둥 올려 미야엄마 파마머리채부터 낚아채려 했다.

"늙은이가 채신 없이 입 더럽게 욕질이나 하고 툭하면 남의 머리채 잡더라!"

미야엄마는 한 번 벼룬 듯 고복자의 두 팔을 잡고 휙 둘러 땅바닥에 눕혀 버렸다.

"또 사람한테 손질할 거요? 대답하소. 다들 힘이 없어 당하는 줄 알아요? 재선 아빠 엄마보고 참는 줄이나 아시고… 아, 아악!"

먹살 잡고 있는 미야엄마 팔뚝을 고복자가 물고 늘어졌다.

"아악! 할머니! 입 벌려! 벌리란 말이야!"

비명을 지르던 미야엄마가 악물고 늘어지는 늙은이의 뺨을 힘껏 후려갈겼다.

난실이 폭격을 맞았다. 고복자가 빨래 널러 가는 정선을 따라 옥상에 몰래 올라간 것이다. 옥상은 위험도 하여 판석이 고복자의 접근을 철저히 막는 곳인데 사단을 내고 말았다.

"열무도 아니고 전구지도 아니여. 소 새끼도 없는데 무슨 소꼴을 사발사발 퍼 담았냐?"

말릴 틈도 없이 난들을 뽑아 버린 것이다. 쥐어 뜯기며 뽑힌 난들이 여기저기 나뒹굴었다. 정선은 떨고 있었고 연락받고 달려온 판석은 망연자실 어이가 없었다. 여기저기 깨어진 검은 토기분과 허접스럽게 널브러진 난, 난들.

'어무이! 이날까지 살아오면서 나한테 투자한 거라곤 단지 이거 하나였는데, 고향춘란 보면서 다시는 그렇게 안 살리라 맹세를 하고, 춘란 잎 닦아주며 사람답게 살려고 희망을 걸었는데, 어무이는 내 눈물을 아시오? 친가 양가 맏이로 양가 어무이 돌보고 동생들 결혼까지 내 책임 아니었소. 먹어도, 먹어도 허기지는 내 창자를 아시오? 집에 쌀 포대를 재여 놓아도 나는 배가 고파 허덕였소!'

판석이 손에 잡히는 춘란을 옥상 바닥에 패대기를 쳤다. 한 개 두 개 ……. 가슴속이 시원하다 못해 상쾌하였다. 그는 잇달아 난분을 집어

던졌다. 이까짓 게 뭐라고 내가 애착을 하나. 버리자. 다 버리고 비우자. 고되고 힘들었던 옛날도 다 잊어버리자. 남은 인생 사람답게 살자. 옥상바닥에 깨어진 난분과 멍든 난들이 포개져 갔다. 그런 아들을 바라보던 고복사가 난분을 쉬어 아들 손에 넌지라고 쉬어 준다. 판석은 기가 차서 한숨을 내쉬며 털썩 주저앉아 버렸다.

"어무이! 어무이는 죽었다 깨나도……"

"죽었다 깨나도 판석이 니는 내 자슥인기라."

"……"

길을 간다. 갈 길이 바쁘다. 새 옷을 입었다. 저번 생일에 정선이 장만해 준 주황색 한복인데 입고 싶어 안달이 난 옷이다.

"암만 봐도 노을빛은 곱지라. 우째 내 옷하고 똑같노? 희한하네. 요놈 입고 있으면 나가 안 보이겠제. 판석이 니는 날 절대로 못 찾을 끼라. 히히. 가자. 내 집에 가자."

어디선가 판석의 성난 고함이 날아왔다.

"정신 좀 차리소. 사람 꼴을 해 가지고 그게 어디 사람이요."

"암만 그래도 니한테는 안 미안혀. 내 자슥인께. 호강하고 살지는 못해도 그래도 그때가 참 좋-은 시절이었제!"

고복자는 노을빛을 따라 허둥지둥 달렸다. 저만치 내 집이 보였다. 순간 눈앞에 번쩍 불꽃이 튀었다. 팔과 다리가 우지끈했다. 벌줌 하던 맨홀 뚜껑이 저만치 튕겨 나갔다. 고복자 비명이 터졌다.

"엄마야 저 영감탕구가 날 쥑일라카네! 판석아!"

거미집

거미가 집을 짓는다

천년만년 살려고 튼실한 집을 짓는다

날줄로 씨줄로 촘촘히 엮어 간다

날줄에 나비 모기 걸어 두고

씨줄에 하루살이 나방도 붙여 둔다

애들아 나 니들 초대 안 했다

잘 지어진 내 집 구경 온 거지

부자가 별거냐

삼대가 먹어도 남으면 부자지

아버지의 집

문명의 혜택이 사람들에게 때로는 안개 같은 혼돈을 안겨주기도
한다.

공두식은 벌써 술이 거나하게 취했다. 옆에서 두식아 한 잔만 더 받
아. 야, 내 술도 받아야지. 공두식 그만 마셔. 취했다니까, 하는 친구들
잔소리가 들렸지만 개의치 않았다. 기분이 좋다. 정말 기분 좋은 날이
다. 일 년에 6월, 12월 두 번 모이는 초등학교 동창모임인데 오늘이 12
월 27일이니 내일 모레면 싫으나 좋으나 한 살 더 먹어 일흔일곱이 된
다. 언제 그렇게 배터지게 나이를 먹었을꼬. 다들 술기운이 올라선지
굵은 주름이 팬 얼굴들이 불그레하다. 초등동창이라 체면 차릴 것도
없고 눈치 볼일도 없다. 본디 애주가인 그는 친구들이 권하는 술을 사
양 않고 받았다. 늙은 동창들이 오늘은 그의 옆으로 꾸역꾸역 모여들
었다.

"두식아, 네 오늘 너무 많이 마신다. 나이 앞에 장사 없다고 안 하더
나."

"걱정을 말거라. 내가 요까짓 술에 못 이길까. 나 공두식이야."

"그래. 공두식 장하다. 오늘 우리 친구들 밥값 술값까지 니가 다 내
고 참 고맙다."

"친구들이 이리 좋아하면 이담에 또 밥 사지 뭐."

"니 얼마를 보상 받았노? 못해도 10억 아니 한 20억? 우와 짜아식 부
자네. 얼매나 좋겠노. 뭐라 뭐라 캐도 늙으면 돈이 젤이다 아이가."

"야, 공두식. 요즘 말하는 보이스 피싱이라 카든가 그런 거 조심해라.
냉장고에 돈 넣어두라 카믄 퍼뜩 경찰에 신고하고, 얼매나 무서운 세상
이고."

"우짜든지 조심하는 게 좋을 끼다. 아는 사람이 더 무섭다 안 카더
나."

"자식들 모아 놓고 보란 듯이 큰돈 앵기며 부모 체면도 서고 어깨가
쫙 펐겠다!"

"두식아, 자식들한테 얼마씩 주었노? 일억, 이억 아님 삼억? 아이고
배야!"

"이제껏 내가 해 준 게 하나도 없었거든. 이번에 애들 허리 좀 펴게
해 주었다. 그라고 니들 몰라서 그러지 수자원 새끼들 얼매나 짜다고.
몇 년간 질질 끌고서 시세 반의 반, 그 반의 반도 안 주더라. 내 참 억울
하고 더러바서. 내 논밭을 그냥 현 시세로 팔면 평당 이삼백은 서로 사
려고 대갈박 터질 건데. 100억도 넘제. 하믄, 장장 사십 년을 자연녹지
라 카믄서 저거들 맘대로 꽁꽁 묶어 놨다 신도시 한다고 날로 처먹었
제. 그냥 애들 손에 들린 사탕 채 가듯 뺏은 거여. 세상에 정부공시 가
격도 안 되게 쳐주는 데가 어디 있겠노 말이다. 내가 살펴보니 7년 전
공시가로 계산한 거여. 그기 말이가 똥이가! 내사 쌍욕이 절로 나오더
라니까. 날도둑놈 심보인기라. 이젠 나도 낼 모레 팔순을 바라보니 농사
짓기가 여북 힘들어야제. 그래서 억울해도 처분했다. 참말로 일이 힘에
부치더라니까. 자식들 말대로 한 번 편안하게 살아 보고 싶기도 하고.
우리 마누라가 허름한 주택에서 겨울이며 덜덜 떨며 사는 게 신물 난다
고 엔간히 잔소리해야지. 아파트, 아파트 노래를 불러서 새 아파트 사
서 이사도 했다."

"요즘같이 눈 밝은 세상에 그렇게 억지로 수용할 수 없을 터인데 그
러냐?"

"말도 마라. 억울해서 끝까지 못 비킨다는 사람도 있다. 그 돈 받아

다른 데 가서 농사지을 땅 사기는 애당초 글렀제. 몰려 가서 데모도 했다니까. 사람 사는 집값은 그래도 좀 쳐 주더라. 이사비도 주고 이주택지도 정해 주고."

염색한 머리카락 사이로 흰머리가 삐져나오고 얼굴에 자글자글 주름이 진 여자 동창들도 눈빛을 반짝이며 부러워하는 기색들이 역력하다.

"이주택지는 팔아도 피가 많다던데 팔았냐? 어디 아파트로 이사했어?"

"몇 평이야? 몇 억 주고 샀어? 인테리어 쥑이는 새 아파트, 정말 좋겠다야!"

"야 공두식, 죽으나 사나 논밭 안 팔아 묵고 흙에 살더니 니가 노복이 터졌다!"

"새끼들한테도 아파트 한 채씩은 안겼겠네. 얼매나 기분 좋을꼬!"

"두식아, 그래도 새끼들 다 주지 말고 노후자금 넉넉하게 남겨 두었지. 빈털터리 동창 만나면 술도 한 잔 사 주고. 우리 담에는 공두식 동창회장 시키자 고마."

친구들이 손뼉을 치고 난리들이다. 공두식은 오늘 동창회서 20여 명 동창 밥값을 내고 2차 술값도 내었다. 처음에는 모였다 하면 쉰 명도 넘던 동창들이었는데 병들어 죽고, 아파서 집안에 들앉는가 하면 요양원과 요양병원 간 친구들도 있어 이젠 많아야 한 스무 명 남짓이다. 그가 초등학교 동창회에 이런 거금을 선심 쓴 것은 생전 처음이요 또 마지막이 될 것이다. 그간 동창회비야 냈지만 친구들 밥과 술을 얻어는 먹어도 한 번도 낸 적이 없었기에 오늘 동창회에 찬조하기로 마음먹고 지난여름 수용보상금 받았을 적에 아내에게 사정하여 일금 백만 원을 떼놓았었다. 그는 그간 친구들에게 얻어먹은 빚을 갚은 것 같아 마음이 홀가분했다. 2차를 끝내고 집에 가는 친구는 가고 다들 우르르 노래방으로 몰려갔다. 할머니가 된 여자 동창들이 마이크를 제일 먼저 그의 손에 쥐어 주며 선곡하라고 난리다. 전에는 노래 부르란 말도 없었는데 말이다. 아, 이런 맛에 돈을 쓰는구나! 이렇게 우쭐해지는 기분은 처음이다. 카아- 돈이 좋긴 좋네! 기분이 좋아선지 목청도 트이고 큰소리가 나왔다. 희한하게 몇 천 평 논밭 있을 때보다 은행에 몇 억대 현금 있는 게 더 기분이 난다. 은행을 가도 바로 직원들이 깍듯하게 지점장실로 모시고 커피나 차를 금방 내온다. 삼남매 자식들도 근래 부쩍 자주 들른다. 자신이 좋아하는 생선회며 고기와 간식들을 사 오고 따뜻한 겨울옷들도 사다 입혀 주었다.

"까짓 오늘 노래방도 내가 쏜다. 친구들아 많이 마시고 많이 놀거라!"

박수가 터지고 우우 환호성이 올랐다. 그가 제일 먼저 이별의 부산정거장을 부르고, 돌아와요 부산항은 합창을 했다. 다들 일어나 디스코 춤판이 벌어졌다. 도우미 아줌마가 소주 맥주 음료수 갖다 나르기도 바쁘다. 전화가 왔다. 마누라다. 잠깐만 하고 시끄러운 노래방을 나와 밖에서 전화를 받았다.

"당신들 아직도 동창회 하고 있소? 맙소사 시간이 몇 신데. 좀 일찍 다니지."

"노래방 왔다니까. 여기서 조금 놀다 간다니까. 몸살은 좀 나은 거여?"

"낫기는, 이젠 늙어서 약발도 안 받고 시방도 정신이 가물가물허요. 약 먹으려고 억지로 눈 떠보니 사람이 없기에 전화 했소. 보약도 아닌 술 엔간히 마시고 택시 타고 오시구려. 117동 1604호, 117동 1604호 잊지 말고 잘 찾아 오시우. 나 원 그 나이에 여즉 놀고 있으니 일흔도 넘은 할배 할매들이 한창인가베."

아내 목소리에 힘이 하나도 없다. 날도 춥고 이사도 겸해 감기몸살이 오지게 든 모양이다. 한평생 소처럼 억척스레 일한 아내였는데 요즘은 전과 달리 자주 드러눕는다. 일년 중 김장이나 설과 추석 명절, 세 번의 조상제사를 지내고 나면 꼭 아프다. 병원에 다니고 링거를 맞고도 열흘은 넘게 약을 먹어야 겨우 보시시 일어나니 말이다. 제사음식은 간단히 하라고 해도 끙끙대면서도 장만하여 떡과 나물 생선 부침개 등을 마을회관에 푸짐하게 차려 가서 동네사람들 대접해야 직성이다. 자식들 김장이나 반찬도 그만 해 주라고 해도 마이동풍이다. 옛날에는 이백 포기도 넘게 하였지만 이젠 적게 해도 50포기 김장하여 자식들 나누어 주고 철따라 밑반찬과 온갖 장아찌들을 담아서 퍼 주어야 하는 마누라 성미를 누가 말리누. 근래 마누라는 자고 나면 얼굴에 검버섯이 몇 개씩이나 생긴다고 거울만 보면 한숨이다. 그가 봐도 마누라 얼굴에 저승꽃이 부쩍 많아진 듯하다. 옛날에 선크림도 안 바르고 논밭을 다녀선지 부부가 얼굴에 유난히 검버섯이 많다. 이젠 손등에까지 거뭇거뭇 피었다.

사무관으로 퇴직한 동창회장 박정수가 같은 방향 친구 둘을 태우고 자진해서 그의 아파트까지 차를 태워 주었다. 밤에 보아도 불빛 휘황한 상가며 산처럼 높은 건물이 끝도 없이 이어진 대단지아파트라 친구들도 놀란 모양이다.

"와, 여기 완전 대단지 아파트네. 분양가도 피도 엄청 세다는 말은 들었어도 와 보진 않았는데 대단해!"

"상가도 대단하네. 사람팔자 모른다고 한평생 땅만 파던 자네가 큰 부자 되었구나."

"요즘 큰 아파트 거의 외국 이름 붙인다더니 오면서 보니 상가 간판이고 아파트 이름이고 죄다 영어로 돼 있네. 누가 그러더라. 시부모들 못 찾아오게 하려고 그런대나 어쩐다나 원."

"설마?"

"영어 이름, 영어 간판 커다랗게 붙여야 잘난 줄 알지. 도가 지나쳐. 우수한 우리 한글 무시하면 막 화가 난다니까."

박정수가 내려서 악수를 하며 그의 어깨를 툭툭 쳤다.

"공두식 오늘 큰일 했어, 고맙다. 술이 취했는데 괜찮겠니? 자네 아파트 앞인 것 같아. 잘 찾아 들어가라. 고맙다. 친구야. 우리는 간다."

"야! 우리 집에 가자. 니들 다 자고 가도 되거든. 방들이 엄청 넓거든. 그래도 간다고, 친구들아 잘 가라 빠이 빠이!"

친구들이 차를 돌려 나가고서 그도 집으로 가려고 하자 다리가 비틀했다. 스팀이 잘된 차 안에 있다 내려서 그런지 으스스하고 걸음이 비틀했다. 바람이 제법 매몰차게 지나갔다.

이곳 신도시 신축아파트로 이사 온 지 이제 한 일주일 되었나. 지난달부터 입주가 시작된 천오백 세대 단지여서 낮에는 들고나는 이삿짐 차들로 아파트가 어수선하지. 나 원, 난리도 그런 난리가 없더라. 그래 집에 가자. 뭐 실내인테리어가 품격 있게 잘 되었고 붙박이들도 많이 있어 정리하기 좋다는 내 집에 가자. 우리 집이지. 아니 우리 아파트지. 넓은 거실에는 황소 털 색깔 기다란 가죽 소파도 있고 주방에는 6인용 큼직한 식탁도 들였지. 방한이 잘되어 보일러를 안 켜도 주택보단 열 배 따시다고 마누라가 그러제. 한평생 바깥바람만 쉬어 온 나야 갑갑하지만 안식구 좋다니 좋은 거지 뭐. 정남향이라 대형 베란다 유리문으로 햇빛이 소나기처럼 쏟아져 들어와 온종일 따스하니 밤에만 잠깐 보일러

돌리지. 마누라가 주야장천 노래하던 아파트 아닌가. 이사하기 한 달 전부터 마누라는 딸내미와 작당을 해서 시내 가구점은 다 돌아다니며 소파, 침대, 식탁, 양문형 냉장고, 김치냉장고, 드럼세탁기를 미리 사 두었지. 세탁기 들어오면서 빨래 건조기도 슬쩍 따라 오더만.

"보소 내 생전 처음으로 돈 쓰는 재미가 아주 솔솔허요. 애들 혼수 해 줄 때처럼."

늙은 마누라가 아주 신바람이 났어. 못난 남편 만나 사느라고 고생도 일도 엄청나게 했으니 수용보상금 절반은 마누라 몫이지, 암. 이사하고 주문한 새살림 들이느라 바쁘게 설치더니 엊그제부터 심한 몸살이 나서 오늘은 일어나지도 못하고 뻗어 있었제. 보소, 늙어선지 돈 쓰기도 이젠 힘이 들구려. 하고 객쩍은 소리를 했제. 사람은 다 늙었는데 뭔 새살림 구색 갖춘다고 힘을 쓰는지 내사 모르겠다만. 돈이 뭐 일이백 들었던가. 거금 천만 원도 더 들었제. 내가 돈 많이 쓴다고 큰소리 낼까 봐 모녀가 입 맞추어 물건대금 반으로 뚝 잘라 부르는 것 알고도 모르는 척 넘기는 거지 뭐. 마누라 원대로 하라고. 사십여 년 안방에 있던 자개농 버리고 온 것이 마누라는 못내 섭섭해 하였지. 마누라가 그 장롱 얼마나 좋아했는지 누구보다 내가 잘 아니까. 형편이 구차하여 늦장가를 든 이듬해 살림밑천 첫딸 우리 진숙이 낳고 연년생 큰아들 진수 얻었지. 없는 살림인데도 살맛이 났지. 이태 지나 진호 태어나고 어쩌나 좋던지 말도 못 했제. 고물고물 강아지새끼 같은 내 자식들 보기만 해도 배가 불렀으니까. 내 어깻죽지는 엄청 무거워도 새끼들 굶기고 않고 험하게 안 입히려고 깜깜한 새벽부터 밤늦게까지 빡세게 일하였지. 내사 품앗이 놉일 가리지 않고 다 했지. 내 새끼 입에 밥 들어가는 것보다 더 보기 좋은 그림이 이 세상 어디 있던가. 참말로 땅

한 평이라도 더 늘이려고 소같이 일만 했는데 우리 마누라 그때부터 살살 세간욕심을 부리더마. 장롱은커녕 찬장도 없이 시작한 소꿉살림이라 못질한 벽에 옷가지 주렁주렁 걸어 놓고 살았는데, 어느 날부터 밥도 안 묵고 물도 안 마시고 장롱 사내라고 드러누워 사람 환장하게 했제. 엄마 엄마하며 달라붙어 우는 새끼들 차마 볼 수 없어 내가 살찐 암소 한 마리 팔아서 기똥차게 자개가 잘 박힌 10자 짜리 장롱과 삼층장을 방 천장 뜯어 높여서 들였을 때 마누라는 자다가도 일어나 그걸 쓰다듬으며. 보소, 나 죽을 때까지 쓸 장롱이니 이거 비싸다고 구박하지 마소, 하고 오금까지 박았지. 우리 마누라 우리 일 틈틈이 남의 일, 모내기, 김매기, 대파 모종 등 기를 쓰고 하더니 동네에서 제일 먼저 다리 달린 텔레비전 들였지. 저녁만 되면 애 어른 없이 그거 보려고 우리 집으로 몰려들 와 할 수 없이 마루에 텔레비전 내어 놓고 마당에 멍석을 깔아 보았지. 사람들이 슬레이트 지붕 위에 세워진 안테나 보고 부러워들 했으니까.

옛날에 처음 냉장고 사서 들여 놓고도 우리 새끼들 신기해서 문 열어 보고 또 열어 보고 난리가 났제. 학교 갔다 뛰어와서 냉장고 문 열어 얼굴 디밀어 넣고 시원타고 좋아했었지. 내사 여름철에 음식 안 상하는 게 희한하더마. 그렇게 산 냉장고를, 애들이 얼음과자 만들어 먹던 냉장고를 그때는 여름에만 돌리고 겨울에는 꺼 버렸지. 전기요금 아낀다고. 신청하고 1년도 넘게 기다렸다 검은색 전화기가 집에 달리던 날은 내가 더 좋아했는데 여편네가 처음에는 자랑한다고 이웃에 전화 빌려주고 인심 쓰더니 두 달도 못가서 전화요금 많이 나온다고 구시렁거렸지. 하여튼 마누라는 목표가 생기면 내 귀에 딱지가 앉도록 노래를 불러댔지. 세탁기, 세탁기 하고. 나중에는 지겹고 귀찮아서 가만있으면 얼른 물

건 들이고 입이 귀에 걸렸다니까. 세탁기, 김치냉장고 들이고도 입이 헤
벌어져서 바쁜 와중에도 언제나 반짝반짝 윤이 나게 닦았지. 자개장과
삼층장은 사람들이 보면 새 것 같다고 했으니까. 벼루고 벼루어서 비싼
물건 하나씩 장만할 때마다 마누라가 얼마나 좋아하던지 몰라. 토마토
하우스에서 종일 일해도 일할 기운이 나고 행복하다고 했으니까. 훗날
딸아이 결혼시키면서 전기제품 몽땅 사 주고는 한 말이 있었제.

"보소, 저 애들은 부모가 몽땅 사 주어 새 가전제품 집에 들여 좋기
는 하겠지만, 벼루고 벼루어서 하나하나 장만한 우리만큼 행복을 느끼
지는 못할 것이요."

비싼 가전제품 하나 들이면 징그럽게 오래 썼지. 이사도 안 하고 처
음 그 자리에 붙박이로 있었으니까. 이삼십 년은 예사로 썼지. 고장이
나서 부르면 교체할 부품이 잘 없다카데.

이번 새 아파트 이사에 구닥다리 헌 살림들이라 별로 가져올 게 없었
어. 딸애는 다 버리고 엄마 아버지 몸만 나오라고 하다 내 눈총을 받았
지만. 마누라는 아끼던 자개농과 삼층장을 아파트에 갖고 간다고 고집
을 부렸지만 애들이 하나같이 새집 버린다고 반대들을 하니, 결국 자개
농은 버리고 삼층장은 우리 따라 아파트로 왔지 뭐. 큰 간장단지며 즐
비하던 항아리들이 눈에 밟혔지. 한평생 농사지은 농기구는 좀 많은가.
하나같이 내 손때 묻은 경운기며 이앙기, 고압분무기 물 퍼는 모터 등
넓은 창고에는 농기구로 그득하지. 비닐이며 그물이며 좀 많은가. 옛날
에 쓰던 쟁기며 지게, 채, 어레미, 연장들도 한쪽에 있어 애들이 농기구
박물관 차려도 되겠다고 했으니까. 아, 1톤 트럭, 내 애마 털털이! 십오
년 동안 소같이 부린 내 차.

날 많이 도와주었고 돈도 수태 벌어 주었제. 완전 농산물 짐차였던

털털이가 지난가을에 떠나갔지. 어찌나 일을 시켰던지 완전 똥차가 되었지만 그래도 나는 그 차가 든든한 친구처럼 내 걱정 다 받아 주고 내 신경질 다 받아 주고 내 발이 아닌 한 몸이 되어 살았는데 내 논밭 수용되자 저도 할 일 없다는 걸 알았는지 자주자주 탈이 나드니 지난겨울 초입 아침에 시동을 걸자 크렁크렁 이상한 소리를 내더니 그만 숨이 가 버렸지. 폐차장 보내는 털털이 운전대를 잡고 남몰래 눈물을 쏟았구먼. 운전석이야 짐칸이야 타월로 깨끗이 닦고 쓸어서 궁둥이 몇 번이나 두드려 주고 보냈지. 아직도 그 털털이만 눈에 선하다니까. 이백 평 넘는 내 집 마당 어디고 쭈욱 갖다 대면 지 자리였는데, 방문만 열어도 마루에 서서도 젤 먼저 띄는 게 파란색 트럭인데.

우리 할무이적부터 살았던 집이라 백 년이 넘은 촌집이 엄청 헐었지. 자연녹지에 묶여서 새로 짓지도 못하고 조금씩 고쳐 가며 살았는데 여름날 감나무, 살구나무 그늘 평상에 누우면 낮잠이 절로 오고 겨울에 장작불이나 좀 넣으면 구들방이 뜨끈뜨끈 얼마나 좋은데. 그러나 헌 집이라 벽으로 황소바람이 쑹쑹 들어와 마누라가 추워서 못살겠다고 뼛골이 쑤신다고 지천하다 지난해부터 김장하고는 딸내미 아파트에 가서 동지 지내고 왔으니 옮겨야지 뭐. 내사 전기매트만 있어도 얼마든지 살겠던데 여자들은 춥다고 별나게 엄살하대. 하기야 토마토 하우스야 대파작물이야 고추, 들깨, 콩 농사 한평생 짓느라고 등이 다 굽어지고 무릎연골 다 닳아 내년 따스한 봄날에 유명한 병원에서 무릎수술하기로 예약해 두었지. 무릎관절 수술하면 생활하기 불편하다 해서 이참에 사는 침대도 내가 유명메이커 젤 좋은 침대 사라고 하자 마누라가 영감밖에 없소, 하며 활짝 웃었지. 아파트가 뭐가 그리 좋다고 만날 아파트, 아파트 노래하면서 언제 새 아파트에 한 번 살겠냐고 바가지를 긁던 마누라 소원도 풀어 주었으니 이젠 내 할 일은 다 한 것인가. 애들 말대로 나도 좀 편하게 살아보는 건지 모르겠다. 내가 정말 농사일 손 떼고 손에 흙 안 묻히고 살 수 있을지 모르겠네.

에잇 추워라. 이놈의 날씨가 갑자기 왜 이리 춥지? 내일 모레면 금년도 다 가는데, 올해는 참 일이 많기도 했다. 한평생 농사짓던 내 땅이 몇 년을 질질 끌어오다 울며 겨자 먹기로 수용합의서에 도장을 찍어 주었지만 암만 생각해도 날도둑놈한테 뺏긴 것 같아 섭섭한 생각이 든다니까. 세상천지 시골도 아니고 대도시 평지 땅을 평당 일백만 원도 안 주고 수용하다니. 자연녹지만 풀리면 몇 백만 원은 받고도 남을 금싸라기 땅인데. 아이고 아까워라.

어어, 날이 제법 맵네. 밤공기에 뒷머리만 조금 남고 머리숱이 홀랑 빠져버린 대머리가 썰렁하니 시리다. 아, 참. 오리털파카에 모자가 달렸다고 막내가 말한 걸 잊어구마. 모자 덮어 써야지. 히히 대번에 대머리가 따시네. 그래도 춥다 추워. 어서 집에 들어가야지. 내일모레면 금년도 다 간다. 또 한 살 나이를 먹는구나. 먹기 싫어도 먹는 게 나이 아닌가베. 쉽다, 쉽다 해도 나이 먹는 것보다 쉬운 게 뭐가 있을꼬? 연애도 한 번 못해 보고 중매로 장가간 게 오래전 일 같지 않은데, 연년생 새끼들 고물고물하던 게 엊그제 같은데 벌써 일흔일곱이나 먹었으니, 낼모레면 여든일세. 그 많은 나이 언제 어디로 다 먹었을고?

여기가 아파트로 들어가는 문이제. 어, 대형 유리문이라 그런지 꿈쩍도 않네. 다시 밀어 보자. 요지부동이네. 내가 술이 많이 취했나. 정신을 차리자. 다시 현관문을 꽉 밀었으나 그대로다. 염병하고 자빠졌네. 문은 자고로 열라고 있는 거지 지랄하고 안 열리는가. 안 열리는 문이 무슨 문이고? 발로 차버릴까. 에잇, 아이고 발이 아프네. 발가락이 더 아프네. 잘못 찾았나? 저만치 나가서 동수를 보려고 고개를 치켜들고 살펴봐도 너무 높아 동수가 보이지 않는다. 제기랄, 다리가 비틀거리네. 더 뒤로 나가보자. 저기 뭐꼬? 116이라고 적혀 있제. 우리 집은, 우리 집은 117동 1604호지. 내가 술이 좀 됐기로 집주소도 모를까. 이쪽이 아니고 저쪽으로 가 보자. 그런데 이 널럴한 아파트에 우째 사람새끼도 개새끼도 안 보이누. 몇 시야? 아, 시계가 두 시가 넘었네. 내가 동창회서 너무 놀았네. 아니 기분이 좋아서 과음한 게야. 그래도 집은 바로 찾아 가야지. 다리가 자꾸 휘적휘적하네. 아아, 저기가 117동이야. 가만있자, 여기 아파트는 대문에 자동키가 있다고 했지. 그게 몇 번이라고 하더라. 아차차, 우리 부부가 현관문을 들고 날 때마다 비밀번호 누르기 번잡다고 큰애가 새끼손가락보다 가느다란 플라스틱을 우리에게 하나씩 주면서 대문 저어기 동그란 곳에 갖다 대면 문이 저절로 열린다고 했지. 큰애가 우리 집에도 현관문 자동키를 달아 주었지. 찾아보자. 어, 그게 어디 갔나? 없네. 집에서 안 갖고 나왔나. 동창회서 어울려 놀다 잃어버렸나. 바지 주머니 방한복 안주머니 바깥 주머니를 다 뒤져도 열쇠라고 하던 그 조그만 플라스틱 쪼가리는 보이지 않네. 아참, 집에 전화하면 되는데 내가 깜빡 잊고 있구나. 오늘 내가 술이 좀 과하게 취하긴 했구나. 새집에 새 가구 들이느라 몸살이 난 마누라가 좀 나아서 일어났는지 모르겠다. 죽이나 밥이나 뭘 좀 먹었는지 원. 핸드폰은 어디 있냐? 호주머니가 많이 달린 오리털 방한복 안주머니에 있네. 가죽 지갑에 얌전히 들어 있다. 딸애가 선물한, 핸드폰이 아니고 최신스마트폰이라고 사진도 잘 찍히고 이놈은 찾으면 모르는 게 없는 똑똑한 놈이라고 했겠다. 그럼 우리 집도 찾아 주겠네. 그런데 집에 전화를 하려니 이놈의 폰이 꿈쩍을 않누? 화면이 열려야지. 이제껏 사용하던 폴더 폰이 백번 낫지 이게 뭐람. 딸애가 집에서 열 번 스물 번 설명하며 가르쳐 준 스마트폰인데 왜 안 되지. 그때는 잘 되었는데. 딸애가 우리 아버지 엄청 잘한다고 칭찬까지 했는데 왜 이렇게 화면이 꿈쩍을 않지? 누구에게 물어보려 해도 주위에 인간이 있어야 묻지. 문득 떠오르는 게 있다.

"아버지, 아버지는 술을 좋아하셔서 잘못하면 폰 잊기 쉬우니 비밀번호 저장해 둘게요. 안 그럼 나중에 주운 사람이 마구 써 버려 전화비 엄청 나올지도 모르니까. 아버지 이렇게, 이렇게 갈지자로 먼저 그으면 열리거든. 알겠지요. 항상 이렇게 먼저 긋고 아니 열고 아빠 해 봐. 응, 잘 하시네. 가로로 죽 긋고 사선으로 긋고 오른쪽으로 죽 그으면 되거든. 아빠 해 봐. 잘하시네. 그리고 여기 우리식구 차례대로 올렸거든. 전화번호 안 봐도 돼. 1번 엄마, 2번 나, 3번 진수, 4번 진호 5번 우리 집 전화야. 이렇게 차례대로 그냥 터치로 누르면 전화가 연결돼요. 자 나한테로 전화해 봐. 2번 터치, 저것 봐, 바로 내 폰 울리잖아. 1번 엄마한테 해 봐봐. 엄마 폰 울리잖아. 잘되지. 일일이 전화번호 숫자 안 눌러도 바로 된다니까. 참 쉽지요. 전화번호에 아빠 친구들이랑 아는 사람 다 넣어 줄게. 이름만 치면 전화번호가 뜨거든. 알았지 아버지?"

그래 비밀번혼가 뭔가 해 보자. 쭈그리고 앉아 시린 검지 끝으로 줄 긋기를 해도 와 안 열리누? 미치겠네. 딸애 앞에서는 분명히 잘 하였는데. 손이 곱아 떨려서 잘 안 되나. 너무 추워 까딱하면 한기 들겠네. 별도 없는 캄캄한 하늘이더니 부슬부슬 싸락눈이 내리기 시작하네. 어디로 가지? 잠시 어디 가 있지? 아, 지하주차장이 있었지. 지하주차장은 따뜻할 거야. 주차장에서 바로 엘리베이터 타고 집으로 올라가면 되는 것을 깜빡 잊었네. 내가 옛날부터 공부도 못하고 머리가 나빴제. 어휴!

아파트 몇 바퀴를 돌고 돌아 겨우 주차장 입구를 찾았는데 와 이리 쥐죽은 듯 조용하누. 차들이 로터리 친 밭고랑모양 가지런하게도 줄섰네. 저런, 불빛이 짐승의 눈빛 같네. 그런데 무슨 놈의 지하주차장이 이리도 넓을꼬. 학교 운동장보다 더 넓어. 이놈의 아파트는 사람새끼는 잘 보이지 않고 차만 보이네. 차만 사는 동네인가. 머리가 빙글빙글 어지러워. 어디가 어딘지 도통 알 수가 있어야지. 검고 흰 차들이 마치 사람처럼 즐비하게 뻗어있는 것 같으니 헛것이 보이나? 이 나이에 무섬증이 드나. 내 차는 어딨누? 아차차, 내가 우리 털털이를 찾고 있구나. 운전대랑 짐칸을 깨끗이 닦고 쓸어서 폐차장 보내놓고 내가 이런다. 큰아들이 골라준 자가용은 인물이 반지르르한 까만색 르노삼성 SM5이지. 르노하고는 아직 정이 덜 들었제. 어째 십오 년 세월 함께한 털털이만 할까. 르노는 어디에 놔두었게? 우리 라인 쪽에 주차했을 텐데, 차 넘버가 몇 번이더라? 어째 가물가물하다. 전에 트럭은 길에나 마당이나 아무데나 세우면 됐지. 집안 어디서도 파란색 트럭이 보였으니까. 그때가 편하고 젤 좋았어. 이 넓은 데서 어떻게 우리 차를 찾을꼬. 차도 안 보이고 기가 차네. 안 되겠다 내일 마누라하고 내려와 찾으면 금방 찾지. 지가 가면 아디로 갔을라구. 술이 다 깼다. 내가 왜 이러고 있지. 지하주차장에서 엘리베이터로 바로 올라가는 117동을 찾아야 해. 117, 117번, 아이구 겨우 117동 입구를 찾았네. 휴, 한숨이 절로 나왔다. 그러나 지하 엘리베이터 입구에서 또 다시 낙망하고 말았다. 굳게 닫힌 자동유리문이 꿈쩍을 않았다. 자동문에 온갖 숫자를 다 넣어 눌러 봐도 닫힌 문은 열리지 않았다. 유리문을 뚜드렸다. 얼마나 심하게 유리를 쳤는지 손바닥에 피가 터졌다. 억울하고 분해서 울음이 나왔지만 속으로 삼켰다.

"마누라 말 듣고 이런 복잡한 곳으로 이사 와 된통 헷갈리네. 전에 그 집은 눈감고도 술이 떡이 되어도 저절로 발이 지동으로 찾아가는 내 집 아니던가. 어쭈, 사람 못 들어가게 막으면 짐승 들어가라고 하는 짓인가? 이놈의 아파트 확 불질러 버려야 돼!"

그는 비틀비틀 주차장을 빠져나왔다. 참, 아파트 관리실이 있다고 했지. 관리실을 찾기 시작했다. 이사하고 입주에 딸린 일은 아내가 다 처리하였기에 아파트 관리실은 한 번도 가 보지 않았던 곳이다. 휘적휘적 겨우 찾아간 곳은 불이 꺼졌고 캄캄하였다. 경비실을 찾았다. 경비실에 불빛은 있는데 안에는 아무도 없었다. 순찰 중이라는 팻말이 그의 눈에 들어올 리 없다. 에잇 재수 없는 날! 눈이 점점 많이 내리고 있다. 첫눈치고는 많이 온다. 그의 오리털외투에도 하얗게 눈이 쌓였다. 그는 비틀비틀 다시 117, 117을 찾아 헤맸다. 그러나 이젠 어디가 어딘지도 알 수 없었다. 추위가 전신을 파고들었다. 한기까지 들어 덜덜 떨렸다. 전화를 집에 전화를 해야 돼! 마누라가 기다리고 있는데, 몸살로 많이 아픈 마누라가 눈이 빠지게 기다리고 있는데, 늦게 왔다고 잔소리깨나 할 거야. 큰일이다. 그런데 내가 오늘 어디를 갔지? 어디를 갔다 나 혼지 이렇게 헤매고 있는 거야? 모르겠다. 아무런 생각이 안 나네. 나 혼자 왜 이렇게 오돌오돌 떨고 있는 게지? 어, 내 머리가 돌이 되었나. 도무지 생각이 안 나네. 주머니를 다 뒤져 답답이 그 물건을 꺼내었다. 꽁꽁 언 손으로 열 번 백 번 줄긋기를 하였다. 아무리 줄긋기를 하여도 대답이 없는 장난감에 머리끝까지 화가 나서 그것을 힘껏 내던져 버렸다. 장난감은 시멘트바닥에 던져져 와삭 소리가 났다. 속이 다 시원했다. 이젠 공짜로 줘도 저런 건 안 해! 손안에 속 들어오는 핸드폰이 딱이지. 여기가 대체 어디야? 일어나서 가야지. 우리 집으로 가야 해. 늙은 마누라한테 잔소리 엄청 듣고 식겁하게 생겼다니까. 그런데 내 몸이 와 꼼짝을 않누? 누가 발을 붙잡고 있네. 놔! 놔란 말이야! 제기랄! 빌어먹을, 이 새끼야 내 손에 죽을래? 새끼가 정말 죽고 싶어 안달이제. 나도 이젠 못 참아, 머리 뚜껑이 열렸다니까. 이리 와! 이리 나오란 말이여! 왜 나를 잡느냐 말이여? 개새끼. 놔, 놔란 말이여! 개새끼가 지랄하고 자빠졌네!

115동 아파트 앞 잔디마당 나무 아래 늙은 사내가 죽어 있었다. 간밤에 내린 흰 눈이 따뜻한 이불처럼 사내를 덮어 주고 있었다. 114동 앞에는 최신형 스마트폰 한 개가 깨어져 있었다. 미명의 새벽을 가르는 경찰차와 구급차 왱왱거리는 소리가 아파트 사람들을 불안하게 깨웠다. 사람들이 모여들었다.

입주한 지 일주일 된 117동 1604호 남자라고 하였다.

남자의 아내가 실신하여 구급차에 먼저 실려 나갔다고 한다.

고기장사 셈

옛날 마산 고기장사 아지매는 생선함지 헤깝게 이고
윗마실 아래마실 돌며 간칼치 자반고등어 집집마다 풀어 놓았지
보리타작 끝나면 보리쌀 밀쌀로 나누어 준 고등어 거두고
가실마당 햅쌀 찹쌀 청태 메주콩으로 광목자루 부풀더라
동네에서 멸치 칼치 고등어로 시비 붙은 적 한 번도 없었지
희안하제 마산띠기는 글자 몰라 외상 장부도 없는데
우째 놓아 준 괴기는 그리도 명척하게 아능가 모르것네

캥거루들의 행진

도무지 일어날 기척이 없다. 도대체 큰애는 언제 일어날 건가?

"어, 당신 요새 성질 참느라고 수고 많네. 내가 그랬으면 천둥 몇 번 쳤을 텐데."

"그걸 말이라고 해. 참느라 사람 죽겠는데!"

5시만 되면 일어나지 않고는 못 배기는 그녀로서는 요즘 최대한의 인내로 참고 있다. 아침도 안 먹이고 운동하러 나가기도 그렇고 갑갑해서 한숨이 절로 나온다. 11시, 천 여사는 드디어 자신이 더 지겨워 아들을 깨웠다. 일중이 부스스 눈을 떴다. 헝클어진 머리, 텁수룩한 수염, 움푹 들어간 눈, 꺼칠하게 야윈 얼굴, 야위니 콧대만 얼굴에 서 있는 것 같다. 긴 목에 툭 튀어나온 목울대며 꼴이 말이 아니다. 울화가 치밀다가도 아들 얼굴만 보면 가슴 한쪽이 뜨끔하게 아프다. 다른 건 못해 줘도 아들 얼굴에 살집부터 좀 붙여야겠다. 누구 아들인데, 한의원 데려가서 보약을 좀 지을까, 돈이 얼마나 들까. 컴퓨터 여자한테 알아보고 가야지. 입고 있는 낡은 회색 T가 아들을 더욱 헐렁하게 만든다. 뵈기 싫게 중년 태가 풀풀 난다. 장가를 갔으면 벌써. 나가서 산뜻한 티도 두 장 사야겠다.

"어깨 좀 활짝 펴라."

"밥 생각 없는데."

"혼자서 만날 끼니 제대로 안 먹어 이렇게 말랐잖니. 늙은이 모양 축 늘어져서 이게 뭐니? 밥이라도 같이 먹자."

"예, 좀 푹 쉬고요."

에구구 지가 무슨 일 했다고, 꼬박 사흘을 내리 잠만 자고서. 그 전에도 아들은 집에만 오면 잠귀신이 붙었는지 잠만 잤다. 일중이 내려왔다. 서울 살던 큰아들 일중이 내려왔다. 저 차에 노트북 컴퓨터, 책, 옷이며 신발을 싣고 왔다. 십년도 넘게 살은 살림이 자가용 한 대에 달랑이다. 다 버린 모양이다. 하기야 쓸 만한 게 뭐가 있으려고.

"너, 갑자기 어떻게 된 거야?"

아들은 대답 대신 어색한 웃음을 흘리며 물건들을 들어다 저 방으로 날랐다.

아들이 옴팍 노는지는 정말 몰랐다. 꼬락서니가 말이 아니었다. 신발이 뒤엉킨 손바닥 현관에서부터 좁아터진 원룸 방 안 꼴은 가관이었다. 싱크대엔 씻지 않은 냄비와 그릇들이 포개져 있는가 하면 빈 라면 봉지들이 어지럽고 바닥에는 잡지와 신문, 구인지가 널려 있다. 담배꽁초도 재떨이 가득이다. 어찌 이렇게 어질러 놓고 사는가? 사내 냄새, 홀아비 냄새가 풀풀 넘쳐난다. 환기를 않아 질퍽하게 배인 역한 냄새에 하마터면 구역질이 넘어올 뻔 하였다. 담배 냄새도 장마 때 물기처럼 스며들어 눅진하게 달라붙어 있다. 이불과 베개는 세탁기 구경도 못 했는지 땟국이 질질 흘렀다.

"이렇게 놀고 있냐?"

머리도 수염도 깎지 않아 텁수룩한 모습의 큰아들은 어색하고 민망스런 표정만 지었다. 서울에 친목계원 딸 결혼식 참석차 대절버스로 왔다가 소식 뜸한 아들 얼굴이라도 보려고 찾았더니 이 꼴을 하고 산다. 물론 튼실한 직장 다녀서 돈 잘 벌고 잘 산다고는 생각 않았지만 세상에 이런 꼬락서니일 줄이야. 옛날에 아들이 대학 졸업하고 처음 직장 다닐 때는 하숙집을 청산하고 천 여사가 새 원룸도 얻어주고 하여 자주 서울을 왕래했다. 반찬이야 장아찌야 바리바리 가지고 가서 냉장고를 채우고 반들반들 정리해 주고 왔다. 그러다 직장이 바뀌고 이리저리 이사를 하고 방을 옮기더니 천 여사가 서울 한 번 가겠다면 아들은 자신이 곧 내려온다면서 한사코 말렸다. 아들은 설 추석 명절과 여름휴가에 내려왔다. 용돈은 구경도 못했지만 지난 추석에는 갓 출고된 새 차를 몰고 왔기에 그래도 저 쓸 만치는 버는가 싶어 조금 마음도 놓고 하여 사십 줄 아들 결혼 독촉하지 않았던가. 입으로 튀어나오려는 이놈아 놀고먹을 나이는 아직 아니지, 라는 말을 목구멍으로 꿀꺽 삼켰다.

"언제부터 논 거야? 어째 이런 궁상을 하고서. 차라리 집에 내려와라!"

그 말이 이렇게 씨가 될 줄이야, 아들은 참말로 짐을 싣고 내려와 버렸다. 본디 일중은 심성이 곱고 착했다. 동생들에게 무어든 양보했다. 그 시절 천 여사 부부가 식당에서 온종일 일하고 늦게 오면 일중이 동생들 먹이고 씻기기를 다 했다. 무엇을 시켜도 예, 하고 다녀왔다. 그래서 언제나 우리 착한 큰아들 하고 칭찬했다. 운동이란 운동은 다 하고 건들건들하던 싸움대장 둘째 이중이, 곱상한 얼굴에 멋이란 멋은 다 내는 말썽꾸러기 셋째. 큰애는 말썽 한 번 없이 중고교를 졸업했다. 그녀는 친구들에게 자랑했다. 엄마 말이라면 하늘의 별이라도 따다 줄 아들이라고. 일중이 서울 명문사립대에 재수 끝에 붙어 줘서 그야말로 천 여사 콧대를 얼마나 높게 세워 줬는지 모른다, 매달 초삼일을 안 넘기고 하숙비며 잡비를 지극정성 송금했다. 은행창구에서 등록금 낼 때마다 옆에 사람들 다 보이게 납부금 용지를 흔들며 서울 명문사립대는 등록금이 지방대 비하며 엄청 비싸다고 엄살을 떨었다. 군대 다녀온 아들은 복학하여 남들 이 년이면 마칠 대학을 왠지 일 년 반을 더 다녔다. 아들은 고생하고 살아온 부모를 생각해서인지 해외유학도, 은근히 바랐던 대학원 진학도 입에 비치지 않았다. 아들은 군대에 다녀오고부터 겁이 많아지고 불안해 보였다. 휴가 때 밥 먹으라고 잠을 깨우면 옛! 알겠습니다! 하고 스프링 튀듯이 놀라 발딱 일어나 거수경례를 붙여 부부가 화들짝 놀랄 지경이었다. 저러다 군대 마치면 괜찮겠지 했는데 아들은 그 후에도 옛 하겠습니다! 하고 군대식으로 대답하여 천 여사는 아들을 부를 때 평소보다 목소리를 낮춰 불렀다.

경영학과 출신의 아들의 첫 직장은 국내 제일의 전자회사여서 천 여사의 눈이 이마빡에 붙을 지경이었다. 연수와 실습기간이 끝나고 아들이 집으로 내려왔다. 아들은 검은 가방에 넣어온 칼라광고지를 잔뜩 펼치었다. 영업을 잘 하여 실적을 많이 올리면 승진이 빠르다고 전에 없이 흥분되어 설명했다. 천 여사는 어느 때부터 맘만 먹고 망설이고 있던 거실의 오래된 TV를 큰 TV로 바꿨고, 김치냉장고, 에어컨, 전화기까지 몽땅 아들에게 구입하였다. 형들보다 먼저 결혼한 셋째에게도 컴퓨터와 김치냉장고를 사게 하여 거금 천만 원도 넘게 아들의 실적을 올려주었다. 셋째네 돈도 잔소리 백 번은 하고 결국 천 여사가 지불하게 되었지만. 아들은 승진도 못하고 회사를 그만두었다. 천 여사는 약아빠진 서울 인간들이 본성이 착한 아들을 이용만 하는 게 분하여 악담을 퍼부었다. 천 여사가 골똘히 생각해 보니 큰애의 착하고 고운 심성에는 영업직이나 일반회사는 아닌 것 같다. 공무원이 적격이지. 서울 있을 때 노량진 학원에 다녀라 할 것을, 진작 그쪽으로 밀걸 후회가 되었다. 그때는 회사랍시고 다니지 않았던가. 식탁에서 아들과 마주했다. 쯧쯧, 숟가락질도 어째 다부지지 못하고 저리 허술할까. 이그, 세상없이 착해 빠져서 저 입에 들어가는 것도 다 뺏기지. 입맛 당기라고 준비한 갖가지 쌈 채소는 손도 안 대고 동태국만 휘젓는다.

"너도 이렇게 지내기가 답답하지? 좀 갑갑하겠냐."

"……."

"네, 공무원 한 번 도전하는 게 어떠냐? 나이 제한도 풀렸다며. 암만 봐도 공무원이 제일 땡이더라. 딴 데 비해 좀 편하냐. 다닐 땐 봉급으로 보너스로 살고, 퇴직해선 연금이 얼마나 많은데, 외삼촌도, 고모네도 연금 받아서 해마다 해외여행가고 잘 먹고 잘살더라."

"……."

"너 공부는 잘했잖니! 늦었지만 학원 끊어 죽어라 악심 먹고 시작해 봐. 누가 아냐, 네가 공무원 할 팔자라서 딴 직장은 그리 옴이 붙은 건지. 붙기만 해 봐라 네 혼사도 단박 성사될 게고, 만날 인물 좋고 학벌 좋다고 하다 그놈의 직장 때문에 깨졌지 뭐. 제일 비싼 학원 끊어라. 뒤다 대줄 테니 걱정 말고 알았지?"

아들은 공무원 고시학원에 등록했다. 천 여사는 아들이 밤낮 드러누워 있지 않고 말끔하게 차려 입고 나가자 막혔던 억장이 좀 퍼졌다. 아들은 일요일엔 온종일 꼼짝을 않았다. 아침 식사도 거른다. 화장실도 가지 않는다. 도무지 기척이 없다. 오늘도 변천만 씨가 나갈 준비를 한다. 허씨 가게 출근이다. 남의 장기 뒤에서 구경하는 게 뭐가 재미있다고 매일 출근 도장을 찍누. 하기야 심심하겠지. 작년까지만 해도 원룸 건설공사장에서 더러 부르더니 요즘은 늙었다고 그러는지 기별이 없다. 잠바를 걸치고 나가려는 남편에게 천 여사가 말한다.

"당신 나중에 철물점 들러 세면대 아래 S자 배관 하나 사오시구려. 저기 맨션에 그게 탈났다고 귀찮게 전화질이네. 영수증에 배관만 적지 말고 수리비까지 적어 오라고."

"알았어. 돈 줘."

"허 참 누가 돈 떼먹나. 엊그제 용돈 줬잖아. 그거 몇 푼 한다고."

"나 돈 없어."

"돈이 어디 갔는데, 걸어 나갔어? 새끼 치러 나갔어? 깨지는 장기판에서 또 잃은 거야?"

천 여사 눈꼬리가 단박 이마빡으로 쭉 째져 올라간다. 검은 눈알이 툭 튀어나오려 한다.

"잃을 돈이나 주고 그런 소리 하든지. 사실은 큰애 줬어."

"큰애 주다니?"

"어깨 축 처져 있는 게 뵈기 싫어서. 그 돈 얼마 된다고, 기죽을까 봐 쓰라고 줬어."

"에구구, 이 칠칠한 양반아 당신 앞가림이나 하지 내가 미쳐. 큰애는 내가 학원비랑 다 대주고 있다구. 큰애는 서울 전셋돈 한 푼도 안 내놨단 말이야. 내가 뼈 빠지게 벌어 목돈으로 걸은 전셋돈, 달세가 밀려도 제하고 몇 천은 손에 쥐었을 텐데 한 푼도 안 내놨단 말이야. 내 속이 확 뒤집어지지만 그걸로 저 용처나 쓰겠지 하고 말 않고 있는데."

"이 사람아, 2년마다 전세 달세 옮겨 다니느라 얼마나 남았으려고?"

"대학 들어가고부터 아니, 졸업하고도 부쳐 준 돈이 얼마인지 당신이 알기나 해? 난 몰라. 아들한테 얻어 쓰든 받아 쓰든 맘대로 해. 내가 돈을 낳아? 낳느냐고! 집구석에 내 등골 빼먹을 인간들만 득실득실하니 내가 어찌 살아. 어휴!"

천 여사는 가슴을 탕탕 치며 휙 방으로 들어가 버렸다. 천 여사는 오늘 못 볼 것을 보았다.

계모임이 있어 참석하여 아귀찜 식당에서 저녁을 먹고 다들 노래방으로 갔는데 천 여사만 바삐 중앙병원 쪽으로 가고 있었다. 남편이 배가 아프다고 전화를 한 것이다. 웬만하면 참든지 약 사 먹고 말지 계모임 나간 아내에게 전화할 사람이 아닌데, 먼저 병원에 가라고 하고 자신도 바삐 걸음을 옮기는 중이었다. 개똥도 약에 쓸려면 없다고 생전 안타는 택시지만 길에 널린 게 택시였는데 별꼴로 택시가 안 보였다. 발걸음이 모텔 앞을 지나려 할 때 택시가 한 대 멈췄다. 얼른 가서 택시를 잡으려고 하는데 택시에서 내리는 사람이 일중이 아닌가. 허벅지를 다 드러낸 짧은 치마를 입은 머리 긴 여자를 데리고서. 잘못 봤나 싶어 눈을 후딱 닦고 다시 봐도 일중이어서 천 여사는 자신도 모르게 모텔 건물 뒤로 몸을 숨겼다. 여자는 아들의 팔에 달랑달랑 매달린다. 아들은 여자의 허리를 끌어안았다. 남녀는 아무 거리낌 없이 모텔로 들어갔다. 가슴이 뛰고 숨이 벌렁거렸다. 혈압이 푹푹 고속차로 오른다. 아들 나이가 몇인가! 마흔을 넘겼다. 여자를 찾고도 남을 나이다. 문제는 여자이다. 직업 여자이겠지. 한숨이 절로 나왔다. 등신! 연애도 못하는 등신! 나쁜 병이라도 걸리면 어쩌누, 힘이 빠져 허숭한 발길로 찾아간 병원에서 변천만 씨는 급성맹장염 수술을 받고 있었다.

둘째 이중이 제주에서 아침 비행기로 집에 왔다. 혈색도 좋고 패기가 넘친다. 운동으로 다져진 다부진 몸매가 보기 좋다.

"형, 우리 사무실에 와. 우리 기획부동산에선 노력한 만큼 번 다우. 당찬 젊은 여자들 입술이 닳도록 전화기 붙들고 늘어져 건수 올려 큰돈 만지지. 형은 명색이 명문대 경영과 출신에 영업 경험도 있겠다, 간판으로 내걸어도 조오치!"

"내가 뭐 제주도까지 가려고!"

일중은 슬그머니 방으로 들어가고 변천만 씨는 소파에 누워 아들의 일장연설을 듣고 있다.

"엄마, 이번에 제주 큰 목장을 사려고 하거든. 몇 십만 평이야. 부동산에서 서로 살려고 난리야 난리. 그거 매입만 되면 횡재거든. 쪼개서 분할해 팔아도 몇 곱은 벌어. 그래서 통하는 기획사 몇 놈 손잡고 인수 하려고 철저하게 준비하고 있어. 요는 실탄이 문제지."

"그런데 지금 한류바람에 중국 인간 일본 인간들이 군침 흘리고 있다니까. 중국 걔네들 서울이고 제주고 단체관광이 장난이 아니거든. 좋은 물건 보이면 걔들이 싹쓸이 한다니까. 그뿐인가 제주에 군침 흘려 벌써 땅 많이 샀다니까. 소식통에 의하며 그런 큰 땅을 사서 멋진 호텔도 짓고, 부대시설도 완전 저희 차이나 식으로 조성해서 본토 관광객 저희가 다 받겠다는 거야. 비단이 왕서방 정신이지. 어쨌거나 거금 쥐고 대드는 걔네들보다 선수 쳐야 하거든. 물론 되팔아야지. 본토 놈이고 섬놈이고 따질 것 있나. 많이 올려주는 쪽에 넘기는 거지. 시청 세무서 쪽에 연줄 없이 일 못하지. 다 인맥이지. 한 번만 구르면 땅값이 하늘로 저절로 뛰지. 누이 좋고 매부 좋고!"

"……."

"엄마, 창고 가건물 있는 땅 처분해서 빨리 돈 좀 마련해 주셔. 오래 안가. 이번 건수 올리면 그 땅보다 큰 땅 사드리지. 아무튼 몇 장은 엄마가 마련해 주시우. 내 손에 있는 물건 좀 싸게라도 던지고 실탄 준비 해야지. 아, 엄마 목말라. 냉장고에 마실 것 있나?"

"이놈아 어미 얼굴만 봤다 하면 돈타령이냐? 내가 돈을 낳나, 낳느냐고?"

그녀의 입에서 끝내 고함이 터져 나왔다.

"네 사고치고 뒷바라지 몇 번이냐. 싸움질하고 껄렁대다 공인중개사 시험된 게 대견해서 기획사 차린 돈 누가 댔냐? 참한 아가씨 붙잡아 결혼이나 해라."

"우리 엄마 또 리바이벌하는 레퍼토리 나오시네. 이번 건하고 결혼한 다니까."

삼중이 왔다. 며느리는 안 오고 6살 손녀만 데려왔는데 커다란 여행용 백을 끌고 왔다. 베이지색 셔츠에 딱 붙은 청바지를 입은 삼중이 늘 씬하다.

"애 엄마는? 어디 가나?"

손녀를 품에 안으며 물어도 셋째는 애매하게 웃기만 했다. 뭔가 꺼림칙하다.

"엄마 당분간 우리 진아 좀 돌봐 주세요."

"얘가 뭔 소리하누? 진아를 왜 나보고 보래. 진아야 저 가방에 뭐가 들었니?"

"할머니. 내 옷. 엄마가 할머니 집에서 있으래. 난 싫어. 잉잉. 엄마 보고 싶어. 잉잉."

"난 바빠 애 못 봐. 그리고 너희 집에 묶음세트로 사는 장모는 진아 보면 탈나냐?"

"진아 엄마가 있어야 장모님이 와서 애 봐 주시지."

"진아 엄마가 없다니 집 떠나 어디 간다는 거야 뭐야?"

"야 임마, 네들 사고 쳤지? 위장 이혼 꼬리라도 잡혔냐?"

이중이 말하자 삼중이 저 형을 향해 껌뻑껌뻑 눈짓했다.

"뭔 소리야? 무슨 일 났어?"

"엄마. 아니, 아니야. 그보다 피시방 내놨어. 커피코너 할까 봐."

"커피코너를 하든 포장마차를 하든 너희가 알아서 하는 거지 왜 내게 말해?"

"딱 목 좋은 커피코너를 봤는데 피시방이 안 빠지잖아. 엄마가 좀 돌려줘."

"뭐! 이놈아 내가 돈을 낳나, 낳느냐고?"

천 여사는 셋째 등을 아프도록 세게 내려쳤다. 손녀 진아가 말갛게 쳐다보고 있다.

"엄마, 목 좋은 곳이라 급하다니까."

"야, 내가 더 급하거든. 넌 가게 빠지면 하면 되잖아."

"형은 뭐 그리 급해서. 어차피 혼자 하는 일도 아닌데 적당히 하는 척 하면 되지."

"이 자식이 말 되는 소리를 해라. 혼자 하는 일하고 기획부동산 연합하고 같아?"

형제는 어릴 적 땅따먹기 하다 자기 땅 다 뺏긴 그때처럼 성이 나서 서로를 노려보았다.

"모두 일어나. 점심이나 먹으러 가자. 어서!"

"점심, 식당에, 어떤 식당에 갈 건데?"

"집에 반찬 없어. 큰집 가자. 일어나. 삼중아 네 형 나오라고 해라."

"그럼 그렇지. 울 엄마가 식당 가겠냐. 큰집에 우리 식구가 우르르 다 가자고?"

"식구가 우리 식구지 어디 객식구 있냐. 가면서 네들 인사하러 간다고 전화하면 되지."

"그래. 가자, 가. 큰집에고 고모네고 밥 얻어먹는 게 뭐 새삼스런 일도 아니지."

소파에 누워 있던 아직 병색을 벗지 못한 남편이 쯧쯧 혀를 찬다.

"나이 든 형수님 생각은 손톱만도 않지."

"형님 생각하니까 애들 데리고 인사가는 거지. 두 분이서 자시는 상에 숟가락 몇 개 더 얹으면 되잖아. 형님 움직이니까 큰집 가지 형님 비실비실하면 애들이 가겠냐고?"

"오뉴월 핫바지 생각하듯 엄청 생각하네."

"당신 뭐랬어? 들리지도 않잖아."

"저번 아버지 제사 때도 미꾸라지처럼 빠지고선."

"또 그 얘기야. 말했잖아. 우리 오사모(오중대를 사랑하는 모임), 그 모임은 안 가면 손해가 이만저만이 아니라고. 1만 원 내고 오사모 회원만 되면 모임 날에는 호텔에서 근사한 식사에 기념품 선물에 시도 때도 없이 관광 보내주지, 칙사 대접인데 어떻게 빠져."

"오라, 내년이 국회의원 선거라서 당신 치마에 요롱소리 나겠네!"

"요즘 집구석에 들앉아 있는 여자는 어떤 여잔지 당신이 알기나 해? 딱 두 종류거든. 몸 아픈 여자하고 성질 더러운 여자하고. 자, 애들아. 어서 일어나 가자구."

그들 여섯 식구는 줄래줄래 집을 나섰다. 천 여사는 화가 나서 내내 궁시렁거리며 걸었다. 이놈들아 우리는 몽당숟가락 한 개 없이 살림 시작했다. 우리는 이 세상 막일이란 막일은 다 해 봤다. 네들 아버지 옛날에 똥지게 지고 똥차 따라 다녔어. 내가 다니던 한밭식당 주인 병나서 넘어지는 바람에 식당 세 얻어 어린 네들 집에 두고 새벽부터 밤늦게까지 허리 휘도록 일만 했다. 식당해서 번 돈으로 주택 사서 살다 파니 돈 처지더구나. 야밤중까지 구정물에 손 담그는 것보다 그게 돈 벌더라. 아파트 분양받아 피 오지게 붙여 팔고 재건축 딱지사서 팔고, 경매로 넘어온 주택에서 세입자 야박하게 쫓아냈지. 남의 눈에 피눈물 내고 사모님 소리 들었다. 형제간에 밥 한번 안 사고 벌벌 떨며 모았건만 이젠 이빨 빠진 호랑이 신세다. 나는 그저 내 손에 든 현찰만 좋아해서 연금도 보험도 하나 안 들었지. 곶감 빼먹듯 새끼들 빼가고 푹 줄은 돈, 그 돈 불리려고 주식에 손댔다 피 같은 내 돈 다 까먹었다. 그게 골병이 되어 고혈압에 당뇨까지 얻었지. 옛날에는 넘어져도 돈다발 베개였는데. 돈도 눈이 밝아 들어 올 때가 있고 나갈 때가 있더라.

"사부인, 여기로 잠시 내려오시오. 이것들이 시방 무슨 수작을 부리는지 모르겠소!"

수화기 너머로 삼중의 장모가 핏대를 올린다. 변천만 씨가 쳐다본다.

"사부인이 성질나 난리네. 자기 딸한테나 퍼붓지 나한테 뭔 긴소리 짧은 소리하누?"

삼중의 집에서는 큰소리가 현관 밖에까지 들렸다. 집안으로 들어서니 삼중은 장모에게 멱살 잡혀 있고, 며느리는 염색한 노랑머리가 쥐어뜯겨 수세미가 되어 있었다. 아가씨들보다 더 달라붙은 탱탱한 빨간색 쫄바지를 입은 삼중의 장모가 얼마나 설쳤는지 꼬불꼬불한 긴 파마머리가 얼굴을 휘덮고 왼쪽 귀에만 치렁한 귀걸이가 달려 있다.

"사부인 잘 오셨소! 이것들이 무슨 개수작들을 하고 있는지 사부인은 아시오, 예?"

"대체 뭔 일인데 이렇게 열이 올라서 이러신데요?"

"그래 네들 사실대로 똑바로 말해라. 내가 미치고 말지!"

"엄마 그, 그게……."

삼중이 더듬거리다 얼굴을 돌린다.

"진아야, 네가 말해 봐라. 뭔 짓을 하였기에 사부인이 이 난리를 치시누?"

"어머니. 그거요, 별게 아니고요."

"뭐 별게 아니라고, 그럼 어떤 게 별거여? 이년, 확 죽여 버릴라! 사부인, 내 딸년이 어떤 다 늙은 영감하고 붙어 있습디다. 그것도 대구에서. 내가 눈이 확 뒤집혀서 이렇게 집으로 끌고 온 거요. 지 새끼는 나한테 맡겨두고 기가 차서. 변서방 네가 말해 봐라. 그래, 내 딸을 죽어가는 영감한테 식모살이 보낸 거여?"

"장모님 그건 제가 그런 게 아니라요. 진아 엄마, 그렇지?"

"아니긴 뭐가. 우리 둘이 의논한 거는 맞잖아."

며느리가 남편을 향해 눈을 흘긴다. 천 여사 핏대가 확 치올랐다.

"애. 네 또 명품 사들였니? 가방이야 옷이야 화장품이야 재여 놓고 있으면서 또 저질렀구나. 도대체 명품 욕심 어디가 끝이야? 식모 살아 명품 빚 갚으면 때깔 오지게 좋겠다."

"사부인, 왜 내 딸만 나무란대요? 명품은 변서방이 더 찾습디다. 중고 수입차에 골프채에 지갑에 구두에. 돈이나 잘 벌면서 그러면 밉지나 않지."

"내가 못살아! 너들하고 인연을 끊고 살아야지. 결혼 때, 나이 어려 번 거 없다 하여 24평 아파트 한 채 사 줘, 살림 다 차려 주어 노래방 차려 주어 할만치 해 주었다. 난 더는 모른다. 식모를 살든 가정부를 살든 너희 맘대로 살아. 난 가마."

천 여사가 현관을 나가려 하자 삼중의 장모가 장대같이 앞을 막았다.

"사부인, 꼭 내 딸이 다 말아먹은 것처럼 말하네요. 서방이 변변찮아 그렇지. 여자는 남자 하기 나름이라고 여자가 애 키우고 하루 한 끼라도 밥 차려 주면 됐지 뭘 더 바라요? 요즘 세상에!"

"요즘 세상에는 명품 안 걸치고 카드 긁어 장모까지 데리고 외국여행 안 가고, 빚 안지고 삼시세끼 집에서 밥 먹으면 그래 벼락 맞는 세상이 랍디까?"

"사내가 돈 잘 벌면 왜 아침저녁 따신 밥 해 먹이자 않겠어요? 다듬 잇돌보다 야문 사부인이나 반반한 거 하나 없지 길에 다니는 개새끼도 명품가방 목에 거다고 요즘 명품가방 안 가진 젊은 것이 있는지 알고나 말씀하시지."

"홍, 빚 안지고 살면 명품가방에 묻히고 명품으로 저 몸뚱이 휘감아도 내가 말 않지요. 나는 돈 없으면 간장하고 밥 먹고 옷 벗고 살지라도 이날까지 십 원 한 장 빚지고는 안 살았어요. 옛날 물 귀할 때 물 한 동이로 다섯 식구 이틀도 살았어요. 평생 월부도 한 번 안 해 본 나한테 툭하면 돈 낳는 어미인 줄 알고 조르지나 않으면 나 말 안합니다!"

부아가 치민 천 여사도 냅다 고함을 질렀다. 진아 엄마가 훌쩍이며 툴툴거렸다.

"엄마도 잘 한 거 없어. 왜 만날 돈 뜯어 가는데? 파마 값 내라, 옷값 내라, 화장품값 내라. 내가 뭐 엄마 봉인가. 아직 젊은데 벌어 쓰려고는 않고 뜯어가지. 겨우 산 명품가방도 만날 들고 다니고 반지도 목걸이도 엄마가 하고. 옷도 나는 아끼는데 동네 계에 가면서도 꼭 그걸 입어야 직성이고, 고스톱은 왜 만날 치는데? 지겨워! 엄마 생활비랑 빚져서 내가 신용불량자 됐잖아. 아파트 전세 이거라도 지키려고 우리 위장 이혼한 거고. 가게도 남의 손에 넘어가게 됐고."

"내 빚 갚으려고 그랬단 말이야. 그 영감, 살 날 얼마 안 남았어. 돈은 많은데 살갑게 돌봐 주는 사람이 없어. 결혼해서 자기 죽을 때까지 같이 살아주고 돌봐주면 재산 반은 주겠대. 그래서 갔어. 빚 갚고 백수 엄마하고 살려면 돈 있어야 하잖아."

"뭐, 뭐라고?"

천 여사는 뒤로 벌렁 넘어졌다. 머릿속이 하얘졌다. 삼중이 얼른 붙잡아 준다. 위장이혼? 늙은 영감, 병신 같은 연놈들! 이것들이 어쩌고 어째! 빨간 바지 삼중이 장모가 반색을 한다. 카랑카랑 째지던 목소리가 어느새 봄바람 같이 속삭이며 딸의 눈물도 닦아준다.

"얘야, 그 영감 재산이 얼마나 되는데? 그라고 확실히 재산 반 넘겨준다고 공증이라도 받았냐? 유서라도 받아 놓든가. 얼렁뚱땅 넘어가면 절대로 안 되지."

"영감 죽고 나면 우리 다시 합치기로 진아 아빠랑 약속했으니 걱정 마."

"내가 무슨 걱정을 해. 그 영감 돈 많고 명 짧으면 좋겠다. 더도 덜도 말고 반년만 살다 가면 딱 좋겠네. 진아는 내가 어린이집도 보내고 미술학원, 피아노학원도 다 보내고 봐 줄 터이니 그 영감한테서 내 생활비나 톡톡하게 타서 보내라. 명색이 장모인데."

천 여사는 벌린 입이 다물어지지 않았다. 왈칵 삼중의 머리를 쥐어 뜯었다.

"이놈아! 아파트도 팔아먹어? 다리에 달린 좆 떼고 접시 물에 코 박고 죽어라. 그만!"

새벽부터 제주에서 전화가 걸려왔다. 급하단다. 급한 건 저놈이지. 계속 전화질이다.

"엄마 돈, 엄마 돈! 급하다니까."

"이놈아, 네가 언제 나한테 돈 맡겨놨냐? 돈, 돈하게!"

천 여사는 전화선을 빼 버렸다. 핸드폰도 꺼 버렸다. 한나절이 됐을까 이중이 들이닥쳤다.

"엄마 내가 정말, 급하다니까. 엄마가 사업 망친다고. 오늘 대출 좀 받읍시다. 제발!"

"이놈아, 남은 거라곤 이 집하고 그 땅인데 창고 세받아 우리 생활비 겨우 하고 있는데 그 땅 팔며 어미 아비 입봉하고 살라고?"

"그것 말고도 있잖아요. 저 아래 맨션하고 시장에 건어물 세준 가게도 있으면서."

"맨션, 벌써 작은 이모가 주인이다. 이모 집이 멀어 내가 봐 주고 있을 뿐이지."

"언제 팔았어? 또 삼중이 가게 돈 대줬어? 시장가게도? 미치겠네."

"언제 팔았냐고? 아이고 내가 돌겠다. 그때 패싸움 작은 사고도 아니고 그것도 주동자로 구속 직전 합의금으로 들어간 돈, 벌써 잊었냐? 네가 친 사고 다 대볼까? 장가들이고 집 얻어줄 돈 다 들어갔다. 사고뭉치가 공인중개사 된 게 기특해서 건어물 가게 팔아 부동산 차려줄 때 그게 마지막이라고 내가 말 했냐 안 했냐?"

"몰라. 그때는 그때고 지금이 급하다니까. 은행에 예금 당분간만 좀 돌려주든지."

"그래 통장 보여줄게. 무거워서 어디 들고나 나오겠냐."

"돈하면 천 여사인데, 참 엄마 42평 이 아파트 엄마 명의잖아. 대출 좀 냅시다."

"이젠 어미 아비 쫓겨나 노숙자 되라고, 에잇 나쁜 놈!"

"하도 이사를 다녀 도와 줄 친한 친구가 있나, 번듯한 동창이 있나 다 엄마 때문이지."

"그래 다 어미 탓이다. 어미 목줄 빼 가렴. 뱁새가 황새 따라가면 가랑이가 찢어진다. 분수대로 살려무나."

"엄마, 지금 큰일을 성공이냐 망치느냐 판에 무슨 분수를 찾아?"

"가랑비에 옷 젖는다고 일중이 슬금슬금 서울 바닥에 처바른 돈이 얼마인데 뿌리도 못 내리고 내려와 백수신세이고. 이중이 네 이제 근실하게 사는 줄 알았더니 돈 낳는 어미만 찾고. 삼중이 저 뺀질이 같은 놈, 손에 돈만 쥐면 마른 논에 물 들어가듯 가뭇없이 사라지고, 옛날에 알토란 아들 셋이라고 자랑했던 내 입이 부끄럽다!"

우편함에 일중의 자동차 할부 고지서가 있었다. 아들의 차는 아파트 주차장에 아예 고정주차 상태다. 그걸 주려고 아들의 방문을 열려고 할 때다. 화장실 갔다 왔는지 방문이 삐죽 열려 있고 일중이 침대에 누워 폰으로 통화하고 있었다. 아들은 어제와 오늘 학원에 나가지 않았다. 몸이 좀 안 좋다고 어제도 온종일 잠만 잤다. 그런데 오늘은 웬일로 아들의 목소리가 제법 시원시원 크게 들린다. 친구 전환가. 그 잘나간다는 서울 선배나 동기들이 혹시 취직자리라도 알아주면 얼마나 고마우랴! 고등학교까지는 집에서 다녔는데도 고향에선 아들은 찾는 친구도 없고 만나는 동창도 없다.

"그래. 다들 승진했네. 짜아식들 잘나가는군. 나하고 무슨 상관이야. 일없어. 옛날에 내가 영업할 때 두 번 찾아올까 설설 피하는 꼴들이란."

"뭐 와이프 눈총 받으며 팔려줬다고, 노트북, 뉴질랜드 약, 세 개 샀을 걸. 내가 뭐 액수 큰 자동차 영업을 했냐? 보험은 들어 주는 인간이 없어 6개월 만에 때려 치웠지만. 집에 내려와 세상 소식 끊고 사는 게 제일 편안해. 누구? 지성이, 그 자식 잘 나갔잖아. 폐암이라고! 그 자리에 고개 숙이고 있지. 이사 자리 넘볼 때 내가 알아봤다, 물불 안 가리고 설치다 지 몸 망가지면 마누라 자식이 무슨 소용이야. 중도를 지켜야지 중도를."

"야, 이 친구야 네가 내 걱정을 왜 하냐. 오지랖 넓게. 네 캥거루주머니 알아? 새끼 넣어 다니는 그 주머니 속이 얼마나 좋은지 모르지? 사전 찾아보라고."

"우리 파파와 마더 돈 쓸 줄을 몰라요. 돈이라면 벌벌 떨어. 당신 돈 내고는 외식도 못해서. 스크루지 영감 정도지. 고기도 먹는 놈이 잘 먹고 돈도 쓰는 놈이 잘 쓴다는 말 있잖아. 인터넷뱅킹으로 자잘한 고지서 대납해 주고 내 용돈은 적당히 빼서 쓰지."

"그렇지, 든든한 물주지. 그럼 그게 바로 현대판 화수분이지. 적당히 엎드려 있으면 평생 먹고사는 것쯤은 걱정 안 해도 돼. 야, 그게 아무나 되나, 줄을 잘 서서 나처럼 탯줄을 잘 타고 태어나야 평생연금을 타 먹지. 흠흠. 야, 부모 복이라곤 쪼가리도 없는 친구야! 처자식 먹여 살리느라 오지게 생고생 많이 해라."

캥거루 주머니, 화수분, 든든한 물주, 평생연금, 연금! 천 여사는 주춤주춤 아들 방문 앞을 물러나왔다. 머리가 어질어질 거실 바닥에 철퍼덕 주저앉고 말았다. 숨이 차올랐다. 혈압이 푹푹 오른다. 빙글빙글 어지럼증이 몰려온다. 엉금엉금 기어가서 식탁 위의 생수를 벌컥벌컥 들이켰는데 아이고! 목구멍이 붙어버렸는지 물이 넘어가지 않고 목젖에 딸까닥 걸리더니 왈칵 도로 넘어왔다. 거실 바닥과 입고 있는 치마가 물을 받았다. 그걸 처연히 바라보고 있자니 베란다로 넘어온 광선에 깨알만 한 것이 미친 듯 춤추고 있었다. 그런데 춤추고 있는 깨알이 자꾸 커지더니 홀랑 벗은 난쟁이 여자가 아닌가. 마치 무당처럼 펄쩍펄쩍 뛰며 빙글빙글 돌아가며 춤을 추었다. 완전 미쳤나봐! 자세히 보니 여자의 알몸에는 까만 거머리가 덕지덕지 붙어 있는데 빨간 피도 질질 배어나온다. 목덜미, 젖가슴, 팔, 배, 사타구니에도 피가 배어나오고 있었다. 거머리가 붙은 곳에선 다 피가 난다. 피를 얼마나 빨았는지 배때기가 탱탱하여 바닥에 툭 떨어지는 거머리도 있다. 몸서리가 났다. 그리고 보니 여자는 춤이 아닌 거머리들을 떼어 내려고 발악적으로 펄찍펄쩍 뛰고 있는 것이다. 여자가 뛰면 뛸수록 여자의 몸이 커지는데, 악! 바로 자기 자신이 아닌가. 그녀는 비명을 질렀다. 그리고 거실바닥을 구르기 시작했다. 이리 구르고 저리 굴렀다. 거머리들을 떼어 내려고 얼마나 몸부림쳤을까 소파 모서리에 머리를 부딪쳤다. 아이고 아-얏! 부딪친 머리만 아픈 게 아니라 온 전신이 아팠다. 그 순간 빛보다 빠르게 스치는 생각에 천 여사는 자신의 이미를 세게 딱 때렸다.

"아, 그래 연금이 있다지. 주택연금도 있고 토지연금도 있다고 했어! 나도 남들처럼 연금 받으며 노후를 편하게 기죽지 않게 살 테야. 거머리들한테 다 뺏기기 전에. 내 앉은 자리까지 다 앗아가도 우리 노후 책임질 녀석은 한 놈도 없지."

천 여사는 비틀비틀 일어났다. 안방으로 갔다. 장롱을 활짝 열고 장롱 깊숙이 넣어둔 부동산 등기필증 서류들을 챙겨 커다란 가방에 넣었다. 주민등록증도 인감도장도 챙겼다. 부리나케 옷을 갈아입고 얼굴은 콤팩트로 대강 두들기고 루주를 발랐다. 머리칼이 엉망이라 모자를 찾아 썼다. 아반떼 차키를 꽉 거머쥐었다.

"이놈들아 내가 돈을 낳나, 낳아. 아직 네 엄마 안 죽었다. 내가 누군데, 나 천강자야!"

그녀는 쾅 현관문을 닫고 성큼성큼 씩씩하게 걸어 나갔다.

구름 한 점 없는 청명한 밝은 햇살이 상큼하게 그녀를 비춰준다.

길

길 위를 걷다
미루나무 줄 선 신작로를 지나
징검다리 건너온 길
눈 쌓인 대나무 휘어진 마을
안개 자욱한 강변길에는
윤슬을 기다리는 바람이 지나간다

혼자서 부르는 노래

아름다운 눈이다. 유난히 큰 동그란 눈이다. 눈빛이 짙은 에메랄드 그린이다. 눈동자에서 서양 사람이 언뜻 느껴졌다. 눈꼬리가 위쪽으로 쭉 올라갔고 다문 입가로 몇 가닥 수염이 멋지게 양옆으로 났으며 이마와 코, 턱이 거의 일직선을 이루고 있다. 콧잔등만 약간 거무스름하다. 장모이다. 윤기가 나는 긴 털이 부드럽고 풍성하다. 순백색 털의 끝 부분만 짙은 은색이다. 머리와 목덜미, 등과 배, 다리를 풍성하게 덮고 있는 것은 눈처럼 흰 털이다, 앙증스러운 조그만 두 귀가 귀엽다. 꼬리에도 하얀 털이 여우 꼬리만큼이나 풍성하다, 짧은 앞발과 뒷발은 아예 푹신푹신한 털 부츠를 신었다. 녀석이 부스럭 소리하나 없이 걸음을 걸을 때는 몸의 등선이 수평이 되게 하고 한발 한발 우아하게 걷는다. 소파 바로 옆에 캣타워가 한자리 차지하고 있다. 지방에서 방금 올라온 여자와 그네의 딸은 소파에서 빵과 녹차를 마시며 한가롭다.

"웬 털 복숭이야? 저 털에 밟혀서 제대로 걷기나 하겠냐?"

"페르시안 친칠라 족보를 가진 귀족이야. 캐츠 선발대회가 없어 유감이지!"

"쯧쯧, 긴 머리면 잡아 묶기나 하지 전신의 저 털을 어찌 감당하누?"

"엄마, 우리 메이 참 잘 생겼지. 저 털이 매력 포인트거든. 그리고 여기 털 뗄 때는 기구 있잖아. 쓱쓱 문지르면 다 떼져."

"다른 고양이보다는 음전해 보이기는 하다만 무얼 털만 분산하지."

"엄마, 메이가 좀 소심하거든. 낯을 가려. 침대 아래 내내 있더니. 메이야, 울 엄마야. 잔소리가 엄청 심해서도 너도 참아라. 참는 자에게 복이 있나니!"

"잘도 알아듣겠다. 지가 암만 잘나도 고양이 새끼지 뭐."

메이는 아까부터 삼단 캣타워 맨 위 쉼터에 우아하게 앉아서 이방인인 여자는 외면하고 저 주인만 따뜻한 눈빛으로 내려다본다. 그러다 부츠 앞발을 가지런히 모은 꼿꼿한 자세로 얼굴을 돌려 베란다 밖을 바라보기도 한다. 머리부터 목, 등 허리선이 자연스레 흘러내리고 한 아름되는 꼬리는 위로 올려서 이따금 살랑살랑 흔든다. 조각 같은 낯바닥에 풍성한 흰 털이 녀석의 기품을 받쳐준다. 그러다 심심한지 혀로 제 털을 핥기 시작했다. 잔등, 배, 다리 할 것 없이 혀로 정성스레 핥았다. 혀가 지나간 자리는 털이 촉촉하게 빗질되었다.

"우리 메이 몸단장하네. 그루밍 하는 거야."

"저 긴 털을 저래 핥다가는 털이 입에 다 들어가겠네. 에고고!"

"응, 쟤들은 혀에 수많은 돌기가 나 있어. 털에 묻어있는 이물질도 없애고 자신의 털을 스스로 관리하거든. 영리하지."

열심히 털 관리하던 메이가 지루한지 한 칸 아래 이단에 있는 입구가 좁은 동그란 타워 방에 쏘옥 들어가 버렸다. 흰 털실뭉치 같은 발등만 보인다. 시끄러운 모양이다.

"저것이 나중에 어째 나오냐."

"왜 걱정 되시우? 쟤가 털이 워낙 풍성해서 실제보다 몸피가 커 보이거든. 쟤들은 본래 입구가 좁은 데를 희한하게 잘 들어가고 잘 나와. 처음엔 왔을 때 얼마나 작고 예쁘든지, 그때는 저기에 쟤들 셋이 들어가도 되었는데 이젠 딱 맞아. 보통은 침대 밑에서 놀고, 심심하면 타워에 날렵하게 오르내리고 뒷발이 길어 점프도 잘해. 퇴근하고 오면 메이가 문소리 듣고 재빨리 문 앞에 마중 나온다니까."

여자는 잔소리가 절로 나온다.

"집에 오면 저것만 들여다보고 사는가. 메이고 비이고 간에 그래, 한갓 짐승도 기르니 정이 들지. 네 새끼를 키워 봐라. 물고 빨지. 어디 고양이에 비할까. 만날 안 늙고 직장 잘 다니고 몸 아프지 않고?"

그네는 딸의 심사를 기어이 건드리고 말았다. 딸은 그만 방으로 가서 침대에 벌렁 누워버린다.

"저, 성질머리하고는 쯧쯧! 그래, 만날 젊을 줄 알지. 살아 봐라! 옛 어른들은 칠팔십 평생도 하루아침 이슬 밭 사이를 지나온 것 같다고 하셨지. 번개보다 빨리 지나가는 게 세월인데 헛 똑똑이! 짚신도 짝이 있다고 키 작은 것도 아니고 못난 것도 아니고 남과 같이 배우고, 남과 같이 직장 다니는 주제에 왜 남과 같이 결혼을 못하냐? 대한민국 젊은 사람은 다 끌어 모인 인간시장 서울바닥에서 반은 남자이고 반은 여자 인데 두 눈 달고 제짝 하나 못 찾는 게 등신이지 뭐가 등신이여?"

자식이라곤 씻고 닦고 저 하나 왜 자식 둘도 못 두었는지. 요즘 신부 드레스가 좀 예쁜가. 면사포 쓴 저 모습도 한 번 보고 싶고, 더 늙기 전 에 분홍한복 입고서 친척들 지인들 축복받으며 화촉등도 밝혀 봤으면, 남편도 딸 손잡고 꽃길 한 번 걸어 보는 것이 소원이건만 못된 것! 사람 이란 남들 하는 것을 따라하는 따라쟁이 하며 사는 것이 인생이란다. 요즘은 시자 돌림 시금치도 싫다고 하니 시집 흉도 끼어서 보고, 손잡 고 여행도 다니고, 동호회 테니스니 배드민턴이니 부부 시합도 나가고, 아웅다웅 다투다 삐치기도 하여 사니 못사니 친정 와서 하소연 늘어놓 다 남들하고 언성만 높아도 아니꼽게 한통속이 되어 같이 덤비고, 아 픈 새끼 끌어안고 눈앞이 캄캄하다 그 새끼 어미 찾으며 깨어날 제 의 사선생님께 큰절도 해보고, 내 새끼 시험 백점 맞으면 칠푼이 팔푼이 되어 자랑질도 하고. 대출에 허덕이며 집장만 했다고 자동차 바꿨다고 큰소리도 쳐 보고, 그렇게 따라쟁이 하며 사는 재미가 얼마나 쏠쏠한 데 천지 바보 등신 같으니.

목욕탕에서 메이의 목욕이 시작되었다. 플라스틱 통 두 군데에 최적 온도의 물을 받아 놓고 씻기려 하자 메이가 물에 안 들어가려고 몸부림을 쳤다. 최대한 물에서 멀어지려고 딸의 몸을 타고 머리까지 올라가고 난리가 아니다. 아이고! 눈 깜짝할 사이에 녀석의 발톱이 삼푸 묻은 딸의 손등을 할퀴고 지나갔다. 아까 목욕시키기 전 소매가 긴 후드 티를 입더니만. 그럼 손목의 저 상처도 그래서 난 상처인가? 요것이 감히 ……. 그네가 놈의 엉덩이를 탁 때려 주었다. 야옹! 야옹! 메이가 펄쩍 튀어 오르고 물이 사방으로 튀었다.

"엄마아! 애를 왜 때려! 돌겠네, 안 그래도 메이는 목욕 싫어하는데 엄마가 더 난리야!"

꼭 지 새끼 때리기라도 한 듯 언성을 높인다. 실랑이 끝에 목욕이 끝나고 타월로 아주 정성스레 닦아 준다. 다리를 붙잡고 드라이기로 털을 말려 주려 하자 녀석이 도망가려고 발버둥을 쳤다. 앙탈을 부리던 메이가 드디어 뒷발로 드라이기를 차기 시작했다.

"쯧쯧! 그냥 둬도 마르지 도로 젖을까."

"털이 길어서 감기 들면 어쩌려고. 엄마 보셔요, 이게 메이의 저항운동이야."

자-알 한다. 꼴에 드라이기 바람은 한사코 싫은 모양이다. 법석을 떨며 빗질까지 하고 나니 흰 긴 털이 비단결처럼 부드럽고 윤기가 흘렀다. 딸은 이정도 기품 있는 종족은 흔치 않다면서 미인대회에 나가 일등이나 하고 온 딸내미 대하는 꼴이다. 그리고 암고양이들은 생후 6~7개월이 되면 발정을 하기 때문에 중성화수술을 시켰단다. 아이고, 저도 결혼 않아 자식 없고, 저것도 애지중지 기르면서도 새끼는 못 낳게 수술시키고. 이 세상 다 저들 같으면 종족이 씨가 마르겠네. 그네는 한숨이 나왔다. 딸은 우유와 닭 가슴살로 메이의 식사를 차리기 시작했다. 예쁜 꽃무늬의 밥그릇과 물그릇으로.

병원으로 문병을 갔다. 여자의 언니가 반가이 맞는다. 환자인 딸을 돌보고 있다.

"이모!"

"언니, 딸내미 옆에 있으니 언니 신바람이 나지요?"

"인혜랑 같이 왔구나. 그래 너무 좋다. 환자가 하루가 다르게 나으니 재미가 나는구나."

머릿결이 반백인 일흔이 넘은 여자의 언니는 병구완에 얼굴은 축이 나서 더 늙은 듯했으나 기분은 아주 좋아 보였다.

"이모, 어째 예까지 오셨어요! 며칠 있으면 저 퇴원인데."

"겸사겸사 왔어. 장한 일 한 네도 보고 인혜 집에도 오랜만에 왔어."

환자는 수술 뒤라 창백하고 핼쑥한 얼굴이었지만 눈망울도 또렷하고 밝아 보였다.

"환자면회금지 때는 사람이 바짝바짝 애가 타서 죽겠더니만 일반실에 오고 이렇게 옆에서 저 얼굴 보니, 저도 살고 윤서방도 살고 나도 살겠더라!"

"이모, 우리 엄마 너무 고생시켜서 나 어떡해요! 잠자리도 불편하신데 병실을 지키시니."

"은영아, 엄마는 네 옆에 있을 수 있어 행복하다고 하셨어. 어서 몸 추스를 생각만 하렴."

"예 이모, 저도 이제 털고 일어날 거예요. 우리 성호 돌봐야 해요. 내 아들에게 신장 한 개라도 줄 수 있어 얼마나 다행이고 감사하게요. 성호는 하느님이 내게 보내 주신 거룩한 생명이어요. 내일쯤 면회된다고 하셨어요. 우리 성호 보고 싶어 미치겠어요."

"그래, 너는 네 새끼가 제일 중하고 언니는 언니 자식 네가 중하단다. 딸 걱정 외손자 걱정에 날아가는 잠도 한숨 안 온다 하셨으니까."

인혜는 말없이 따뜻하게 데워진 타월로 이종사촌 언니의 얼굴과 손을 닦아 주고 머리를 빗겨 주며 그들의 대화를 듣기만 하였다. 여자는 마다하는 언니를 데리고 나와 곰탕집을 찾았다. 여자의 언니가 중얼거렸다.

"환자들을 보니 혼자 된 사람이 제일 불쌍하더라. 친구가 좋니 해도 가족과는 천양지차지. 끔찍하게 챙겨주는 부부사랑, 살점을 떼 주어도 아프지 않는 자식사랑은 끝이 없지."

"그럼요."

딸이 출근하고 여자 혼자 있으면 메이는 절대로 거실에 나오지 않았다. 찾아보면 침대 아래 제일 구석 쪽 어두운 침대다리 사이에 있어 불러도 기척을 않았다. 물과 사료를 챙겨 앞에 놓아두어도 입도 대지 않는다. 아무렴 배고프면 나와 먹겠지 제까짓 게. 그렇게 꿈쩍도 않고 있다가도 저녁에 딸이 퇴근하여 현관문 여는 소리가 나면 한순간에 튀어 나와 꼬리를 흔들며 마중을 하였다.

"오, 우리 메이! 오늘 할머니랑 잘 놀았어?"

딸은 옷도 갈아입지 않고 메이를 보듬어 안았다. 야옹 야옹 메이는 딸에게 안겼다.

두 여자는 외출을 했다. 집에서 가까운 호수공원을 거닐고 영화를 보았다. 그리고 백화점에서 딸은 여자의 값비싼 은회색 털목도리를 하나 샀다. 따뜻해 보이는 감색 모 스웨터도 하나 골랐다.

"엄마 거, 아빠 거."

'이런 것 안 사 줘도…' 입술이 간지러운 걸 여자는 꾹 눌렀다. 백화점에서 유모차에 쌍둥이 아기 둘을 태우고 가는 부부를 만났다. 어머나! 아기들이 어쩜 이렇게 예쁠까. 인형이다. 그네는 요즘 아기들만 보면 사족을 못 쓴다.

"엄마 왜 또 이러서? 가요."

"너는 저런 예쁜 아기도 눈에 안 들어오지? 그저 고양이 새끼만 끼고 살지."

"실례라니까. 어서 가요!"

"너 결혼해서 애 하나 낳아라. 아기는 내가 다 봐 줄게, 응? 얼마나 행복해 보이냐?"

"우리 엄마 또 시작이야. 못살아 내가!"

"그럼 평생 자식새끼도 하나 없이 살겠다는 거냐? 사람이 이 세상에 왔으면 왔다간 흔적은 하나 남겨야지."

"창피하게 이런 데서 그런 말을 하면 어떡해? 내가 엄마 땜에 정말 못살아."

"이런 데고 저런 데고 말만 하면 팩 성질내면서, 그럼 산속에 가서 터놓고 말 좀 해 보자!"

"아유, 난 몰라!"

그네의 딸은 그만 사람들 사이로 걸어가 버렸다. 여자는 전신에 힘이 빠졌다. 쇼핑백을 던져 버리고 싶었다. 집으로 돌아오는 길에서다. 오피스텔과 원룸들이 넓은 도로 양쪽으로 죽 늘어서 대개는 젊은 사람들이 바쁜 듯 오가는 거리인데 저만치 노부부가 손을 잡고 가고 있었다. 천천히 슬슬 걷는 걸음이다. 얼마를 가다 벤치가 나오자 부부는 나란히 앉았다. 영감님이 수건으로 할머니의 얼굴과 입가를 정성스레 닦아 주었고 할머니는 영감님의 옷의 먼지들을 털어 주었다. 영감님이 가방에서 바나나우유와 빵을 꺼내어 같이 먹기 시작했다.

"얘, 저 노부부 어떻게 보이니?"

"우리 엄마는 부부만 함께 있으면 다 행복하다고 우기시지."

"아니야. 편안한 저 얼굴들을 봐. 서로를 아껴 주는 부부애가 보이잖아."

"엄마, 잘 보시우. 저기 저 분들 나도 이따금 보는데 우리 오피스텔 근방에 사시는 분들이야. 할머니는 앞이 안 보이시고 할아버지는 귀가 어두우신가 봐. 그래도 두 분이서 공원이나 호숫가 산책도 잘 하시고 나들이도 잘 하시는 것 같아. 언제나 손 꼭 잡고서."

"엄마가 어느 책에서 보았단다. 보이지 않는다고 다 보이지 않고 들리지 않는다고 다 들리지 않는 게 아니다, 라는 글을. 아름다운 동행이구나. 자식하고는 저렇게 지낼 수가 없단다. 자식에게 폐가 되니까. 부부니까 저렇게 늙도록 같이 가는 거지. 한 사람은 상대의 눈이 되어 주고 한 사람은 상대의 귀가 되어 동행하는 삶이겠구나. 사람은 나이가 들면 자신에게 주어진 시간을 세고 삶에 순응하는 방법을 알지. 결혼은 바로 ……."

여자의 말이 끝나기도 전에 딸은 벌써 저만치 앞서 걸어가고 있었다. 저도 뻔히 잘 알면서 결혼을 거부하는 이유가 뭔지 속 시원히 알기나 했으면 좋으련만. 현관문을 열고 들어오자 메이가 문 앞에서 기다리고 있었다.

"오, 기다렸어 메이야!"

그녀의 딸이 옷을 갈아입는 순간에도 메이는 옆에 붙어 서서 야옹 야옹 하였다. 인혜는 눈을 가늘게 뜨고 메이를 연신 쓰다듬어 주었다.

콧잔등과 목덜미, 잔등을 쓰다듬어 주자 메이는 고개를 발등 위에 얹고 착한 아기처럼 얌전이가 되었다. 결혼하여 지 새끼 낳으면 애지중지 끔찍하게 키우겠는데. 밤에 우당탕 난리가 났다. 고함소리가 나고 비명이 들렸다.

"위층인데, 사흘이 멀다 하고 죽자고 싸우면서 왜 사는지 모르겠어. 지겹지도 않은지. 옆에서 항의도 해도 소용이 없어요."

시간이 조금 지났을까, 119 사이렌 소리가 나고 바깥이 떠들썩했다. 구급차에 피탈을 한 여자가 실리고 있었다. 딸은 몸서리를 치며 몸을 떨었다. 메이를 꼭 끌어안았다.

"엄마, 옛날 내가 그랬던 것처럼 메이도 자기 몸을 내 몸에 바짝 붙여서 누워 있을 때가 있어. 꼭 아기가 엄마 품을 아는 것처럼 따뜻한 체온을 아나 봐. 더러는 내 침대에서 한자리 차지하고 있기도 하는데 자고 있는 나를 지키고 있어. 새벽에는 어두운 데서 멍하니 있다가 6시면 꼭 나를 깨운다. 후후, 고양이 알람이야. 기특하지. 메이가 있어 내가 얼마나 든든한지 몰라. 사람들이 요즘 왜 반려 동물들을 많이 기르는지 키워 보면 알거든."

메이는 캣타워의 스크래쳐를 자주 자주 긁었다. 길어지는 발톱을 갈기 위해서란다. 또 스트레스를 받아도 그런다고 했다. 장난감 집. 메이는 종이 박스 안에 들어가 잘 놀았다. 부스럭거리는 비닐봉지와 비닐공을 가지고 장난을 쳤다. 비닐에서 나는 부스럭 소리가 호기심을 자극하는지 베란다에는 뻥 터진 비닐 공이 몇 개나 있었다.

"저것이 네 있을 때만 나와 논다."

"후후, 메이가 우리 엄마를 왕따 시켰네. 역시 똑똑해. 엄마 난 우리 메이가 아프면 정신이 하나도 없어. 동물병원에 달려가고 약 먹이고. 그래도 메이는 대체로 건강해서 고마워."

밤 9시가 넘어 딸은 메이를 데리고 운동을 나갔다.

"한 바퀴 돌고 올게요. 사람이 없으면 이곳저곳 돌아다니고 잠시나마 집밖의 세상을 느끼나 봐. 그러다 사람소리가 나면 쏜살같이 집 안으로 들어오기도 해. 얘는 왜 그렇게 사람을 겁내는지. 얘 데리고 외출했다 건물 입구에서 케이지에서 꺼내 주면 쏜살같이 우리 집 찾아간다. 얘는 계단으로 다니거든. 문 앞에서 문을 긁으면서 열어달라고 난리야. 우리 집을 기억한다는 뜻이지. 우리 메이 정말 영리하지. 흠! 한 번은 외출했다 먼저 뛰어와 문 앞에 앉아 나 기다리는데 갑자기 옆집 문이 열려 메이가 당황을 했나 봐. 도망간다는 게 옆집으로 뛰어 들어갔는데 옆집 사람은 큰 쥐가 들어온 줄 알고 기겁을 하고, 얘는 사람 놀라는 소리에 무서워서 그 집의 어두운 곳으로 도망을 가고. 어휴, 난리 브루스도 아니었어. 세상에 고양이와 쥐를 구별 못하는 사람도 있어."

인혜는 새벽 6시면 일어났다. 대학 때부터 듣기 시작한 영어회화 학원이 지겹지도 않은지 듣고서 시청출근이다. 퇴근 후엔 헬스를 가는데 엄마가 와 있어 그런지 운동은 빼먹고 집으로 왔다. 낮에 여자가 청소하다 보니 침대 밑에도 책장 위에도 냉장고 뒤에도 털 뭉치가 굴러다녔다. 베란다의 산세베리아와 관음죽나무에도 하얀 털이 들러붙어 있다. 집안 어디에도 흰 털이 안 붙은 데가 없었다. 뗀다고 뗀 딸의 옷에도 그냥 붙어 있다. 검은색 옷에는 더 심했다. 한나절 털 떼다가 시간 다 갔다. 이러면 어디엔들 털이 안 붙어 있으랴. 딸의 스페인 투우관람 사진 액자에도 이집트 스핑크스 사진액자 뒤쪽에도 마찬가지다, 식탁다리에도 가구에도 어디에고 흰 털이다. 캣타워는 아예 비닐장갑을 끼고서 녀석의 털을 떼 내었다. 냉장고를 닦고 또 닦았다. 쟁반의 빵에도 과일에도 어디에도 다 달라붙어 있을 것 같다. 이 노릇을 어쩌나, 설핏 불안감이 스쳤다. 열일곱 평 실내, 하루 종일 닫힌 공간. 이 공간의 미세먼지 속에는 얼마나 많은 크고 작은 고양이털이 날아다니고 있을 것인가? 이런데서 하루 이틀도 아니고 숨 쉬고 살면 사람의 호흡에, 특히 폐에 나쁠 게 아닌가. 그렇게 누적되면 어떡하누? 이 일을 어찌한다. 큰일이다. 사람한테는 그저 공기가 좋아야 하는데, 문이란 문은 다 열었다. 현관문도 활짝 열었다. 선풍기를 꺼내어 강풍으로 돌렸다. 소파 옆에 떡하니 자리 차지하고 있는 캣타워를 발로 쭉 밀쳐버렸다. 휴우! 한숨이 절로 나온다. 옛날에는 개도 고양이도 마당에서 키웠는데. 메이는 식사도 소식이었다. 예쁜 두 개의 꽃 그릇에 물과 사료를 듬뿍 주어도 쪼끔밖에 먹지 않았다. 아직도 그네 근방엔 오지 않다 여자가 소파에서 죽은 척 꼼짝 않고 누워 있으며 몸과 꼬리를 바짝 내리고, 목과 턱이 바닥에 닿을 듯 말듯 낮은 보폭으로 깃털처럼 살금살금 나와 여자가 안 볼 때 쪼끔 먹었다. 입맛도 까다롭다. 사료 외에는 닭 가슴살과 치즈, 그리고 우유만 먹었다. 메이는 그렇게 먹다가도 여자가 부스럭 소리만 내어도 재빨리 들어가 숨어버렸다.

암만 페르시아 친칠라래도 주둥이가 그리 높아서 어디 쓰겠냐? 엄마 내가 얘 입맛 올린 게 아니고 어릴 때부터 여러 음식을 시도해 봤지만 다른 고양이들이 잘 먹는 생선이나 밥, 고구마, 과자 등을 안 먹었어. 우리 메이는 닭 가슴살만 완전 좋아한다니까.

봄이가 왔다. 쯧쯧, 아이 맡기는 것보다 딸려온 짐이 더 많다. 메이와 친자매란다.

"엄마, 얘들은 별로 안 친해요. 이상하지? 모르나 봐 친자매인 줄."

딸의 친구 봄이의 엄마가 홍콩출장을 간다고 했다. 봄이는 보기 좋은 갈색 털을 가졌는데 털이 길어도 메이처럼 그렇게 길지도 않고 예쁘고 귀여운 고양이였다. 지난해 오월에 두 자매를 데려왔단다. 주인이 집을 비울 때면 케이지에 담겨 왔다 갔다 하는 모양이다. 봄이도 딸에겐 낯을 가리지 않았다.

"너희 둘 같이 여행이나 어디 갈 때는 어쩌는데?"

"걱정마시우. 동물센터 있잖아. 문제가 뭐냐면 봄이는 잘 적응하는데 메이가 잘 안 먹고 그래. 지난여름 집에 갔다 급하게 올라왔을 때도 메이 때문이었거든."

"사무실에 급한 일 있다고 하구선, 저게 꼴값을 떠네!"

메이와 봄이는 침대 아래 제일 구석진 곳의 위쪽과 아래쪽으로 떨어져 앉은 채 둘 다 꼼짝을 하지 않았다. 봄이도 여자에겐 낯을 가렸다. 그러다 여자가 자리에 없으면 나왔다. 주위를 살피고 살금살금 낮은 보폭자세를 유지하며 돌아다녔다. 자기들 그릇에 각자 사료와 물을 주면 메이가 먼저 먹으려 나왔다. 그런데 메이는 그릇에 머리를 처박고 먹다가 그릇 밖으로 흘린 사료는 절대 주워 먹지 않는데 나중에 나온 봄이가 그걸 다 주워 먹었다.

"우리 메이는 확실히 품위를 지킨다니까. 후훗!"

메이가 어제 오늘 유달리 털 고르기를 계속한다. 베란다에서도 캣타워에서도 줄곧 혀로 자기 몸의 털을 핥더니 갑자기 배가 꾸억 하고 토해내는 게 털 뭉치가 아닌가. 저도 얼마나 힘들었는지 눈에 눈물이 그렁그렁하다. 여자는 깜짝 놀랐다. 급히 딸에게 알렸다. 딸은 괜찮아 하고 예사로 말했다. 메이는 시도 때도 없이 습성상 매일매일 그루밍해서 털에 묻어 있는 이물질도 없애고 털을 관리하는데, 그루밍 하면 털을 자연스럽게 먹게 되고 털 빠짐이 심하면 먹는 털의 양이 늘어나 토하는데, 그걸 '헤어볼'이라고 했다. 거기다 페르시안 친칠라는 털이 길고 또 털이 많이 빠지는 타입이라 그루밍하다 보면 털이 입에 많이 들어가서 한 달에 한두 번 토해냈다고 설명했다. 쯧쯧, 저것이 사람 놀라게 별짓을 다하네. 메이는 하루에 한 번 응가를 하고 오줌을 누었다. 응가를 다 본 후에는 앞발 뒷발로 열심히 모래로 덮어 버렸다. 여자의 딸은 아침에 출근이 바빠도 메이의 모래를 바꿔 주고 나갔다.

"고모가 말 한 사람 한 번 보자. 직장도 튼실하고 인물도 좋다네. 자리가 아깝다."

"엄마한테 안 아까운 자리가 어디 있어?"

"그만하면 좋은 자리지 뭐. 품성도 좋다 하니 한 번 만나나 봐라. 부탁이다!"

"싫어! 제발 그만해!"

"나 좋으라고 이러니? 네 행복하게 살라고 그러지. 꺾어진 팔십 네 나이는 생각 안 하냐?"

"엄마, 사람 생김새가 다르듯 사는 것도 다를 수가 있지. 어떻게 똑같아? 생각이나 철학이 같을 수 없잖아. 결혼이 목표인 사람도 있지만 난 이게 좋아. 내가 아무 불편 없고 행복하면 된 거지. 정말 아빠 엄마에겐 미안하지만요. 난 내 맘대로 살 거야. 여행도 다니고 취미생활도 하고. 요즘은 직장에도 학원에도 헬스장에도 나 같은 싱글 많아 엄마."

"만날 젊어? 수녀니 비구니니? 다들 일하면서 가정건사하고 애 키우며 잘만 살더라."

"울 엄마 이젠 단념할 때도 됐건만 어째 주구장창 노래를 부르실까."

"에잇, 나쁜 기집애! 그래 아빠 엄마 죽고 난 뒤에 가거라. 꼴좋겠다.

웬만하면 맞선 보기나 하고 하든지 말든지 해도 시원찮은데 이렇게 판을 깨야 속이 시원하냐?"

"나도 이젠 그런 말 지겨워 죽겠어. 집에도 그래서 자주 못가잖아!"

어휴, 나이나 어리면 저 지지배 머리끄덩이 잡아 물에 처박기라도 하련만. 아니 저 나이에 어째 남자가 그립지도 않을까? 가정이라는 따뜻한 안식처를 만들 나이도 넘쳤는데, 저 친구들 든든한 신랑에 예쁜 새끼 데리고 사는 것 보면 부럽지도 않으냐 말이다. 새끼가 몇이라도 잘만 키우며 사는데. 한다는 짓이 기껏 고양이 새끼나 끼고 살면서 행복하단 말이지. 평생 드레스도 한 번 안 입어보고 팍 늙으면 억울하고 한스럽지 않을까. 이 날까지 집에 남자 그림자도 한 번 데려오지를 않았으니, 혹여 우리 모르게 남자한테 모질게 데인 상처라도 있는가. 아니면 내 딸이 결혼 못할 병신일까. 서양 속담대로 결혼하여도 후회 안 하여도 후회라면, 안 할 말로 결혼하였다 이혼하는 경우라도 안 한 것보다 그쪽이 나은 게 아닌가. 우리가 옴팍 속았구나! 이제껏 제 눈에 꼭 드는 사람이 없어 결혼을 못 하는 줄 알았더니 이제 보니 아예 결혼을 안 하려는 자세였어. 남들 자식들은 넷 다섯 되어도 차례 바꿔가면서도 잘도 가던데. 내 딸이 독신주의자, 잘난 독신주의자였구나. 저 부모 가슴 속이 시커멓게 멍드는 줄도 모르고 저러지. 저의 아버지와 나 가고 나면 저 혼자 혈혈단신 천애고아. 불쌍해서 어쩌나. 아무리 친구가 많다 해도 가족과는 다르지. 그때 가서 외롭다 할까? 지극한 사랑 한 번 받아 보지 못하고 이 세상 다 준대도 바꾸지 않을 자식 하나 없고, 내 딸 불쌍해서 어쩌누! 여자는 가슴이 북받치고 목이 꺽꺽 메여왔다. 등신! 머저리 바보 등신!

나는 괜찮아. 나는 지가 있으니 정말 행복해. 이렇게 내 눈 앞에 내 자식이 보이니 행복하고 저 때문에 가슴이 미어지기라도 하니 행복하지 뭐. 너는 누구를 위하여 슬퍼하고 누구로 인해 행복한 웃음을 짓겠니? 딸아! 이 세상에 하나뿐인 사랑하는 내 딸아! 금지옥엽 공주로 태어났어도, 재벌가 상속녀로 태어났어도 천만리 사랑도 찾아가는데 마냥 젊고 마냥 건강하고 내내 직장 잘 다니는 삶을 누가 보장한다니. 계절이 계절이라 주위에 결혼식이 좀 많은가. 결혼식장에 가면 신랑신부가 어찌 그리 어여쁘게 보이는지, 혼주에겐 정말 진심으로 축하를 하는데 내 가슴속은 시베리아 벌판이 되어 엄하게 뺨 맞은 듯 서럽더구나. 찬 서리 내린 마음 들키지 않으려고 더 많이 박수 치고 더 많이 웃음 짓고 그런단다. 이 나이로 살아 보니 부부란 내 사람 아껴주고 노력해서 처자식 건사하는 성실한 사람이 제일이란다. 부자로 사는 것도 노력이고 저 복이란다. 콩 심으면 콩 나오고 팥 심으면 팥 난다고 밭에서 자라는 농작물도 농부의 발걸음 듣고 자란다고, 집안의 화초 한포기라도 돌보는 이의 정성과 사랑이 없이는 시들시들 말라 죽지. 하물며 가정을 이룸에 있어서야. 사랑은 받는 사랑보다 주는 사랑이 훨씬 행복하다는 것을 살아 보면 알게 되는 것을. 사위자식 보게 되면 늦게 나타난 인연 사위 등짝이라도 때려주고 맛있는 거 사 달라 떼라도 쓰고, 그 사위 처가에 오면 씨암탉 잡아 주고 통영 상다리 휘어지게 못 차려서 쩔쩔매기라도 해 봤으면 원이 없으련만 이 어미 부질없는 생각이겠지. 자식을, 나이 먹을 만큼 먹은 자식을 어찌 이기나. 여자의 딸은 침묵의 시위를 이어 나갔다. 여자도 할 말을 잃었다. 코뚜레 한 송아지도 아니고, 이제는 정말 마음을 비워야 할 것 같다. 저 괴롭고 나 아픈 이 짓을 비워야지. 말없이 기대하던 남편에겐 뭐라고 위로를 하나. 맞선 아예 보지도 않았다고 이실직고 하면 얼마나 실망하랴. 가슴속 생채기가 자꾸만 덧나 아픔에 눈물이 찔끔거려진다. 못된 계집애! 부모 속을 이렇게 썩이고 누가 옷이니 화장품 사 달랬냐. 용돈 안 줘도 돼!

"흥, 너도 꼭 네 닮은 딸 하나만 낳아 키워 봐라. 부모 심정 알게."

캣타워로 조용히 다가갔다. 메이가 그루밍 하느라 한눈을 팔고 있었다. 단번에 잡아야지. 여자는 뒤에서 잽싸게 메이를 달랑 들어 품에 꽉 껴안아 버렸다. 메이는 야-옹 야-옹! 하면서 품에서 빠져 나가려고 버둥대며 안간힘을 썼다. 매섭게 몸을 비틀었다. 팔팔하고 거센 힘이 느껴졌다. 여자는 얼굴을 할퀼까봐 있는 힘을 다하여 짧은 앞발은 왼손으로 꽉 잡고 뒷발은 오른손으로 꾹 눌러 잡았다. 메이를 가슴에 바짝 옴짝도 못하게 밀어붙였다. 버둥거리던 꼬리가 여자의 팔을 탁 쳤다. 강한 힘이 느껴졌다. 폭신폭신한 녀석의 따스함이 마른 가슴에 봄 햇살처럼 밀려왔다. 아! 한 아름 솜털구름을 가슴 가득 안았다. 이대로 녀석을 꼭 끌어안고 있으면 정말로 좋을 것 같다. 언뜻 메이에게서 딸의 체취가 느껴져 소스라치게 놀랐다. 씩씩대는 녀석의 숨소리며 벌떡벌떡 뛰는 심장박동도 밀착된 가슴으로 그대로 느껴진다. 그러나 그만둘 수는 없지. 여자는 고개를 강하게 흔들며 그 따뜻함을 거부하는 손길에 더 힘을 주었다. 녀석이 발로 어쩌지 못하자 입으로 공격하려고 주둥이로 이리 저리 덤빈다. 앙칼스런 본능이 나온다. 야옹! 냐옹! 푸른 눈에서 파란 불꽃이 튀었다. 푸른 눈동자가 왕방울같이 커져 툭 튀어나올 듯하다, 녀석의 날카로운 발톱에 어느새 가슴팍 옷이 찢겼다. 쭉 째진 눈 꼬리를 매섭게 치뜨고서 독을 품고 그녀를 노려본다.

"암만 잘나도 이놈아 넌 고양이야. 고양이 새끼 난 봐줄 수가 없어!"

현관으로 나와 샌들은 급하게 꿰신고, 놈을 팔로 눌린 오른손으로 재빨리 문을 열었다. 급히 계단으로 해서 2층으로 내려왔다. 여자는 자신도 모르게 주위가 살펴졌다. 오피스텔이 조용하다. 다들 출근했는지 쥐죽은 듯 하다. 1층으로 내려왔다. 아무도 보이지 않았다. 마침 앞쪽에 주차되어 있는 검정색 소나타 차 뒤쪽에 가서 얼른 그것을 휙 던져버렸다. 냅다 던졌는데도 그것은 던져지지 않고 시멘 땅위를 사뿐 딛고서 있다. 어느새 양 쪽 팔소매가 찢기었다. 친칠라 족보 있는 하얀 고양이는 여자를 원망하듯 뚫어질 듯 쏘아본다. 푸른 불꽃이 이글거린다. 버티고 서서 언제까지고 꼼짝도 않을 태세다.

"보면 어쩔 건데? 네까짓 게 날 어쩌려고? 넌 자유야, 네 주인 오기 전에 어서 가. 오늘부터 자유란 말이다. 네 맘대로 가!"

여자가 집으로 들어오기 위해 몸을 돌렸다. 다시 돌아섰을 때 메이는 감쪽같이 사라져 버렸다. 소나타 앞에도 없고 차 뒤에도 없고 엎드려 차 아래를 살펴봐도 보이지가 않는다. 저쪽 흰색 아반떼 차 아래를 엎드려 봐도 없다. 건물 앞을 봐도 옆을 보아도 도무지 보이지가 않았다. 눈을 닦고 봐도 메이가 안 보인다. 여자는 온몸에 진땀이 배어났다.

"메이! 메이야!"

여자가 메이의 이름을 불러준 것은 처음이었다. 그러나 메이는 대답이 없다. 집으로 돌아온 여자는 주섬주섬 옷을 챙겨 입고 가방을 꾸렸다. 좀 머물 거라 생각하고 왔었지만 떠나기로 했다. 10시 반이다. 그녀는 책상에서 메모지를 한 장 꺼냈다.

- 엄마 간다. -

집을 나섰다. 여자는 택시를 잡기 위해 큰길로 나갔다.

열차가 달린다.

강가 둑 위 철교로 열차가 달린다. 안개가 자욱하다. 자욱한 연기 같은 안개로 한 치 앞도 보이지 않는다. 꿈결처럼 아득히 기적소리가 울린다. 열차는 안개 속으로, 안개 속으로만 내내 달린다. 강가엔 아침이면 언제나 안개가 자욱했다. 그 안개는 바람이 바람을 싣고 오기 전에는 도무지 물러 갈 생각을 않았다. 거물거물 소리도 없이 내려앉는 안개에 가려 열차는 언제나 찔끔찔끔 보였다. 열차는 한 대가 아닌 두 대가 달리고 있다.

안개 속으로, 안개 속으로 끝도 없이 평행선을 달리고 있다.

기적이 운다. 목 메이게 기적이 운다!

봄날

노전암 짚북재 이정표 지나 자갈돌 밟으며 오솔길
안 가 본 길 위를 봄날에 간다
계곡의 물소리 여름을 달려가고
사월의 소리 새는 너와 나의 미소로 구름이 되고
사월의 향기는 샤넬 향수병에 남겨져
먼 훗날 진달래 꽃잎 이우는 해질녘
황혼이 물드는 창가에 서서 한 모금 들이키는

아 봄날이어라